KLARA SEEWALD
Das Wunder vom Café de Paris

 aufbau taschenbuch

Klara Seewald wurde in Freiburg im Breisgau geboren und arbeitet als Reisejournalistin. Sie liebt es, am Ufer der Seine spazieren zu gehen.

Wenn sie nicht auf Reisen ist, lebt sie mit Mann und Tochter und ihrem Hund Moritz in Basel.

Martine ist Anfang vierzig und hat alles, was man sich wünschen kann: eine außergewöhnliche Karriere, einen Mann, der sie nicht nur beruflich unterstützt, und zwei Söhne. Doch dann trifft sie den Tänzer Danny und muss sich fragen: Bin ich eigentlich glücklich? Benoît ist mit Herz und Seele Buchhändler, wenn nur nicht die dauernden Geldsorgen wären und diese besondere junge Frau, die sein Herz aus dem Takt bringt. Marie-Louise hat sich, seitdem ihr Augenlicht mehr und mehr schwindet, in ihr Haus auf Montmartre zurückgezogen und lebt in den Erinnerungen an ihre große Liebe. Doch mit einem Mal kreuzen sich die Wege dieser so unterschiedlichen Menschen, und sie erkennen, dass man zusammen weniger allein ist …

KLARA
SEEWALD

Das
WUNDER
vom
CAFÉ de PARIS

ROMAN

 aufbau taschenbuch

Die auf Seite 61
zitierten Zeilen stammen aus:
W. H. Auden, Gedicht ohne Titel, 1936

MIX
Papier | Fördert
gute Waldnutzung
FSC® C083411

ISBN 978-3-7466-4070-9

Aufbau Taschenbuch ist eine Marke der
Aufbau Verlage GmbH & Co. KG

1. Auflage 2024
© Aufbau Verlage GmbH & Co. KG, Berlin 2024
www.aufbau-verlage.de
10969 Berlin, Prinzenstraße 85
© Klara Seewald, 2023
Umschlaggestaltung und Motive www.buerosued.de, München
Satz LVD GmbH, Berlin
Druck und Binden CPI books GmbH, Leck, Germany

Printed in Germany

für meine Freundin und meinen Coach – Ines

MARTINE

KAPITEL 1

DER PONT NEUF stand bis zu den Schultern im Wasser, nur noch ein halber Meter bis zur Hochwassermarke von siebzehnhundertsoundso. Im Mai hatten alle über die Trockenheit geklagt, im August war der Regen gekommen. So viel Wasser hatte Paris selten gesehen.

Martine lehnte sich über die Brüstung. Der Regen hatte aufgehört, die Angler hielten ihre Ruten in den Fluss. Die französischen Atomkraftwerke liefen bei solchen Wasserständen auf Hochtouren, die Welt war wieder in Ordnung. War sie das?

Martine ließ den Blick über die Brücke schweifen. Touristen saßen auf den warmen Steinen, das Gesicht mit halb geschlossenen Lidern der Sonne zugewandt. Kein Pariser würde auf die Idee kommen, auf dem Pont Neuf ein Sonnenbad zu nehmen, das überließ man den Amerikanern. Martine wandte sich zum Nordufer. Eigentlich war sie hergekommen, weil sie im Kaufhaus *La Samaritaine* ein Geschenk für Clément kaufen wollte. Eine Krawatte? Die würde er im Home Office sowieso nie tragen. Zigarren? Die Katze war gegen den

Rauch allergisch. Etwas Digitales? Nur über Martines Leiche: nicht noch mehr Computerschrott.

Sie beschloss, mit dem Geschenk zu warten, bis sie eine zündende Idee haben würde. Früher – Gott, wie lange dieses *früher* her war – hatte sie für Clément und die Kinder kleine Lieder aufgenommen. Clément war damals irritiert gewesen. »Willst du jetzt eine Gesangskarriere starten?«, lautete sein Kommentar. In letzter Zeit war er immer öfter irritiert über das, was Martine tat. Sie dachte sich kleine verrückte Sachen aus, die ihren Alltag ein bisschen durcheinanderwirbelten. Sie verstellte ihre Stimme und meldete sich am Telefon als Au-pair-Mädchen. Schon erstaunlich, dass die Anrufer meist überdeutlich sprachen, nur weil das Au-pair aus der Slowakei stammte.

Bei den Vorbereitungen für das Irak-Geschäft hatte Martine wochenlang mit ihrem Spezialisten Achraf zusammengearbeitet. Manchmal hatten sie morgens in Martines Büro auf den Sofas gelegen, weil sich spätnachts das Heimfahren nicht mehr gelohnt hätte. In der Firma begann die Gerüchteküche zu brodeln. Das amüsierte Martine so sehr, dass sie Achraf mehrmals in Pariser Nobellokale ausführte. Prompt berichteten die Klatschmedien über Martine Cortillon, die Chefin von *Cortillon Industries*, die mit einem jungen arabischen Mann getanzt hätte.

Ihr eigener Mann hielt Martines Verhalten für kindisch, sie dagegen fand sich im richtigen Alter für kindische Abenteuer. Mit ihren dreiundvierzig Jahren gehörte sie zu den Säulen der französischen Wirtschaft. Martine wollte keine Säule sein. Respekt und Anerkennung gut und schön, aber wenn sie sich nicht alle paar Tage mal ausgelassen und unangepasst fühlen durfte, als ganz normale Frau, dann spürte sie Beklemmung, die ihr die Luft nahm. Um sich ihre Ungezwungenheit zu beweisen, spuckte sie in den Fluss.

Martine verwarf ihren Plan, ins *La Samaritaine* zu gehen, und lief den Pont Neuf in die Gegenrichtung. Ob jemand außer ihr wusste, dass Paris' größtes Kaufhaus nach einer Wasserpumpe benannt war, die der französische König 1712 an der Brücke hatte errichten lassen, um den nahe liegenden Jardin des Tuileries zu bewässern? Überflüssiges Wissen, dachte sie, während ihre Absätze auf den alten Steinen knallten. Wozu merkte sie sich solches Zeug? Weil *La Samaritaine* eine Vorläuferin jener Wasserpumpen gewesen war, die Martine heute in die ganze Welt verkaufte. Wasser war der Rohstoff der Zukunft. Und er war in Gefahr.

Entlang der Seine schlenderte Martine in das Gewirr um Saint-Germain. Beim Pont des Arts toste der Fluss in der Eisenkonstruktion. Sie nickte einem Bouquinisten zu und schmökerte ein paar Minuten an seinem Stand. Früher hatten die Buchhändler an der Seine ihre Bücher für sich selbst sprechen lassen. Heute boten sie sie lautstark feil. Martine verstand ihre Panik. Man brauchte sich nur die Menschen rundum anzusehen: Da liefen sie an einem der schönsten Flussufer der Welt entlang, doch worauf richteten sie ihre Augen? Nicht auf die Seine, nicht auf die Menschen oder das Angebot der Bouquinisten, sie glotzten auf ein Display. Sie wischten und tippten und redeten mit unsichtbaren Gesprächspartnern. Wen interessierten in einer solchen Welt noch antiquarische Bücher? Martine stellte den Band ins Regal zurück.

»Sie interessieren sich für *Anna Karenina*?«, fragte der junge Mann.

War er wirklich jung? Blond und athletisch, knapper Pulli mit V-Ausschnitt, doch um die Augen fand Martine Zeichen durchlebter Erfahrungen. Heute war ein heiterer Tag. Der Sommer hatte seine sengende Kraft verloren, der Fluss roch nach Lehm und Holunder – in dieser Atmosphäre hätte der junge Mann fröhlich sein können, aber er wirkte schwer, umgeben von Traurigkeit.

»Danke«, antwortete sie. »Ich habe nur ein bisschen darin geblättert.«

Er zog das Buch noch einmal hervor. »Das ist eine sehr seltene Übersetzung. Sie stammt noch von vor dem Krieg.«

Martine ließ sich das Impressum zeigen. »Neunzehnhundertsechsunddreißig«, murmelte sie.

»Die modernen Übersetzungen sind einfach nur modern und weiter nichts. In diesem Buch finden Sie den wahren Tolstoi.« Der Wind blies eine blonde Strähne in seine Stirn.

Martine hatte es sich zur Angewohnheit gemacht, nichts zu kaufen, was sie nicht wirklich brauchte. Es gab ohnehin von allem schon zu viel, viel zu viel, Unmengen zu viel; man kaufte und kaufte, und nach ein paar Jahren warf man die Sachen wieder weg. Sie kannte sich gut genug, um zu wissen, dass sie Anna Karenina nicht noch einmal lesen würde. Sie sah sich lieber den Film an, den mit dieser Schauspielerin … der Dings und dem anderen, dessen Name ihr nie einfiel.

»Ich überlege es mir.«

Der junge Mann lächelte traurig. »Diesen Satz höre ich von allen Leuten, die ich nie wiedersehe.«

Aufdringliche Verkäufer waren Martine zuwider, doch er hatte nichts Aufdringliches.

»Ich suche ein Geschenk«, erwiderte sie spontan. »Für meinen Mann Clément.« Sie hatte keine Erklärung, wieso sie dem Unbekannten Cléments Namen verriet.

»Was liest ihr Mann?«

»Er liest eigentlich gar nicht, er scrollt«, antwortete sie wahrheitsgemäß.

»Warum wollen Sie ihm dann ein Buch schenken?«

»Er liebt Tiere. Wenn wir nicht in der Stadt leben würden, hätten wir bestimmt nicht nur die Katze. Haben Sie etwas für einen Tiernarren?«

Der Bouquinist drehte sich um, ein Griff ins Regal, und er präsentierte Martine einen schweren Folianten.

»*Die Fabeln?*«, rief sie überrascht. »Die Fabeln von La Fontaine?« Sie begann zu blättern, das Buch war mit ganzseitigen Radierungen von Doré illustriert.

»Es ist eine äußerst seltene Ausgabe.« Der Bouquinist trat hinter sie.

Mit wachsender Neugier blätterte sie weiter. »Ach, sieh mal an: *Der Stier und der Frosch.* An diese Geschichte erinnere ich mich.«

»Diese Fabel kommt im wahren Leben oft vor«, erwiderte er.

Martine verstand ihn nicht. »Ein Frosch, der einem Stier an Größe gleichen will?«

»Leute, die sich so lange aufblähen, bis sie platzen.«

»Ja, das stimmt. Besonders in Paris!«

Sie lachten gemeinsam.

Er beugte sich über das Buch und blätterte an eine bestimmte Stelle weiter. »Kennen Sie die Fabel vom verliebten Fuchs?«

Martine kramte in ihrer Erinnerung. »Der Fuchs will die Liebe eines Mädchens erringen«, begann sie. »Sie verspricht ihm ihre Liebe unter der Bedingung, dass er sich die Krallen schneiden und die Zähne abfeilen lässt. Der verliebte Fuchs tut, was das Mädchen befiehlt. Nun, da er sich nicht mehr verteidigen kann, hetzt sie die Hunde auf ihn.«

Er nickte anerkennend. »Sie sind eine Expertin. Und was lernen wir daraus? Dass man sich von Frauen niemals zähmen lassen darf?«

»Man sollte sich in der Liebe generell nicht zähmen lassen. – Ich nehme es.« Sie öffnete ihre Tasche.

»Es ist ein Unikat, Madame. Es gibt von dieser Ausgabe nur noch sehr wenige …«

»Sie können sich Ihr Verkaufsgespräch gerne sparen. Ich nehme es. Wie viel?«

»Tausendfünfhundert Euro, Madame.« Seine Augen blieben ernst, er schien nicht handeln zu wollen.

»Das ist tatsächlich …«

»Wenn Sie es sich noch anders überlegen wollen …«

»Ich kaufe es«, ging sie dazwischen, um ihre eigenen Zweifel niederzuringen. »Sofern ich mit Mastercard zahlen kann.«

»Wollen Sie nicht versuchen, den Preis zu drücken?«, entgegnete er verblüfft.

»Bringen Sie mich nicht in Versuchung.« Sie zückte die Kreditkarte.

Zur Rechnung legte er seine Geschäftskarte dazu. »Merci, Madame. Ich bin Benoît.«

»Bonjour, Benoît. Ich bin Martine.«

Vorsichtig senkte er das Buch in eine große Tüte.

Sie zögerte, sie zu nehmen. »Ich habe eine Bitte. Kann ich es später abholen? Ich möchte noch auf den Markt und will das schwere Ding nicht die ganze Zeit mit mir rumschleppen.«

»Selbstverständlich, Madame.« Er stellte es in den Hintergrund seines Standes.

Als Martine den Gemüsemarkt erreichte, grollte im Osten der Donner. Kam ein Gewitter aus östlicher Richtung, wurde es meistens schlimm. Sie blieb stehen. Noch mehr Regen? Wann würde das aufhören? Entfernt riss ein Blitz sein Blauweiß in den milchigen Himmel. Der nächste Donnerschlag barst über dem fünften Arrondissement. Es wurde rasch dunkel. Die Luft füllte sich mit Schwefelgeruch. Plötzlicher Schatten schnitt die Gesichter der Leute in zwei Hälften. Ein Windstoß wehte Hüte und Kappen davon. Schon zuckten Blitze wie wild über die Firste. Der Wind presste Martines Rock gegen ihre Beine. Erste Tropfen fielen klatschend auf ihre Schultern. Hier sollte sie nicht bleiben.

Martine lief gegen den Sturm, der in der schmalen Gasse heulte. Ihr kastanienfarbenes Haar wurde durcheinandergeweht. Staub wirbelte ihr ins Gesicht, sie wandte den Kopf ab. Martine stemmte sich gegen den Wind. An der nächsten Kreuzung überraschte sie die Regenwand. Nach ein paar Schritten entdeckte sie ein Café. Über dem Eingang las sie verschwommen *Petit Paris*, rannte darauf zu und trat ein.

Das Lokal war voller Menschen, die dem Unwetter entflohen waren. Dicht gedrängt standen sie beieinander. Martine schaffte es, in die Nähe der Bar zu kommen, schaltete ihr Handy ein und wollte ein Taxi rufen. Auf allen Nummern kam das Besetztzeichen. Schweren Herzens tippte sie die Nummer ihres Fahrers. Sie hatte Luc heute Vormittag freigegeben, weil sie sich endlich mal die Zeit nehmen wollte nachzudenken und ohne Ziel durch die Stadt laufen und ein Geschenk kaufen wollte.

»Rot oder Weiß?«, fragte eine junge Frau. Sie trug ein weißes Männerunterhemd, eine lange Haarsträhne fiel ihr bis zum Kinn.

»Wie bitte?« Martine senkte das Handy.

»Trinken Sie Rot oder Weiß?«

Es war noch nicht einmal Mittag, Eigentlich hatte sie ein Wasser bestellen wollen. »Rot«, antwortete sie stattdessen.

Die Frau am Tresen stellte ein Glas vor ihr ab und schenkte ein. In diesem Moment fand Martine, Alkohol am Vormttag passte zu ihrem Konzept, den Alltag ein bisschen durcheinanderzuwirbeln.

Sie nippte und beobachtete die Frau hinter der Theke. Wie flink sie beim Ausschenken war, die Bestellungen wurden im Sekundentakt erledigt. Es schien sie nicht zu stören, dass ihr die Haarsträhne unausgesetzt vor die Augen fiel. Martine bekam mit, dass die Kellnerin *Francine* gerufen wurde. Nicht alle hier waren also Zufallsgäste, dem Gewitter entflohen. Man kannte sich in diesem Café.

Mit einem sonderbar wohligen Gefühl lehnte sich Martine an den Tresen. Einfach in einem Lokal zu sitzen, ohne Termindruck, ohne jeglichen Druck, das erlebte sie sonst nie. Aus den nassen Haaren der Frauen rundum stieg feiner Dampf. Die Herrenjacken verströmten einen Geruch wie nach Mottenpulver. Existierte Mottenpulver überhaupt noch? Draußen tobte das Gewitter unvermindert, vor den

Scheiben zerfloss die Welt. Martine wurde müde. Ihr Nachbar am Tresen fragte freundlich, ob sie sich vielleicht mal an jemand anderes anlehnen könnte.

»Madame – hallo? Hallo, Madame, sind Sie noch da?«, hörte sie eine Stimme.

Sie hatte Luc ganz vergessen! Martine hob das Handy ans Ohr. »Hallo, Luc, Entschuldigung, dass ich Sie gestört habe.«

»Keine Ursache. Brauchen Sie mich, Madame? Wo soll ich hinkommen?«

Sie betrachtete ihr halb volles Glas. »Nicht nötig, Luc, genießen Sie Ihren freien Tag. Wenn das Gewitter vorbei ist, mache ich mich wieder auf die Socken.«

»Sind Sie ganz sicher, Madame?«

»Absolut sicher.«

»Übrigens, Monsieur Tschombé hat Sie gesucht«, sagte der Fahrer am anderen Ende.

»Wer?«

»Monsieur Tschombé vom Ministerium. Er fragte mich, ob ich weiß …«

»Ach, Sie meinen Bobby.« Martine hielte das Handy dicht vor den Mund, da sich schon Leute nach ihr umdrehten. Sie waren es nicht mehr gewohnt, dass jemand ganz normal wie früher telefonierte. »Ich bin Bobby für ein paar Stunden entwischt«, flüsterte sie. »Und ich bin zuversichtlich, dass er mich nicht findet.«

»Er hat Sie schon gefunden«, sagte eine Männerstimme hinter Martine.

Ohne hinzusehen, wusste sie, ihr Ausflug in die Freiheit war beendet. »Bis morgen also, Luc.«

Sie drehte sich um. Da stand Bobby Tschombé, der Mann

aus Gabun, der Leibwächter, den sie nicht brauchte, nicht haben wollte, aber erdulden musste.

»Bobby, mein Retter«, knurrte Martine. Ihre leichte Stimmung war verflogen, der Wein schmeckte nicht mehr. »Wie haben Sie mich gefunden?«

Er deutete auf ihr Smartphone.

»Verdammt. Ich hätte es ausgeschaltet lassen sollen.« Sie seufzte. »Wollen Sie etwas trinken?«

»Warum nicht?« Bobby, der dunkelhäutige Zweimetermann, baute sich vor dem Tresen auf. Die Kellnerin im Unterhemd sah ihn an.

KAPITEL 2

»DER HOHLRAUM?«

»*The cavity.*«

»Die Umdrehungsgeschwindigkeit?«

»*The speed of rotation.*«

Danny legte den Kopf schief. »*The rotation speed.*«

Martine warf sich gegen die Stuhllehne. »Ist das nicht gehüpft wie gesprungen?«

Sie trug ihre Sonnenbrille. Tagsüber Rotwein zu trinken war keine gute Idee gewesen, noch dazu mit Bobby, der eine Menge vertrug. Eigentlich hatte sie von ihm die professionelle Antwort erwartet: »*Im Dienst trinke ich nicht.*« Aber Bobby war kein gewöhnlicher Bodyguard. Er hatte sich von Francine mehrmals bereitwillig nachgießen lassen. Als das Gewitter abgezogen und die meisten Gäste gegangen waren, hatte er sich von der Kellnerin sogar auf einen Wodka einladen lassen. Wie lächerlich: Martine war ein wenig eifersüchtig gewesen; Bobby war schließlich *ihr* Bodyguard.

»Warum machst du nicht weiter?«, fragte sie Danny.

»Ich schreibe mir Ihre Fehler auf«, antwortete er über sein Heft gebeugt.

Wäre es nicht sinnvoll, Danny das Du anzubieten, überlegte Martine. Der Bursche duzte sonst bestimmt Gott und die Welt, doch ihr gegenüber schien er Respekt zeigen zu wollen. Lag es an ihrer Position? Lag es an ihrem Alter?

»Sie könnten *speed of rotation* sagen«, fuhr er fort. »Aber nur, wenn Sie es innerhalb eines Satzes verwenden.«

»Gib mir ein Beispiel.«

»*Die Umdrehungsgeschwindigkeit erhöht sich exponentiell mit dem Wasserdruck.*«

»Okay.« Sie nahm die dunkle Brille ab. »*The rotation speed increases exponential* –«

»*Exponentially*«, korrigierte er.

Er hatte recht: Es ging um Details. Martine wollte solche Details lernen. »*The speed of rotation increases exponentially with the water pressure.*«

»Ausgezeichnet.«

Die ganze Welt sprach Englisch. Jeder Mensch, der über seinen Tellerrand hinausguckte, sprach Englisch. Die Deutschen und Skandinavier taten sich darin besonders hervor und amüsierten die Welt mit ihren unmöglichen Akzenten. Die Portugiesen, Spanier und Italiener, der Westbalkan, die Ungarn, Tschechen, Polen und Balten sprachen ausgezeichnet Englisch.

Doch der Franzose war zu stolz, genauso wie die Französin. Die Franzosen trugen ihren Stolz im Herzen, sie präsentierten ihn auf ihren Fahnen und im Lebensstil. Der französische Mensch lebte in dem Glauben, dass es keine größere und elegantere Sprache auf der Welt gebe als seine eigene.

Lag darin der Grund, weshalb es mit dem Englisch von Martine Cortillon nicht weit her war? Sie beherrschte ein paar Brocken Deutsch, einige Höflichkeitsfloskeln in Mandarin und mehrere arabische Begrüßungen, aber ihr Business-Englisch war unterirdisch.

Cortillon Industries stellte Wasseraufbereitungsanlagen her. Das Hauptgeschäft lag in Nordafrika, in Staaten also, deren Business-Sprache häufig Französisch war. Bei Verhandlungen mit dem Fernen Osten ließ sich Martine von Dolmetschern begleiten. Das Gleiche galt für die arabische Welt.

Doch Karim Zaboun, der irakische Verhandlungsführer, hatte darauf bestanden, die Details des Deals auf Englisch auszuhandeln. In seiner Mail hatte Zaboun bekanntgegeben, dass er bei englisch geführten Verhandlungen keinen Dolmetscher brauche. Damit packte er Martine bei ihrer Ehre und ihrem Geschäftsverstand: Wenn es um einen Vertrag dieser Größenordnung ging, durfte sich eine Top-Managerin keine sprachlichen Schnitzer leisten.

Martine hatte kein Problem damit, dass ihr jemand etwas beibrachte, fand es aber besser, wenn niemand etwas davon erfuhr. Daher hatte sie sich nicht nach einem Englischlehrer umgesehen, sondern ihren Freund Richard in Cornwall angerufen.

»Dein Englisch ist ausgezeichnet«, lautete Richards Reaktion.

»Du hast schon mal besser gelogen, Rich«, lachte Martine. »Das sagst du nur, weil du mich magst.«

»Ich habe dich sogar einmal geliebt, Martine.«

Sie stellte sich ihren Professor vor, wie er in seinem Haus am südlichsten Zipfel Großbritanniens saß und auf seine

Blumenbeete schaute. »Ich war damals neunzehn, Rich. Aber ich liebe dich heute noch.«

»Hör auf. Du willst einen alten Mann bloß in Verlegenheit bringen.«

»Im Ernst: Kannst du mir helfen?«

»Ich kenne niemanden, der so gut Französisch spricht, dass er dich in Englisch unterrichten könnte.«

Enttäuscht hatte Martine das Gespräch beendet.

In derselben Nacht wurde sie aus dem Schlaf gerissen und tastete hektisch nach ihrem Handy.

»Ich weiß tatsächlich jemanden«, sagte Richard am Telefon.

»Rich, bist du das?«, flüsterte sie, um Clément nicht zu wecken. »Wen … Was weißt du?«

»Einen Englischlehrer.«

»Wer ist denn da?«, knurrte Clément neben ihr und zog die Decke auf seine Seite. »So eine Frechheit.«

»Entschuldige.« Sie schlüpfte aus dem Schlafzimmer ins Bad und schloss die Tür.

»Bist du noch dran?«, kam es vom anderen Ende.

»Ja, Rich.« Im Spiegel starrte Martine eine schlaftrunkene Kartoffel mit wirrem Haar entgegen. Sie fuhr sich über die Augen. »Ist dir jemand eingefallen?«

»Danny«, antwortete er putzmunter.

»Dein … Sohn?« Richard hatte, bereits im reiferen Alter, noch ein Kind bekommen. »Ist er dafür nicht noch zu klein?«

»Ich weiß nicht, urteile selbst: Kann man einen Jungen mit vierundzwanzig noch als *klein* bezeichnen?«

»Danny ist vierundzwanzig? Oh Gott, ich komme mir

uralt vor!« Mit der freien Hand spritzte sie sich Wasser ins Gesicht. »Wie sollte das funktionieren, Rich?«

»Danny nimmt gerade ein paar Monate Sabbatical, bevor er für die zweite Staatsprüfung büffeln muss. Seine Liebe zu Frankreich kennst du. Im Augenblick treibt er sich irgendwo in eurem Schlaraffenland herum. Ich habe länger nichts von ihm gehört.«

»Glaubst du, er wäre bereit, ein paar Wochen in Paris zu verbringen?«

»Machst du Witze?« Martine hörte im Hintergrund einen Wasserkessel pfeifen. »Er wird selig sein.«

»Wenn das klappt, wäre es ideal für mich.«

»Ich rufe Danny gleich an«, erwiderte Richard sonnig.

»Es ist halb fünf Uhr morgens.«

»Bei mir ist es sogar erst halb vier. Da dürfte er gerade zum Schlafen nach Hause kommen.«

»Warum bist du um halb vier Uhr denn schon auf?« Sie fuhr sich durchs Haar.

»Um Tee zu trinken natürlich.«

Ihre erste Begegnung mit Richards Sohn hatte in Martines Büro stattgefunden. Danny sah seinem Vater kein bisschen ähnlich. Er war schlank und schlaksig, Richard dagegen musste man als kompakt bezeichnen. Dunkles gelocktes Haar fiel Danny in die Stirn, Richard hatte nie besonders viele Haare besessen. Trotzdem war etwas an dem jungen Mann, das Martine an seinen wunderbaren Vater erinnerte. Die Wärme, die Ruhe, eine angenehme Unaufdringlichkeit, die nichts mit Langeweile zu tun hatte. Martine glaubte, bei Richards Sohn ein Verständnis zu spüren, das schwerlich zu seinem Alter passte.

Nach dem Ende der ersten Englischstunde hatte sie ihn zur Tür gebracht. »Was unternimmst du abends in Paris?«, fragte sie vielleicht ein wenig gönnerhaft. »Party, chillen, abhängen?«

Er sah sie mit einem mitleidigen Ausdruck an. »Wir haben nicht mehr die neunziger Jahre, Madame.«

Seine Frechheit gab ihr einen Stich. Martine fühlte sich so jung wie eh und je, doch mittlerweile bedeutete Jungsein etwas anderes. Es existierte eine kühne Unbekümmertheit bei den Millennials, eine Selbstverständlichkeit, mit der sie sich auf Social Media vermarkteten und ihre Work-Life-Balance einforderten, eine Weltoffenheit, die sich nicht zuletzt darin zeigte, dass die Jungen in Paris alle perfekt Englisch sprachen.

»In den Neunzigern hast du noch in die Windeln gemacht«, gab sie zurück und ärgerte sich sofort über die Antwort, weil sie damit offenbarte, dass er mit seiner Bemerkung ins Schwarze getroffen hatte.

»Ich habe in Paris zu tanzen begonnen«, sagte er auf seine freundliche Art.

»Tatsächlich? – Was für eine Art Tanz? In Paris ist Tango gerade in.« Clément hatte neulich angeregt, man könnte zusammen einen Tangokurs belegen.

»Nein, Tango ist es nicht.« Plötzlich klang seine Stimme anders, jünger, wie verwandelt.

•

Bei ihrer zweiten Unterrichtsstunde saßen sie nicht in Martines Büro im 12. Arrondissement, sondern in einem Café im Sechsten. Keinem besonders hübschen, es verfügte über keine

Terrasse wie das *Deux Margots* oder einen Wintergarten wie das *Canaux*. Es hatte auch keinerlei Aussicht, da die Gasse davor eng und stark befahren war. Wer in dieses Café wollte, um einen *Crème* zu trinken, musste aufpassen, nicht überfahren zu werden.

»Wir sollten den Unterricht nicht in Ihrem Büro abhalten«, hatte Danny noch vor Beginn ihrer zweiten Stunde gesagt.

»Was hast du daran auszusetzen?«

»Sie haben ein beeindruckendes Büro mit einer tollen Aussicht. Aber der Stoff, den wir durchnehmen, all diese *Hektopascals* und *Durchflussgeschwindigkeiten*, das ist schon trocken genug. Können wir das nicht in einer lebendigeren Umgebung machen?«

Martine schloss ihr Notizheft. »Was schlägst du vor?«

»Sie wollen jetzt gleich …?«, entgegnete er verblüfft.

»Wenn es dir hier nicht gefällt, lass uns abhauen.« Sie nahm ihre Tasche. »Du bestimmst die Route, Danny.«

In seinem Blick lag Bewunderung für ihre Spontaneität. »In dem Fall weiß ich genau das Richtige, Madame.«

Nachdem Martine ihren Leibwächter wie gewohnt nicht losgeworden war, nachdem der Chauffeur sie zur Ile de la Cité gebracht hatte und sie den Quai de Conti entlangliefen, begann Martine sich mehrmals umzudrehen.

»Was haben Sie?«, fragte Danny.

»Ich kenne das.«

»Jeder Mensch auf der Welt kennt das Ufer der Seine.«

»Aber ich kenne genau diesen Bouquinisten.« Sie zeigte auf einen geschlossenen Stand.

Danny lief weiter, Bobby blieb dicht hinter ihnen. Gleich

darauf erkannte Martine die schmale Gasse wieder, die bei strömendem Regen anders ausgesehen hatte, doch sie erinnerte sich an das Schild *Petit Paris*.

»Was für ein Zufall! Hier war ich erst vor drei Tagen.«

»Es gibt keine *Zufälle*, Madame«, sagte Danny. »Wussten Sie das nicht?«

»Wie bist du auf das *Petit Paris* gekommen?«

»Ich bin öfter hier. Die Probebühnen der Bastille-Oper liegen gleich um die Ecke. Viele Opernleute essen im Petit Paris zu Mittag.«

»Was hast du mit der Oper zu tun?«

Statt einer Antwort überquerte Danny die Straße, Martine sprang hinterher, Bobby musste die Durchfahrt eines Lieferwagens abwarten. Sie traten ein.

Wer den Namen *Petit Paris* hörte, stellte sich den Charme und den Esprit vor, der für Paris stand. Man dachte an runde Metalltische mit Marmorplatten, saloppe Kellner mit bodenlangen Schürzen, einen Holzboden, auf den nach Feierabend Sägespäne gestreut wurden, um die Weinreste aufzusaugen. Man dachte an knusprige Croissants und Milchkaffee in großen henkellosen Tassen. So und nicht anders hatte ein Café zu sein, das *Petit Paris* hieß.

Dieses Lokal hatte dagegen quadratische Tische und Stühle, deren Kunstlederbezug bessere Tage gesehen hatte. Die Fensterfront war in Nischen eingeteilt. Die Bar mutete amerikanisch an, und dahinter stand Francine in ihrem Herrenunterhemd.

Sie fanden eine freie Nische am Fenster. Bobby nahm an einem Tisch in der Nähe Platz. Martine bestellte *Crème*, Danny trank *Orangina* mit einem Strohhalm aus der Flasche und sah fast wie der kleine Junge aus, den sie früher gekannt hatte. Sie schlugen ihre Hefte auf, nahmen die unregelmäßigen Verben durch und wiederholten die Vokabel zum Thema Hydraulik.

Die Tür ging auf. Herein kam jemand, den sie auch nicht zum ersten Mal sah.

»Madame!«, rief der Eintretende. »Erkennen Sie mich?«

»Ja … Aber ja –« Sie dachte in Windeseile nach. »Sie sind … Bertrand?«

»Benoît«, korrigierte er lächelnd und gab ihr die Hand.

»Benoît, natürlich.«

»Sie haben einen glücklichen Mann aus mir gemacht.« Er ließ ihre Hand nicht gleich wieder los.

»Wieso?«

Statt zu antworten, wandte sich Benoît ins Lokal und erhob seine Stimme. »Hört mal her! Das ist die Frau, von der ich euch erzählt habe!«

Alle Blicke wandten sich der Nische am Fenster zu.

»Bravo, Benoît!«, rief ein Bartträger mit Stentorstimme.

»Bravo, Madame!«, rief eine Asiatin, neben der ein Cellokasten stand.

»Was ist hier los?«, fragte Martine verwundert.

Ehe Benoît antworten konnte, warf die Kellnerin ihre Haarsträhne aus der Stirn und rief: »Das ist Benoîts neue Liebe. Sie macht ihn glücklich!«

Darauf lachten viele im Café.

»Ich spendiere eine Runde für alle«, ließ sich Benoît vernehmen.

»Was soll das Ganze?« Martines Frage ging im allgemeinen Applaus unter.

Francine köpfte eine Champagnerflasche und begann einzuschenken.

»Sie haben mir ein Buch abgekauft«, antwortete Benoît.

»Und wegen *eines* Buches machen Sie so ein Aufsehen?«

»Es war ein besonderes Buch.« Ohne um ihre Erlaubnis zu bitten, setzte er sich neben sie. »Bonjour, Danny«, sagte er nebenbei.

»Salut, Benoît«, antwortete ihr Englischlehrer.

»Ich kennt euch auch?« Misstrauisch blickte Martine von einem zum anderen. »Ist das eine abgekartete Sache zwischen euch? Hast du mich absichtlich hierhergeführt?«

»Abgekartet?« Benoît und Danny sahen einander verständnislos an.

»Benoît ist ständig hier, um seinen Frust zu ertränken, wenn er mal wieder nichts verkauft hat«, erklärte Danny.

Benoît nickte. »Und Danny sitzt gern bei den Opernleuten, die jeden Tag hier abhängen.«

»Aber ... Ich verstehe nicht ...«

Danny lächelte. »Was Sie nicht verstehen, Madame, ist das Leben. Das Leben führt uns an den richtigen Ort, wenn wir dem Leben die Chance dazu geben.«

»Habe ich dem Leben denn ... eine Chance gegeben?«, erwiderte Martine unsicher.

Mit einem Tablett trat Francine an ihren Tisch. »Bedient euch selbst.«

Während Benoît Martine ein Sektglas gab, sagte er: »Genau an dem Tag, als Sie mir die Fabeln abgekauft haben, hatte ich beschlossen, meinen Stand für immer dichtzumachen. Alte Bücher zu verkaufen wirft nichts mehr ab. Ich bin pleite. Ich bin schon so lange pleite, dass ich mich wundere,

dass ich überhaupt noch lebe. Sie haben mein Leben geret-
tet.« Er prostete ihr zu. »Das werde ich Ihnen nie vergessen,
Madame.«

Verwundert, erstaunt, bewegt sah Martine den Bouquinisten an. »Gern geschehen, Benoît.«

Hell klangen die Gläser gegeneinander.

KAPITEL 3

»OH NEIN, IST das heute?«

Martine warf die Schuhe in die Ecke. »Ich kann nicht mehr, ich kann auf gar keinen Fall heute noch ausgehen. Wir sagen das ab!« Sie redete sich in Rage, weil sie wusste, dass sie um den verdammten Termin nicht herumkam. Dabei drängte die Zeit, in einer Stunde mussten sie bereits aufbrechen.

Clément sah in seinem Smoking blendend aus. Wenn man nicht zu genau hinguckte, konnte man ihn im Abendanzug mit James Bond verwechseln. Keinem bestimmten Bond, einfach 007 im Allgemeinen. Clément war ein attraktiver Mann.

Martine liebte Musik, fast jede Musik, schnelle, laute, fröhliche und besinnliche. Doch für das Geschrei und Gestelze auf einer Opernbühne fehlte ihr jedes Verständnis. Sie begriff nicht, wieso Tausende Menschen täglich in die Pariser Opernhäuser strömten. Clément war einer von ihnen, und zu allem Überdruss verehrte er ausgerechnet Wagner. Zwei Stunden auf einem engen Theatersessel zu verbringen, umgeben von sensiblen Kunstkennern, das ging ja noch an. Aber Wagner? Tristan dauerte vier Stunden, die Meistersinger viereinhalb, Parsifal fünf! Wer sich eine solche Tortur antat, musste definitiv einen Sprung in der Schüssel haben.

»Sprung in der Schüssel«, murmelte Martine.

»Was hast du gesagt?« Im Schlafzimmer trank Clément seinen Ingwertee. Bevor er sich in eine große Menschenmenge mischte, stärkte er sein Immunsystem.

»Ich habe nichts gesagt«, rief sie vor dem Spiegel und hielt sich abwechselnd das blaue und das bordeauxrote Kleid vor die Brust.

»Du hast *Sprung in der Schüssel* gesagt.«

»Du hast dich verhört.« Sie lief mit beiden Kleidern nach drüben. »Blau oder rot?«

Er saß auf dem Bett. »Der Stoff des roten fällt so wunderbar leicht. Aber das blaue hat auch seinen Reiz, besonders mit der Schmetterlingsbrosche. Andererseits …«

Schnaubend verließ Martine das Schlafzimmer. Wieso konnte er ihr keine klare Antwort geben? Sie hängte beide Kleider zurück und riss das kleine Schwarze heraus. Chanel passte immer.

»Wo sind die Jungs heute Abend?«, rief Clément.

»Sie übernachten bei Elias. Ich hatte mich auf einen gemütlichen Abend gefreut, nur wir beide«, lockte sie und wusste, es war vergebens. Gegen Wagner kam sie nicht an.

»Heute wird ein genussreicher Abend«, erwiderte Clément.

Das wird er nicht, dachte sie und griff zur Wimperntusche. »Hast du die Katze gefüttert?«

»Ist längst geschehen.«

Luc erwartete sie mit dem Wagen, Bobby nahm auf dem Beifahrersitz Platz. Bis zur Place de la Bastille war es eine

Fahrt von zwölf Minuten. Durch den Stau mussten sie nochmal fünfzehn draufschlagen. Für Clément galt Zuspätkommen als achte Todsünde. Er fand sich grundsätzlich zwei Stunden vor einem Abflug auf dem Airport ein, selbst wenn es nur von Paris nach Bordeaux ging. Da Martine dauernd unter Zeitdruck stand und gewohnheitsmäßig zu spät kam, ließ eine Situation wie diese sie kalt. Außerdem hatte sie die gemeine Hoffnung, dass Luc es nicht schaffen würde.

»Schlimmstenfalls verpassen wir eben die Ouvertüre«, sagte sie.

»In dem Fall könnte ich die Oper nicht mehr genießen«, antwortete Clément.

Sie legte ihre Hand auf seine. »Wenn wir es ohnehin nicht schaffen, könnten wir stattdessen essen gehen, und hinterher tauchen wir kurz in Alfreds Garderobe auf und sagen: Es war toll, großartig, bravo, bravo! Was hältst du davon?«

»Er singt Rheingold«, entgegnete Clément entrüstet. »Und er ist dein Cousin.«

Martine hasste es, wenn er ihr diesen indignierten Blick zuwarf. »Was hat Rheingold damit zu tun, dass Alfred mein Vetter ist?«

»Er steht drei Stunden auf der Bühne und singt sich die Seele aus dem Leib. Ihn nachher anzulügen kommt nicht in Frage.« Clément beugte sich vor. »Wir schaffen es doch noch, Luc, nicht wahr?«

»Ich bin zuversichtlich, Monsieur.« Der Fahrer mit dem Lockenkopf warf einen vorsichtigem Bick in den Rückspiegel. Ihm war bewusst, dass er, was Madame betraf, gerade die falsche Antwort gegeben hatte.

Clément sank in das weiche Leder zurück. »Rheingold hat

keine Ouvertüre«, dozierte er. »Nur ein Vorspiel. Außerdem haben wir eine Loge und können noch im letzten Moment hineinschlüpfen, vorausgesetzt Monsieur Tschombé braucht nicht zu lange mit dem Security Check.«

»Ich beeile mich, Monsieur«, sagte der Leibwächter, ohne sich umzudrehen.

Martine verbiss ihren Ärger. So viele Opernhäuser gab es auf der Welt. Wieso musste sich ihr Cousin Alfred ausgerechnet an der Bastille engagieren lassen? Sie starrte aus dem Fenster. Es sah schon wieder nach Regen aus.

•

Nach der Vorstellung nahm Clément an der Garderobe die Regenmäntel in Empfang. »Ich muss sagen: Alfred war großartig.«

»Aber er hat einen Gnom gespielt«, entgegnete Martine. »Außerdem war er nur in einer einzigen Szene dran.«

»Die Rolle des *Mime* ist eine extrem anspruchsvolle Partie, sehr schwer zu singen«, erklärte Clément. »In Alfreds Alter schon so einen phantastischen Mime hinzulegen, das soll ihm mal einer nachmachen.«

Martine hakte ihren Mann unter und manövrierte ihn statt zum Ausgang zur Feuerschutztür.

Sofort war Bobby zur Stelle. »Wo wollen Sie hin, Madame?«

»Hinter die Bühne. Wir gratulieren meinem Cousin und sind in Nullkommanichts wieder da. Sie können gern so lange warten.«

»Das geht nicht, Madame. Das wissen Sie.«

»Dann kommen Sie eben mit.« Sie seufzte.

Clément blieb stehen. »Du willst jetzt schon hinter die Bühne? Alfred braucht bestimmt eine Weile, um sich abzuschminken.«

»Seine Maske war scheußlich. Einen Buckel haben sie ihm auch verpasst und eine falsche Nase.«

»Und weißt du, warum?«

»Du wirst es mir bestimmt gleich erklären.«

»Bei Wagner ist Mime die leibhaftige und gewollte Persiflage eines Juden.«

»Trotzdem verehrst du Wagner?«

»Wagners Musik steht haushoch über seinem Antisemitismus.«

Sie erreichten die Tür, die in die Eingeweide der Oper führte. Clément war es sichtlich unangenehm, in den Künstlerbereich einzudringen.

»Wir können da nicht einfach reinspazieren.«

»Keine Sorge, Alfred hat mir erzählt, dass auf dieser Etage der Chor sitzt. Aber in Rheingold gab es gar keinen Chor. Wir werden also niemanden stören. Zu Alfred müssen wir einen Stock tiefer.«

Zu dritt liefen sie auf die Treppe zu. Eine Garderobentür stand offen. Martines Blick fiel in einen Raum voll nackter Männer. Ein fleischfarbenes Suspensorium bedeckte das Nötigste. Vorhin hatte sie diese nackten Männer auf der Bühne gesehen. Sie waren im Gefolge der *Rheintöchter* aufgetreten.

Das Bühnenbild stellte den Grund des Rheins dar. Martine hatte sich über die zappelnden Unterwasserwesen lustig machen wollen, unerklärlicherweise gelang es ihr nicht. Diese grün beleuchteten Figuren begannen plötzlich zu schweben.

Tatsächlich *schwammen* sie durch ihr nasses Reich. Martine hatte sich angestrengt, die Fäden und Seile zu erkennen, an denen sie hängen mussten; nichts war davon zu sehen gewesen. Die Unterwasserwelt in Kombination mit der pulsenden, schwellenden Musik hatte Martine seltsam berührt. Plötzlich waren ihr Tränen über die Wangen gelaufen. Sie hatte sie schnell weggewischt, damit Clément nichts merkte. Lag darin Wagners Geheimnis? Gab es in all dem Schwulst und Getöse eine Magie, die ihren Weg zu Martines Herzen fand? Sobald die Rheintöchter zu singen begannen, war der Zauber allerdings vorbei gewesen. Das Geschrei der Sopranistinnen hatte Martine in die Realität zurückgeholt und ihre Abneigung gegen die Oper gefestigt.

Nun sah sie die Unterwassermänner im kalten Licht der Garderobenbeleuchtung. Waren das Tänzer? Die Bastille-Oper beschäftigte eine eigene Ballettcompagnie. Es mussten Tänzer sein.

»Komm, weiter«, flüsterte Clément. Aus Panik, in eine peinliche Situation zu geraten, wandte er den Blick ab.

Martine starrte die Männer unverwandt an. »Danny?«, rief sie.

Ein junger Mann drehte sich um. »Madame Cortillon?«, entgegnete er staunend.

»Was machst du denn hier?«

Sein Gesicht zerfloss zu einem Lächeln. »Na, jetzt wissen Sie es wenigstens.«

»Was weiß ich, Danny?«

»Was ich abends mache. Danach haben Sie doch gefragt.«

Auch sie musste lachen. »Das ist in der Tat eine ungewöhnliche Freizeitbeschäftigung. Du hast mir in dem Wasserballett gut gefallen.« Sie wandte sich in die Runde. »Übrigens Sie alle, Messieurs. Ihr Auftritt war das Beste an der ganzen Oper.«

Die Unterwasserwesen lachten.

Martine spürte den prüfenden Blick ihres Gatten. »Darf ich vorstellen? Das ist Clément, mein Mann, das ist Monsieur Tschombé, und das ist Danny, mein neuer Englischlehrer.«

»Ich gehe schon mal vor.« Clément nickte Danny zu und verließ die irritierende Präsenz unbekleideter Männerkörper.

»Ich freue mich auf unsere nächste Unterrichtsstunde.« Mit unerklärlich guter Laune wandte sich Martine zu ihrem Bodyguard. »Wollen Sie die Herren nicht auf Waffen durchsuchen?« Sie winkte Danny zu und eilte Clément hinterher.

Wenige Minuten später betraten sie zu dritt die Künstlergarderobe: »Mein Lieblingsvetter!«, rief Martine. »Du warst großartig!«

»Soweit ich weiß, bin ich dein einziger Vetter.« Alfred Dutroux, der Tenor, ein Sänger, von dem man gewiss noch hören würde, schälte sich gerade aus seinem Kostüm. Er gab die falsche Nase der Garderobière, sie half ihm in den Bademantel. »Hat es euch gefallen?«

Vertrauensvoll wandte sich Martine zu Clément; er würde bestimmt die richtigen Worte finden.

»Ich bewundere dein Deutsch«, sagte er. »Du singst Wagner ohne hörbaren Akzent.«

»Das war ein hartes Stück Arbeit. Aber ich hatte Hilfe. Meine Agentin stammt aus Wien.« Alfred nahm sich von den Abschminktüchern. »In meiner nächsten Partie werde ich sogar Englisch singen.«

»Was ist es?«, fragte Clément.

»*The Rake's Progress* von Strawinsky.«

»Oh, wie anspruchsvoll.«

Der Tenor warf seiner Cousine einen provokanten Blick zu. »*Rake's Progress* – Strawinsky - nie gehört, stimmt's?«

»Stimmt genau.« Sie umarmte ihn übermütig. »Für mich fängt Musik eigentlich erst mit den Beatles an.«

KAPITEL 4

»HABEN SIE SCHON mal einen umgebracht?«, fragte Benoît, der Buchhändler.

»Wie kommen Sie darauf?« Bobby streckte seine langen Beine unter dem Tisch aus.

»Ich sehe, Sie tragen eine Waffe. Sind Sie Polizist?«

»So eine Art Polizist«, entgegnete Bobby.

»Welchen Rang haben Sie?«

»Lieutenant.«

»Offizier sogar. Also, haben Sie schon mal?«

»Was?«

»Einen umgebracht?«

»Darüber will ich nicht sprechen.«

»Das bedeutet, Sie *haben*.«

Bobby warf einen Blick zur Nische, wo Martine und Danny über ihre Hefte gebeugt saßen. »Reden wir über etwas anderes.«

»Was machen Sie, wenn Ihnen jemand seine Knarre vor die Nase hält und sagt: Keine Bewegung oder ich schieße?«

»Keine Bewegung natürlich.«

»Ach so«, erwiderte Benoît enttäuscht. »Das ist ja nicht besonders spektakulär.«

»Ich will schließlich überleben.« Bobby nickte zur Bar hinüber. »Kennen Sie Francine?«

»Jeder kennt Francine.«

»Ich meine, kennen Sie sie besser? Was wissen Sie über sie?«

»Ich habe mit ihr geschlafen, wenn Sie das meinen.«

»Und seid ihr … zusammen?«

Benoît musterte den Leibwächter erstaunt. »Nur weil wir miteinander geschlafen haben?« Er trank seinen Rotwein aus. »Mit wie vielen schlafen Sie durchschnittlich im Jahr?«

»Keine Ahnung. Zwei, drei vielleicht.«

»Wann haben Sie damit angefangen?«

»Mit sechzehn.«

»Wie alt sind Sie?«

»Achtunddreißig.«

»Achtunddreißig minus sechzehn macht zweiundzwanzig. Drei Partnerinnen pro Jahr mal zweiundzwanzig Jahre bedeutet: Sie haben mit circa sechzig Frauen geschlafen.«

»Ach, sieh mal an. Hätte ich nicht gedacht.«

Benoît machte Francine ein Zeichen, dass er seinen Wein aufgefüllt haben wollte. »Ich verstehe immer noch nicht, wieso Madame Cortillon einen wie Sie braucht.«

»Was heißt *einen wie Sie*?«

»Einen Leibwächter.«

»Das ist so eine Versicherungssache.«

»Ist sie denn in Gefahr?«

»Darüber darf ich nicht sprechen.«

Benoît nahm das volle Glas entgegen. »Merci, Francine.«

»Sie auch etwas?«, fragte sie Bobby.

»Danke, mir geht's gut.«

Sie musterte ihn. »Das mit dem Wodka neulich war wohl eine Ausnahme?«

»Das war kurz vor Dienstschluss, da habe ich mir mal erlaubt … Jetzt bin ich im Dienst.«

»Ist Ihr Dienst nicht ziemlich langweilig?«

»Sterbenslangweilig. Aber einer muss ihn machen.«

Sie sahen einander an. Bobbys Blick folgte ihr, während sie hinter den Tresen ging.

»Also, wieso braucht Madame Cortillon einen Leibwächter?«, drängte Benoît.

Die Verunreinigung des Trinkwassers in den Ballungsgebieten des Irak hatte derart zugenommen, dass es zu Ausbrüchen von Krankheiten gekommen war, die man für längst besiegt hielt. In der Millionenstadt Kirkuk war das Problem so massiv, dass sich die Verwaltung entschlossen hatte, statt die zentrale Wasseraufbereitungsanlage zu modernisieren, in mehrere kleinere Anlagen zu investieren. Nach der internationalen Ausschreibung war der französischen Firma *Cortillon Industries* der Zuschlag erteilt worden. Doch die Vertragsverhandlungen erwiesen sich als zäh. Nachdem Madame Cortillons Unterhändler nicht weitergekommen waren, wollte sie die Kuh persönlich vom Eis holen. Martine lud eine irakische Delegation nach Paris ein.

Wegen der politischen Lage im Irak ließen die Einreisegenehmigungen wochenlang auf sich warten. Martine sprach im Innenministerium vor. Sauberes Trinkwasser, argumentierte sie, diene den Menschen des Irak, unabhängig davon, wie instabil man das Regime dort einschätze. Das Innenministerium stellte eine Bedingung: Während des Aufenthalts der irakischen Delegation in Paris sollte Martine Personenschutz bekommen. Man übergab die Angelegenheit dem Nachrichtendienst DCRI, dessen Aufgabenbereich Terrorismusabwehr und Gegenspionage umfasste. Die DCRI teilte Madame Cortillon ihren besten Mann zu, den aus Gabun gebürtigen Robert Tschombé, genannt *Bobby*.

Bobby warf einen Blick zur Nische. Die Notizhefte waren geschlossen, das Gespräch der beiden schien sich nicht mehr um die unregelmäßigen englischen Verben zu drehen.

Martine aß den kleinen Keks neben der Kaffeetasse. »Und du hast dich gemeldet und bist sofort genommen worden?«

Danny trank seine zweite Orangina. »Eine Tänzerin hat mir erzählt, dass die Bastille-Oper Bewegungsstatisten für Rheingold sucht. Hunderte Bewerber sind zum Vortanzen erschienen. Wer in die engere Auswahl kam, musste sich ausziehen.«

Sie schmunzelte. »Und ich dachte, ihr seid alle Tänzer.«

Danny ließ den Strohhalm in die Flasche sinken. »Ich wollte eigentlich Tanz studieren, Madame«, sagte er mit veränderter Stimme.

»Ach ja? Richard sagte mir, du büffelst fürs Staatsexamen.«

»Ich habe lange mit Dad darüber gestritten. Schließlich haben wir uns darauf geeinigt, dass ich zuerst etwas ›Vernünftiges‹ lernen soll. Das war die dümmste Idee meines Lebens.«

»Wieso?«

»Weil ich jetzt zu alt bin! Kein Mensch kann mit vierundzwanzig noch Tänzer werden. Damit muss man als Kind anfangen. Ob man Musical tanzt, klassisch oder Freestyle – spätestens mit vierzig ist die Karriere vorbei. Dann machen die Gelenke das nicht mehr mit.«

»In dem Fall hatte Rich ja vielleicht recht, dich etwas Vernünftiges studieren zu lassen.«

»Das bedeutet aber, dass ich die einzige Sache, die mich mit Leidenschaft und Demut erfüllt, nur zum Zeitvertreib ausüben kann«, erwiderte Danny wütend.

Welcher Vierundzwanzigjährige redete heutzutage von *Demut*, überlegte Martine. Sie bemerkte Bobby, der auf seine Armbanduhr tippte. Martine bedeutete ihm, er solle den Wagen kommen lassen.

»Ich fürchte, ich muss los. Kann Luc dich irgendwo absetzen?«

Danny lachte überrascht. »Ich lasse mich doch nicht von Ihrem Chauffeur nach Hause bringen.«

»Wieso nicht?«

»Ich nehme lieber die Métro.«

Martine ahnte, was Danny über sie dachte: Die arme reiche Industrielle in ihrem goldenen Käfig. Er dagegen war der Paradiesvogel, der, statt Jura zu studieren, nackt über eine Bühne hüpfte. Sie, eingepfercht in ihre termingetaktete Technologiewelt, in der es um *Radialkolbenpumpen* und *Druckbegrenzungsventile* ging – er, Herr seiner Zeit, der das Leben uneingeschränkt durch sich hindurchfließen ließ. Verdammter Blödsinn, oder? Wieso regte sie sich dann so darüber auf? Zu dritt traten sie ins Freie.

Als hätte das Schicksal beschlossen, Martine ihre Realität erneut vor Augen zu führen, kam in diesem Moment eine fröhlich lärmende Gruppe um die Ecke. Junge Leute allesamt, deren Kleidung, Frisur und Auftreten in die Welt hinausschrien: Seht her, wir sind Künstler! Wir sind frei, wir sind das Salz der Erde und nicht so spießig wie ihr Normalsterblichen.

Als sie Danny vor dem Petit Paris erblickten, ging ein Hallo durch die Runde. Sie umarmten und küssten ihn, hakten ihn unter und protestierten, weil er schon gehen wollte. Er müsse unbedingt noch etwas mit ihnen trinken.

Eine junge Asiatin hatte die Kapuze ihrer roten Regenjacke übergestülpt. »Ich habe x-mal bei dir angerufen«, sagte sie zu Danny.

»Bestimmt war mein Akku leer.«

»Billige Ausrede.« Sie stieß ihn an.

Die Künstler umringten Danny. Martine befand sich plötzlich außerhalb dieses Kreises. In ihrem Business-Kostüm mit den bequemen, aber sündhaft teuren Schuhen kam sie sich deplatziert vor. Zu allem Überfluss fühlte sich Bobby bemüßigt, ihr Platz zu verschaffen, und schob zwei junge Frauen rüde beiseite.

»Lassen Sie doch, Bobby«, zischte Martine.

Danny wandte sich zu ihr. »Ich bleibe noch ein bisschen. Wollen Sie nicht auch etwas mit uns trinken?«

Martine zögerte. Weshalb verspürte sie plötzlich diese Lust zuzustimmen? Wäre es nicht herrlich, einfach wieder hineinzugehen, das Tagesgericht zu bestellen, die jungen Künstler und diesen ungewöhnlichen jungen Mann näher kennenzulernen? Was hinderte sie daran, es zu tun, ihr Pflichtbewusstsein? Oder war es etwas anderes? Sie deutete auf ihre Uhr. »Das geht leider nicht.«

»Dann also bis übermorgen.« Danny ließ sich von den anderen ins Petit Paris zurückziehen.

»Gehen wir, Madame?«, fragte Bobby.

Drinnen begrüßten die Künstler beiderlei Geschlechts Benoît und Francine. Es gab neugierige Blicke aus dem Fenster. Offenbar erzählte Danny gerade, mit wem er die letzte Stunde verbracht hatte.

Jetzt erfahren alle, dass ich Nachhilfestunden brauche, dachte Martine.

Bobby trat hinter sie. »Luc wollte nicht in die engen Gassen hineinfahren. Er wartet am Ufer. – Kommen Sie?«

Im Petit Paris wurden Tische zusammengeschoben. Francine verteilte Speisekarten. Aus der Küche kam ein gut gelaunter Araber, umarmte die meisten und küsste Danny. Ihm wurden Bestellungen zugerufen.

Ich bin hier draußen, dachte Martine. Das ist mein Leben. Das dort drinnen ist das Leben der anderen. Wie lächerlich, dass ich mich plötzlich einsam fühle.

»Madame? – Wollen wir?«

»Ja. Ja, ich komme.«

Sie und ihr Bodyguard verließen die lärmende Gasse.

KAPITEL 5

SEIT MARTINE IHN kannte, schlief Clément nackt, sogar im Winter. Wenn sie sich gemeinsam fürs Bett fertig machten, behielt er bis zum letzten Augenblick die Unterhose an. – Etwa aus Respekt Martine gegenüber? Schamhaftigkeit konnte es nach dreizehn Jahren Ehe kaum sein.

Er putzte seine Zähne mit aggressiver Akribie. Bei ihm hielten die Bürstenaufsätze immer nur ein paar Wochen. Wenn Martine sagte, dass er seine Zähne bald komplett weggeputzt haben würde, fletschte er sein makelloses James-Bond-Gebiss. Clément hatte eine perfekte Haut, er war gut trainiert, bei ihm zeigte sich noch kein einziges graues Haar.

Dagegen musste Martine morgens und abends konzentriert an ihrem Aussehen arbeiten. Die Creme für die Nacht, das Augengel, die Körperlotion, das aufpolsternde Serum, angeblich ein Wundermittel, Martine benutzte es heimlich. Clément brauchte nicht zu wissen, dass jede neue Falte ihr zu schaffen machte.

Manchmal nahm sie sich vor, im Bett etwas Raffiniertes

anzuziehen, leider wurde ihr so leicht kalt. Martine fror selbst während einer Hitzewelle. Ein langärmeliges Shirt und eine Pyjamahose mussten es mindestens sein. Sobald es kühler wurde, legte sie eine Wärmflasche bereit.

Sie brauchte eine Viertelstunde länger als Clément. Daher hatte er die Erlaubnis, die Serie schon allein weiterzuschauen. Die derzeitige Serien-Situation war ein Trauerspiel: Nichts kam an ›BB‹ heran, die Mutter aller Serien, die jeder gesehen und geliebt hatte. Trotzdem suchte und suchte man, fing schließlich irgendetwas Neues an und quälte sich mehrere Folgen lang, weil keiner zugeben wollte, dass es ihn anödete. Martine war es oft zu brutal, Clément meistens politisch zu unkorrekt.

»Das ist ja grauenhaft recherchiert!«, rief er aus dem Schlafzimmer.

»Passiert gerade etwas Spannendes?«, antwortete sie aus dem Bad.

»Ich fasse es nicht!«

»Betrügt sie ihn endlich mit diesem Offizier?« Mit dem Wattestäbchen nahm sie einen Hauch von dem Gel auf und tupfte es rund um die Augen. Das Zeug war unverschämt teuer. »Was passiert denn?«

»Eine Karte von Europa aus dem Jahr 1940 liegt auf dem Tisch!«

»Und was ist daran so ungewöhnlich?«

»Weißt du, wie die von den Deutschen besetzten Gebiete beschriftet sind? – Da steht *Nazi-Territorium!*« Er lachte höhnisch. »Nazi-Territorium!«

»Aber wenn die Nazis diese Länder erobert haben, wieso sollte dort nicht Nazi-Territorium stehen?«

Clément sprang aus dem Bett und steckte den Kopf durch die Badezimmertür. »Weil *Nazi* ein Schimpfwort war! Kein Mensch hätte auf eine deutsche Landkarte *Nazi-Territorium* geschrieben.«

»Wieso regt dich das so auf?«

»Wenn wir uns schon eine historische Serie anschauen, erwarte ich, dass die Macher wenigstens die Fakten kennen!«

Martine schob das Döschen mit dem Wundermittel hinter die anderen Tiegel und Tuben. »Ich habe den Verdacht, dass du selbst ein verkappter Nazi bist.« Mit einem Kuss auf die Wange machte sie ihm klar, dass sie scherzte. »Du bist Wagner-Fan, dich stört Wagners Antisemitismus nicht, und jetzt betreibst du sogar die Ehrenrettung der Nazis auf Netflix.«

»Ich lasse mich nur nicht gern für dumm verkaufen.« Er stolzierte zurück nach nebenan.

Clément für dumm zu verkaufen war unmöglich. Er war der belesenste Mensch, den sie kannte. Und das war für einen Immobilienmakler schon erstaunlich.

»Wenn du nicht bald ins Bett kommst, schalte ich ab!«, rief er.

»Das ist die beste Idee.« Ein letzter Blick in den Spiegel. »Ich muss morgen früher raus als sonst.«

»Warum?«

»Wegen der Jungs.« Sie schlüpfte unter die Decke. Martines Füße waren eiskalt.

»Was ist mit ihnen?«

Sie schob ihre Füße auf seine Seite. »Das Ferienlager.« Clément hatte immer warme Füße, warme Hände, sogar wenn er im Winter stundenlang auf einer Baustelle stand und mit den Kunden verhandelte.

»Das ist schon morgen?« Er rubbelte ihre Füße mit seinen Waden warm. »Und sie sind volle drei Wochen weg? Soll ich ihnen für die Zeit etwas mitgeben?«

»Was zum Beispiel?«

»Geld.«

»So sieht also deine Erziehung aus.« Sie knuffte ihn kameradschaftlich.

Martine hätte sich gern in seinen Arm gekuschelt. Aber in diesem Punkt hatte ihr Clément bereits in der Zeit der ersten Verliebtheit, als sie noch jeden Tag miteinander schliefen, reinen Wein eingeschenkt: Er war kein Kuschler. Sein vor dreizehn Jahren ausgesprochenes Mantra haftete ihr noch im Gedächtnis: »In der Nacht ist jeder für sich allein verantwortlich.« Es kam Martine vor, als hätte sie das letzte Mal im frühen Mittelalter gekuschelt, aber wenigstens wurden ihre Füße warm. »Von mir aus kannst du abschalten.«

»*Nazi-Territorium* – Schwachsinn.« Clément verbannte Netflix aus dem Schlafzimmer. »Mein morgiger Tag ist auch blöd.«

»Warum?«

»Das Bauprojekt auf Montmartre.«

»Ist das noch nicht unter Dach und Fach?«

Er löschte das Licht auf seiner Seite. »Da ist eine alte Frau, der die Villa auf der anderen Straßenseite gehört. Die Baufirma braucht Zugang zu ihrem Haus, um an die Starkstromleitungen zu kommen.« Er klopfte sein Kissen zurecht. »Ist alles langweilig. Ich will dich damit nicht belästigen.«

Sie löschte ihr eigenes Licht und rutschte etwas näher. »Erzähl doch.«

»Die Stadt hat für den Baubeginn grünes Licht gegeben. Das Projekt umfasst immerhin ein Volumen von hundert Millionen. Doch plötzlich wurde die Sache wieder gestoppt. Der alte Drachen verfügt offenbar über gute Verbindungen.«

»Wohin?«

»Bis in den Elyssée-Palast, fürchte ich.«

»Und was hast du damit zu tun?«

»Ich muss morgen den Wolf im Schafspelz spielen.«

Sie berührte seine Schulter. »Ob dir das gelingen wird, du *Wolf*?«

»Ich soll meinen Charme auspacken und die Madame umzustimmen versuchen.«

Sie küsste seine nackte Schulter. »Bei deinem Charme dürfte dir das nicht schwerfallen.«

Er schob ihre Hand weg, scheinbar um ihr einen Gutenachtkuss zu geben, und drehte sich auf die andere Seite. »Schlaf gut.«

»Du auch.«

Im Zimmer wurde es still.

Wann hatte das angefangen, dass es aufhörte? Nicht gleich nach der Geburt der Kinder. Danach war noch der Urlaub auf Sardinien gewesen, die Villa, der Blick übers Meer, zauberhaft! Sie hatten im Pool Sex gehabt und auf dem Esstisch, eigentlich überall. Die Tage in London fielen ihr ein. Um Mitternacht waren sie mit dem Mietwagen vor den Buckingham Palast gefahren und hatten es im Auto gemacht, sozusagen unter den Augen der Queen. In Lissabon hatten sie die meiste Zeit gestritten. Martine nickte in die Dunkelheit: Nach der Lissabonreise war ihr Sex dürftiger geworden. Und heute? Das letzte Mal hatten sie miteinander geschlafen, während die Küche renoviert worden war. Als Martine der Monat einfiel, gab es ihr einen Stich.

Clément und sie waren *im besten Alter* und hatten sich äußerlich kaum verändert. Trotzdem fühlte sie seit einiger Zeit, dass sie nicht mehr mit dem gleichen Mann zusammenlebte. Menschen und ihre Bedürfnisse änderten sich. Hatte Martine sich verändert, oder strebte Clément in eine andere Richtung? Die Jungs waren zwölf und neun. Martine lebte also seit dreizehn Jahren mit Clément zusammen. Sie war nicht abergläubisch. Sie war auch nicht der Typ, der häufig über seine Lebensumstände nachdachte. Sie wollte einfach mal wieder begehrt werden.

Martine hörte Cléments ruhige Atemzüge. Wie machte er das nur, innerhalb von Minuten einzuschlafen? Sie würde bestimmt noch eine Stunde wach liegen. Was Danny jetzt gerade wohl machte?

BENOÎT

KAPITEL 6

BENOÎT BEGANN SEINE Mittagspause täglich um 13.30 Uhr. Im Grunde hätte er essen gehen können, wann er wollte, in seinem Beruf gab es keine festen Arbeitszeiten. Trotzdem klappte er jeden Tag um halb zwei die Deckel seiner grünen Bücherkisten herunter und arretierte den Stand mit dem Vorhängeschloss. In Benoîts Kasse war nur Kleingeld, auch die Gefahr, dass jemand die Bücher klaute, war gering, aber das Absperren gehörte zum Ritual.

Während er zum Café Petit Paris lief, scrollte er durch die Internetseiten für Entrümpelungen und Nachlässe. Wenn ein Mensch starb oder in ein Heim kam, wurden Schmuck, Sparbücher, Aktien, manchmal auch Pelze sofort von den Hinterbliebenen in Beschlag genommen. Mit alten Büchern gingen die Erben meist achtloser um, sie landeten häufig im Papiermüll. In solchen Fällen hatte Benoît schon interessante Funde ausgegraben. Erstausgaben, Bücher mit Kunstdrucken, vollständige gesammelte Werke oder Bestseller, die er wenigstens für zwei Euro weiterverkaufen konnte. »Groschengeschäfte«, hatte Benoîts Vater das genannt, war sich aber nie zu gut gewesen, mit dem Lieferwagen weite Strecken zu fahren, um sein Glück zu versuchen.

Als Benoît klein war, hatte er auf dem Rücksitz von Papas Auto die Hauptstadt, den Speckgürtel von Paris und sogar Rouen, Chartres und Reims kennengelernt. Heute war er überzeugt, das seien die schönsten Jahre seines bisherigen Lebens gewesen: Benoît, der Knirps, war vom *Général* überallhin mitgenommen worden. Lange hatte er geglaubt, sein Vater sei tatsächlich General gewesen, bis Tante Marie ihn aufklärte, Papa trage diesen Spitznamen nur, weil er Präsident De Gaulle so ähnlich sehe. Marie hatte Benoît ein Bild des früheren Staatspräsidenten gezeigt. Die große Nase, das Bärtchen, die schwermütigen Augen: Benoît hatte seinen Vater und auch sich selbst in dem Bild wiedergefunden.

Bis zu seinem elften Lebensjahr hatte er geglaubt, seine Mutter sei verreist und komme irgendwann wieder. Eines Nachmittags hatte Papa das Kinderzimmer betreten und sich auf Benoîts Bett gesetzt. Er erklärte in präzisen Worten, dass Mama nicht mehr zurückkommen werde. Benoît fragte, ob sie tot sei. Die Wahrheit war ernüchternder. Seine Mutter hatte die Familie verlassen, als ihr Sohn zwei Jahre alt gewesen war. Sie erwartete mehr vom Leben, als an der Seite eines Bouquinisten alt zu werden, lautete ihre Begründung. Sie lebte auch heute noch in Paris und war zum dritten Mal geschieden. Papa hatte den Elfjährigen gefragt, ob er seine Mutter wiedersehen wolle. Benoît hatte abgelehnt.

Auf Montmartre stand eine Bibliothek zum Verkauf, las er. Eine komplette Bibliothek war in seiner finanziellen Lage unerschwinglich, doch vielleicht ließen sich einzelne Exemplare erwerben. Es lohnte sich in jedem Fall, hinzufahren.

Normalerweise hatten sich die Mittagsgäste im Petit Paris um diese Zeit bereits verzogen, aber heute war es immer noch brechend voll. Benoît hatte keine Lust, lange zu warten, und bestellte ein Sandwich. Francine brachte es ihm. Er klappte die Brothälften auseinander.

»Das ist Schinken. Ich wollte Käse.«

»Warum hast du nicht gesagt, dass du Käse willst?«

»Ich habe es gesagt. Ich esse kein Fleisch, das weißt du.«

»*Jambon Beurre* ist alles, was noch da ist.« Achselzuckend lief sie hinter den Tresen.

Benoît stellte sich neben den Abfalleimer, entsorgte den Schinken, bedauerte die Verschwendung und aß sein Baguette mit Butter und einem Salatblatt. Eine Frau fiel ihm auf, die er noch nie hier gesehen hatte. Obwohl sie nicht wie eine Touristin wirkte, ging etwas Fremdartiges von ihr aus. Benoît tippte auf eine junge Polin oder eine Litauerin. Diese Frau wartete offenbar auf jemanden. Alle paar Augenblicke korrigierte sie den Sitz ihrer Frisur und nestelte an den Jackenärmeln.

Nachdem Benoît aufgegessen hatte, ohne dass sich jemand zu ihr gesetzt hatte, verließ er das Café, lief ein paar Straßen weiter in den kleinen Park, den kaum ein Tourist kannte, und schlenderte auf jene Bank zu, die er als seinen persönlichen Ruheplatz ansah.

»Das macht fünfzig Cent.« Die Frau, die zu ihm trat, trug eine Uniform der Stadtverwaltung.

»Fünfzig Cent, nur um hier zu sitzen?«, entgegnete Benoît.

»Es steht angeschrieben, sehen Sie?«

Tatsächlich gab es ein winziges Hinweisschild.

»Ich will mich ja gar nicht setzen«, log er und hoffte, sie würde weitergehen.

»Schon möglich, aber ich komme nur einmal die Stunde hier vorbei, um zu kassieren.«

»Ich zahle keine fünfzig Cent, bloß um zu sitzen.«

In der Annahme, sie würde darauf verschwinden, lief er einige Schritte weiter, doch die Frau strich wie eine Wölfin um Benoîts Bank. Nach dem Desaster mit dem Schinkenbaguette sank seine Laune noch tiefer. Überhaupt war es Zeit, an die Seine zurückzukehren und seinen Stand aufzusperren. Benoît hatte heute Morgen erst einen einzigen Gedichtband verkauft, drei Euro für einen ganzen Vormittag. Er wollte sich seinen Stundenlohn lieber nicht ausrechnen.

●

Montmartre brüstete sich, ein Dorf mitten in der Großstadt zu sein, mit Arbeiterhäusern, die im vorletzten Jahrhundert armselig gewesen waren, heute aber den Charme und die Romantik des Quartiers ausmachten. Leider guckte überall im Viertel die Profitgier um die Ecke. Da waren die Souvenirshops mit den Bildern *echter* Montmartre-Künstler, die Speisekarten mit englischer Übersetzung und Preisen, die nur bezahlte, wer sich mit dem Wechselkurs des Euro nicht auskannte. Da waren die weißen Tischtücher aus Kunststoff, die nicht gewaschen, sondern weggeworfen wurden. Die Kellner achteten darauf, dass niemand länger als eine halbe Stunde sitzen blieb. Doch obwohl die Geisel des Tourismus hier so allgegenwärtig war wie in ganz Paris, hatte sich das Dorf seine gelassene Atmosphäre bewahrt.

Benoît hatte nicht die Zahnradbahn genommen und kam daher atemlos auf dem Gipfel an. Er setzte sich auf die Stufen vor der Basilika. Wie schön und einmalig war Paris, und wie hart war es, hier zu überleben! In den zahllosen Filmen, die in Paris spielten, wurde nie der Preis für einen Café au Lait thematisiert. Er war dreimal so hoch wie im Rest Frankreichs. Selbst gut verdienende Leute konnten es sich nicht leisten, in Paris zu wohnen, und zogen in umliegende Städte oder aufs Land.

Von Sacre Cœur war es gar nicht weit bis zu der angegebenen Adresse. Beeindruckt blickte Benoît hoch. Es war eines dieser Häuser, die es eigentlich nicht mehr gab. Die Villa hatte einen Mittelerker mit Balkon, rechts und links davon gingen zwei symmetrische Trakte mit hohen Gauben und mehreren Schornsteinen ab. Auf dem seitlichen Turm prangte ein Wetterhahn. Die gegenüberliegende Straßenseite war wegen der abschüssigen Böschung unverbaut. Von den oberen Fenstern musste man einen atemberaubenden Blick auf die Stadt haben. Erst als Benoît direkt davorstand, bemerkte er, dass das Haus in einem recht heruntergekommenen Zustand war. Im Vorgarten arbeitete ein Mann mit langem Haar. Vor dem Eingang erhob sich eine Bronzestatue, eine Frauengestalt mit Schwert, zu ihren Füßen saß ein Engel. Benoît nahm seinen Mut zusammen und drückte den Klingelknopf. Die Tür ging fast im selben Augenblick nach außen auf, erschrocken trat er zurück.

»Bonjour …«, begann Benoît.

»Ganz bis zum Ende durch, dann nach rechts.« Nach diesen Worten verließ die Frau, die ihm geöffnet hatte, das Haus. Sie zog einen Trolley mit Putzmitteln und Staubsauger hinter sich her. Bevor es sich jemand anders überlegen konnte, nahm Benoît die seltsame Einladung an.

Zwischen den Säulen im Vestibül standen Vasen, darin blühten langstielige Lilien. Benoît berührte eine Blüte, sie war echt. Der Mittelturm beherbergte eine oktagonförmige Halle, zwei Etagen hoch, mit einer rundum laufenden Galerie. Dieser Raum wäre für eine Bibliothek ideal gewesen, aber die Wände zierten ausschließlich Gemälde. Seine Schritte knarrten auf dem intarsierten Parkett. Im Louvre oder in Versailles hatte er solch prunkvolle Böden schon gesehen, doch noch nie in einem privaten Gebäude. Wer wohnte hier? Warum sollte jemand, der sich das leisten konnte, seine Bibliothek verkaufen?

Nach allen Seiten gab es Durchgänge, eine Treppe mit rotem Teppich führte in die oberen Trakte. Benoît folgte der Anweisung und ging nach hinten weiter. Zur Linken fand er einen Konzertflügel, wieder Blumen, Orchideen, Crysanthemen und Schilfgras in hohen Vasen. Als er sich nach rechts wandte, öffnete sich das Haus in die Natur, die Flügeltür führte in einen Wintergarten. Doch bevor man dorthin gelangte, verwehrte ein moderner Drehsessel den Weg. Daneben ein Glastisch, auf dem nichts als ein überdimensionales Smartphone lag. Wie gebannt blieb Benoît inmitten des Raumes stehen, denn hier war sie! Die Bibliothek. Die Bücherwände erhoben sich fünf Meter hoch und wurden von einem Glasdach geschützt. Die gläserne Kuppel ließ Tageslicht herein, ein sanftes Licht, wie Bücher es mochten.

»Sie habe ich mir völlig anders vorgestellt«, sagte eine Frauenstimme.

Benoît fuhr herum. »Bonjour. Entschuldigen Sie, Madame.«

»Wenigstens sind Sie pünktlich. Ich kann Ihnen leider keinen Platz anbieten, hier drin gibt es nur diesen Sessel. Und in dem sitze ich.«

Benoît beobachtete, wie sie die Ohrlehne berührte, den Sessel zu sich drehte und Platz nahm.

»Ich könnte mich in einem Raum wie diesem ohnehin nicht setzen«, entgegnete er.

»Wieso? Was ist mit diesem Raum?«

Er hob die Arme und drehte sich im Kreis. »Das fragen Sie? Ihre Bibliothek!«

»Sie sind ein geschickter Taktiker, Monsieur.« Kerzengerade saß sie da.

»Ein Taktiker, ich?«

»Sie wollen etwas von mir und versuchen, mich bei meiner Eitelkeit zu packen. Ja, ich bin stolz auf meine Bücher. Ich liebe sie.«

»Wieso wollen Sie dann verkaufen, Madame?« Er trat auf sie zu.

»Das haben Sie auch schon herausgefunden?« Sie hob den Kopf.

In diesem Moment fiel das Tageslicht auf ihre Züge. Ihr Haar hatte die Farbe von Stahl, war lang, aber nicht in der Art von Frauen, die mit langem Haar dokumentierten, dass sie im Herzen immer noch Mädchen waren. Ihre Augen erschienen grün, vielleicht grau. Sie hatte kräftige Züge und einen breiten Mund. Ihr Kleid zeigte ein verwirrend buntes Muster. Obwohl Benoît arm wie eine Kirchenmaus war, kannte er sich mit Haute Couture aus. Er tippte bei ihrem

Outfit auf McQueen, vielleicht Westwood. Eine Frau wie sie konnte sich Prêt-à-porter-Mode leisten.

»Es geht mich nichts an, Madame, aber verraten Sie mir, warum Sie verkaufen?« Er blickte die Bücherreihen entlang. »Wie bringen Sie es übers Herz, sich davon zu trennen?«

»Sie haben absolut recht.«

»Womit?«

»Es geht Sie nichts an. Sie sind doch nicht hier, um mir ein Angebot für meine Bücher zu machen.«

»Natürlich nicht für alle, aber vielleicht für das eine oder andere Exemplar.« Er zeigte auf ein bestimmtes Regal. »Ich sehe, Sie haben eine Gesamtausgabe von Jonathan Swift. Meistens findet man nur *Gullivers Reisen* und nichts weiter.«

»Sie sind ja wirklich ein Experte«, entgegnete sie verwundert. »Auf diese Distanz konnten Sie sehen, dass es Swift ist, eine Gesamtausgabe, und sogar, dass sie komplett ist?«

»Wenn man die Ausgabe kennt, sieht man das auf den ersten Blick.«

»Ich nicht.«

»Wieso?«

»Ich werde allmählich blind.«

Ihr Bekenntnis fuhr ihm in die Knochen. Die Welt nicht mehr betrachten, kein Buch mehr lesen zu können war für Benoît ein anderer Ausdruck für Hölle. »O Gott, Madame, das tut mir unendlich leid.«

»Es ist noch nicht ganz so weit, aber das Endergbnis steht fest.«

»Ich verstehe, deshalb verkaufen Sie die Bücher.«

»Nicht nur deshalb. Meine Vorleserin ist nicht mehr da.«

»Sie hatten eine … Vorleserin?«

»Fünf Jahre lang war sie bei mir. Sie las gut, sie hat meistens sogar verstanden, was sie las.«

»Zum Beispiel?«

»Wie?«

»Mich interessiert, was Sie sich haben vorlesen lassen.«

»Auden«, antwortete sie. »Er wird Ihnen nichts sagen.«

»Sie meinen Wystan Hugh Auden?«

»Sie kennen ihn?«

»Wer nicht?«

»Niemand sonst«, gab sie zurück. »Die Franzosen in ihrer Überheblichkeit lesen nur ihren eigenen Kram. Keiner kommt auf die Idee, englische Lyrik zu lesen. Dabei hat der Mann den Pulitzer-Preis erhalten.«

Benoît kramte in seinem Gedächtnis.

»Er war mir Nord, mir Süd, mir Ost und West,
des Sonntags Ruh' und der Woche Stress.
Mein Tag, Gesang, meine Rede und meine Nacht.
Ich dachte, Liebe währet ewig – falsch gedacht.«

Ehe Benoît es sich versah, rannen Tränen über die Wangen der alten Frau. Sie weinte nicht hörbar, bewegte nur die Lippen.

»So ist es, mein Herr«, sagte sie leise und stand auf. »Die Liebe währet leider nicht ewig. – Ich heiße Marie-Louise. Wollen Sie mir bitte Ihren Namen sagen?«

»Benoît.«

Sie gab ihm die Hand. »Bonjour, Benoît. Sie sind also nicht der Makler, den ich erwartet habe?«

»Ein Makler, ich?« Benoît musste herzlich lachen, weil er sich das Missverständnis dieser Begegnung nun endlich erklären konnte.

Auf der anderen Seite des Hauses, kaum zu hören, klingelte es. Gleich darauf führte der Gärtner einen Mann im hellen Sommeranzug herein.

»Bitte verzeihen Sie meine Verspätung, Madame«, sagte der Eintretende auf den letzten Metern. »Der Stau beim Moulin Rouge ist eine Katastrophe. Ich bin nicht durchgekommen.«

Marie-Louise drehte sich zu ihm. »Sie sind der Makler?«

»Ich komme von Pfeiffer & Dumarchellier, Madame. Mein Besuch ist Ihnen angekündigt worden.« Clément Cortillon warf einen irritierten Blick zu Benoît.

»Genau so habe ich mir einen wie Sie vorgestellt, Monsieur«, antwortete Marie-Louise.

KAPITEL 7

»SIE SAGTEN, IHRE Vorleserin war fünf Jahre bei Ihnen.« Benoît rückte die Lampe zurecht. »Warum ist sie gegangen?«

»Aus einem Grund, gegen den es kein Argument gibt. Sie hat ein Kind bekommen.« Marie-Louise saß in ihrem Drehsessel, der dahinterliegende Wintergarten war indirekt beleuchtet. Die Doldenblüten, die Strelitzien und Orchideen wirkten wie verwandelt, sie hatten eine nächtliche Gestalt angenommen.

»Weshalb haben Sie sich keinen Ersatz gesucht?« Er schlug das Buch auf.

»Aber das habe ich ja.« Marie-Louise deutete lächelnd auf ihn.

»Madame – ich bin geehrt, dass Sie mir das Angebot gemacht haben. Das Geld kann ich gut gebrauchen und liebe es, in dieser wunderbaren Umgebung für Sie zu lesen. Bitte erlauben Sie mir nur die Frage, warum Sie mich ausgerechnet um Mitternacht hierherbestellt haben.«

»Sind Sie etwa müde?«

»Aber nein, Madame. Für mich ist jetzt die Zeit, in der

meine Gedanken am freiesten fließen. Es gibt keine Außenwelt mehr, nur das Königreich in meinem Kopf ...«

»Ach, du liebe Zeit«, ging sie dazwischen. »Sind Sie etwa so ein Gebrauchspoet, der Texte für Grußkarten entwirft?«

»Sie haben recht. *Königreich im Kopf* klingt ziemlich kitschig.« Er schmunzelte.

»Einmal will ich es Ihnen noch durchgehen lassen, aber jetzt hören Sie auf mit solchen Sentimentalitäten.« Ungeduldig klopfte sie auf die Armlehne. »Ich schlafe nicht besonders gut, das ist der Grund für diese Uhrzeit. Ich schlafe praktisch gar nicht mehr. Deshalb lasse ich mir von Ihnen die Nacht verkürzen.«

»Danke, dass Sie es mir gesagt haben.« Benoît schlug die erste Seite auf. »W. H. Auden, *Das Zeitalter der Angst. – Vier Amerikaner sitzen in einer Bar ...*«

Als er um halb drei Uhr morgens das Haus verließ und die verwinkelten Gassen abwärtslief, waren die grellen Plakatständer mit den Speisekarten in vier Sprachen und die Souvenirstände verschwunden. Montmartre war wieder das Dorf von vor hundert Jahren.

Benoît stand noch ganz im Banne Marie-Louises, die in ihrem Sessel vor dem erleuchteten Wintergarten wie eine Zauberin gewirkt hatte. Die erblindende Frau hatte ihm drei Stunden lang zugehört, ohne zu unterbrechen. Nach einer Weile bat er, Wasser trinken zu dürfen. Es stand schon bereit. Irgendwann unterbrach sie die Lesung mit einer Handbewegung und bedankte sich. Sein Geld lag in einem Kuvert bereit. Marie-Louise begleitete ihn zur Tür. Schnell und sicher bewegte sie sich durch die ihr vertrauten Räume.

Die kühle Luft tat gut. Nachdem Benoît den *Hügel der*

Martern hinter sich gelassen hatte, umfing ihn wieder die elektronische Gegenwart. Ein letzter Blick auf den Berg. Eines der Lokale hatte vergessen, die Außenbeleuchtung abzuschalten. Die Terrasse mit den Tischen, darüber der Sternenhimmel – Van Goghs Gemälde fiel ihm ein. Du bist nicht besser als die Touristen, die sich Van-Gogh-Drucke aufs Klo hängen, dachte Benoît und machte sich auf den Heimweg.

●

»Aus Wien«, antwortete sie.

»Darauf hätte ich nie getippt.«

»Wieso haben sie überhaupt auf etwas *getippt*?«, fragte die junge Frau, die er bei ihrem letzten Cafébesuch für eine Polin gehalten hatte.

Die Nische, in der Benoît sie ansprach, war für ein Kennenlernen ungünstig, denn sie lag neben dem Eingang. Ständig kamen und gingen Leute, Straßenlärm störte ihre Unterhaltung. »Sie warten auf jemanden. Da will ich Sie nicht stören.«

»Das stimmt, aber es kann noch dauern, bis er kommt.«

Sie hatte also nichts gegen ein bisschen Gesellschaft, das freute Benoît. Er sank auf die Bank gegenüber. »Ich bin Benoît.«

»Rosalie Hirzelsberger.«

»Rosalie, das klingt französisch. Aber der Nachname … ›Irz … ›Irzesperger …«

Sie lachte. »Mein Freund hat die gleichen Schwierigkeiten damit.«

»Ihr Freund ist Franzose? Sie besuchen ihn in Paris?«

»Eigentlich ist er schon ein bisschen mehr.«

»Mehr? Sind Sie verlobt?«

»Ich bin seine Agentin.«

»In welcher Branche?«

Bevor die Frau aus Wien antwortete, versuchte Benoît, es von selbst herauszukriegen. »Moment: Ein paar Straßen entfernt liegen die Probebühnen der Oper. Mittags und abends kommen die Musikerinnen, Dramaturgen und Regieassistenten ins Petit Paris.« Ein Blick zur Wanduhr. »Es ist halb zehn Uhr abends. Um zehn endet die Abendprobe. Ihr Freund dürfte also an der Oper arbeiten und bald kommen.«

»Ziemlich scharfsinnig.« Sie nickte. »Nur der Beruf stimmt nicht.«

»Kein Dramaturg, kein Cellospieler? Was bleibt da noch?«

»Der schönste Beruf von allen. Alfie ist Sänger – Tenor. Sie haben bestimmt schon von ihm gehört: Alfred Dutroux.«

Benoît hatte keine Ahnung, von wem sie sprach. »Ja, der Name ist mir schon untergekommen.«

»Er hat in Marseille gesungen und in Amsterdam. Alfred steht zwar noch am Anfang, aber ihm steht eine Weltkarriere bevor. Haben Sie seine Kritiken zu Rheingold gelesen?«

Benoît konnte sich keinen schlimmeren Gesprächsverlauf vorstellen, als wenn eine Frau hemmungslos von ihrem Liebsten schwärmte. Seit sie von dem Tenor zu erzählen begonnen hatte, leuchteten ihre Wangen, ihr Haar wirkte elektrisch aufgeladen. Benoît wollte sich verabschieden und seinen Wein bei Francine an der Bar zu Ende trinken. »Ich bin kein großer Opernfan.« Er rechnete damit, dass sie das Interesse an der Plauderei nun verlieren würde.

Das Gegenteil war der Fall. Sie legte für einen Augenblick

ihre Hand auf seine. »Die Oper ist das größte Wunder, das die Menschheit hervorgebracht hat.«

»Wie meinen Sie das?«

»Stellen Sie sich die Höhlenmenschen vor.«

»Ich versuche es.«

»Ein Höhlenmensch findet einen hohlen Baumstamm. Er klopft darauf: Voilà – die erste Trommel ist erfunden. Er spannt die Därme eines Tieres zwischen zwei Äste und zupft daran: Da haben Sie das erste Saiteninstrument. Er bläst auf einem Schilfrohr, Töne erklingen: die erste Flöte. Und jetzt überlegen Sie den weiten Weg von der ersten Trommel und dem Saiteninstrument bis zu einem großen Orchester. Lichtjahre der Evolution liegen dazwischen, bis der Mensch imstande war, den Klang einer Oboe hervorzubringen oder einer Harfe! Und zum Orchester kommt ja noch die menschliche Stimme. Keine gewöhnliche Stimme, wie man sie auf der Straße hört. Ein Sopran oder ein Tenor studieren zehn Jahre lang, bevor sie in der Lage sind, eine Opernpartie zu singen. Und ein Sänger muss auch ein guter Schauspieler sein, um die Gefühle darzustellen, die in Rollen wie *Radames*, *Troubadour* oder *Butterfly* liegen. Dazu kommt das Licht, die Bühne, die Kostüme, die Architektur des Hauses! Die Oper ist ein solches Gesamtkunstwerk, dass Außerirdische, wenn sie etwas über die Menschen begreifen wollten, zuallererst in die Oper gehen müssten.«

Selten hatte Benoît ein derartiges Credo gehört. »Aber die Musik hat sich seit der Oper doch weiterentwickelt«, hielt er dagegen.

»Damit haben Sie einerseits recht, aber mit der *Weiterentwicklung* haben Sie unrecht. Nur weil Musik digital erklingt, ist sie noch lange nicht neu. Seit der Zwölftonmusik vor hundert Jahren hat sich die Musik eher zurückentwickelt. Nicht mehr lange und wir kommen wieder in der Steinzeit an.«

Eine Missionarin und Demagogin in einer Person, dachte Benoît. »Wie heißt Ihre Agentur?«

»So wie ich – *Rosalie*.«

»Das klingt in jedem Fall besser, als wenn Sie die Agentur *Irzesperger* genannt hätten. Wenn Sie in Wien leben und Ihr Freund in Paris arbeitet, sehen Sie einander wohl nicht oft?«

»Ja, das ist manchmal hart. Aber wir schreiben einander ungefähr tausendmal am Tag … Was man eben so macht.«

»Wenn man verliebt ist.«

»Sehr verliebt.« Sie schickte ein scheues Lächeln hinterher.

»Ich hätte Ihren Freund gern kennengelernt, habe aber noch eine Verabredung.« Benoît winkte Francine.

»Um zehn Uhr abends?«

»Genau genommen um halb elf.«

»Dann sind Sie wohl auch sehr verliebt, Benoît.«

»Die Sache ist noch ganz frisch. Meine neue Freundin wohnt auf Montmartre.« Er stand auf, gab Francine ein höheres Trinkgeld als gewöhnlich und zog seine Jacke an.

KAPITEL 8

DASS SICH MADAME Cortillon bei dem Trubel überhaupt konzentrieren konnte! Auch die Uhrzeit wunderte Benoît. Wieso schlug sich eine Businessfrau die Nacht mit Englischstunden um die Ohren? Heute war im Café viel los. Wenn gleich noch die Opernleute von der Abendprobe kamen, würde es hoch hergehen. Benoît wartete auf die Wienerin, die sich bis jetzt noch nicht gezeigt hatte. Plötzlich hörte er seinen Namen und hob den Blick. Madame Cortillon winkte ihm. Er drängte sich zu ihrer Nische durch.

»… so begeistert!«, rief sie.

Mehr verstand Benoît im Stimmengewirr nicht. »Wer war begeistert?« Er nickte Danny zu, der an seinem Strohhalm nuckelte.

»Mein Mann!«, rief sie über den Lärm hinweg.

»Worüber?«

»Über die *Fabeln*!«

»Ach, Ihr Mann, der Tierliebhaber. Jetzt erinnere ich mich wieder.« Er bückte sich zu ihr, um nicht schreien zu müssen.

»Ich wollte ihm das Buch erst zum Geburtstag schenken, aber dann dachte ich, spontane Geschenke sind viel schöner.«

»Das freut mich zu hören.«

»Sind Sie verabredet, Benoît?«

»Nein. Ich genieße nur wie jeden Abend das Privileg, hier sitzen zu dürfen, ohne permanent etwas bestellen zu müssen.«

Danny nahm den Strohhalm aus dem Mund. »Drückst du etwa auf die Tränendrüse, du verarmter Buchhändler?«

»Wollen Sie sich zu uns setzen?«, ging Martine darüber hinweg. »Darf ich Sie zu etwas einladen?«

»Die *Tränendrüse* hat gewirkt«, konterte Benoît in Dannys Richtung. Die Eingangstür ging auf, er drehte sich rasch um.

»Sie warten ja doch auf jemanden«, sagte Martine.

»*Warten* ist zu viel gesagt. Ich würde mich nur freuen, wenn sie kommt.«

»Warten Sie doch so lange bei uns.« Sie rückte zur Seite. »Von diesem Platz hier haben Sie den besten Blick zur Tür.«

»Störe ich auch nicht bei Ihrer Stunde?«

»Wir sind fertig.« Martine klappte ihr Heft zu. »Ich kann den trockenen Mist ohnehin nicht mehr hören.« Für einen Moment legte sie ihre Hand auf die des Englischlehrers. »Danny zeigt wirklich eine Engelsgeduld mit mir.«

»Das stimmt nicht. Sie lernen erstaunlich schnell.«

Täuschte sich Benoît, oder war Danny gerade rot geworden? »Welchen trockenen Mist?«, fragte er.

»Wissen Sie, was ein *stilling basin* ist, Benoît?«

»Das ist ein *Tosbecken*«, antwortete er, ohne zu zögern. »Es dient zur Begrenzung des Wechselsprungs bei Wasserströmen.«

Martine blieb der Mund offen stehen. »Ich bin beeindruckt! Woher wissen Sie das?«

»Von Zeit zu Zeit lese ich die Bücher auch, die bei mir im Regal stehen.« Er nahm Platz. »Sie stellen Wasseraufbereitungsanlagen her, habe ich gehört.«

»Meine Firma, ja. – Was wollen Sie trinken?«

»Das Gleiche noch mal, bitte.«

Martine winkte Francine. Die bemerkte es nicht, da sie am Tisch des Bodyguards stand. »Was die beiden immer zu bereden haben«, wunderte sich Martine.

»Bei denen geht es weniger ums *Reden*«, sagte Benoît, während Francine näher kam.

»Wie – was?« Martine sah erst ihn, dann Francine an. »Die beiden?! Das hätte mir auffallen müssen. Bobby hängt ja ständig an meinem Rockzipfel …« Weiter kam sie nicht. Die Kellnerin stand an ihrem Tisch.

»Bitte, Madame?«

»Noch ein Glas Roten. Oder wissen Sie was? Bringen Sie mir auch eins – oder zwei. Du bist doch auch dabei, Danny?«

»Gern, warum nicht?« Lächelnd senkte er den Blick.

Benoît beobachtete diese alltägliche Szene und hatte zugleich den Eindruck, Zeuge einer ganz anderen Szene zu werden. Hier geschah etwas, was mit Gefühlen, heimlichen Blicken, mit etwas scheinbar Unmöglichem zu tun hatte. In jedem Fall war die Elektrizität in der Luft überraschend hoch.

»Bringen Sie uns doch gleich eine Flasche, Francine«, sagte Madame Cortillon.

Kaum hatte die Kellnerin ihnen den Rücken zugedreht, stieß Martine Benoît in die Seite. »Raus mit der Sprache.«

»Francine hat ihr Zimmer direkt über dem Café.«

Martine grinste. »Wie praktisch. – Sieh mal an, der pflichtbewusste Bobby aus dem Innenministerium! Wusstest du auch davon, Danny? Du bist doch mit ihr befreundet.«

Er lächelte. »Francine trägt heute ein schickes Unterhemd und hat ihr Haar gewaschen. Das ist bei ihr immer ein Zeichen, dass ihr jemand gefällt.«

Als jetzt die Tür aufflog und Stimmengewirr hereindrang, brauchte Benoît nicht auf die Uhr zu sehen. Es war 22.00 Uhr, die Probe musste zu Ende sein. Die Opernleute kamen ins Petit Paris, und sie hatten einen in ihrer Mitte, der alle Aufmerksamkeit auf sich zog. Da kam er, der Lockenkopf, der schöne Mann, der Stimmgewaltige.

»Kinder, ach Kinder, lasst mich doch erst mal zu Atem kommen!«, rief er und nickte dabei gönnerhaft in die Runde.

»Das glaube ich nicht«, stieß Martine hervor. »Alfred!« Sie sprang auf.

»Das ist Alfred?«, fragte Benoît wie vom Donner gerührt. »Sie kennen ihn?«

»Ich werde wohl meinen eigenen Cousin kennen.«

Martine lief auf ihn zu und umarmte in herzlich.

Bobby drängte sich durch die Entourage des Tenors an Martine heran. »Madame, wir sollten …«

»Lassen Sie's gut sein, Bobby. Meinen Vetter haben Sie ja schon kennengelernt.«

»Da ist ja schon wieder dein Bodyguard«, lachte Alfred. »Wie furchteinflößend.«

»Sie haben Ihren eigenen Bodyguard, Madame?«, fragte eine Frau mit hochgestecktem Haar, nicht streng, sondern cool. Ihr Hosenanzug war lässig, die Bluse weiß, die Brosche teuer.

»Darf ich vorstellen?« Der Tenor trat zwischen die beiden. »Dominique, meine Regisseurin, Martine, die Industrielle.«

»Bonsoir, Madame.«

»Bonsoir, Dominique. Sie beide arbeiten zusammen?«

Dominique warf einen Blick zu Alfred. »Ich bin seine Meisterin, sein Alptraum, sein Folterknecht.«

»Ja, sie schwingt die Peitsche«, bestätigte er gutmütig.

»Ihr probt für diese Oper, du hast mir den Titel neulich gesagt …«

»*The Rake's Progress*«, antwortete Dominique an seiner Stelle.

»Worum geht es da?«

Benoît musterte den Tenor, und seine Hoffnung sank ins Bodenlose. Das war ein Typ, den Frauen in die Kategorie *Traummann* einreihten. Ein Baum von einem Kerl, durchtrainiert, mit vollem Haar, Dreitagebart und einem Lächeln, bei dem Frauen selbst dann schwach werden, wenn er kein Tenor wäre. Mit einem Wort: Mademoiselle Hirzelsberger hatte das große Los gezogen.

»*The Rakes Progress* ist ein kompliziertes Werk«, erklärte die Regisseurin. »Strawinskys Musik ist *Pop*, Strawinsky ist *Gothic*. Er hat alle Komponisten beeinflusst, die nach ihm kamen.«

»Was spielst du in dieser Oper?«, fragte Martine ihren Cousin.

»Die Hauptrolle.«

»Was sonst?«

»Tom Rakewell, meine Rolle, will berühmt werden«, erzählte Alfred.

»Da wäre niemand besser besetzt als du!« Martine wandte sich zu Danny. »Was heißt *Rake* eigentlich?«

»*Wüstling!*«

»Du spielst einen Wüstling?«

Dominique hängte sich bei Alfred ein. »Es ist die Rolle seines Lebens.«

»Bloß der viele englische Text«, stöhnte er. »Ich komme mit dem Lernen kaum nach.«

»Das Libretto ist von Auden«, erklärte Dominique.

»Auden?« Benoît trat näher. »W. H. Auden?«

»Du kennst ihn?«, fragte Dominique.

»Letzte Nacht habe ich drei Stunden lang W. H. Auden vorgelesen.«

Nach Mitternacht leerte sich das Petit Paris. Benoît saß allein in der Außennische. Eine Glühbirne war ausgefallen, es gefiel ihm, seinen Wein im Halbdunkel zu trinken.

Madame Cortillon hatte sich lange mit Danny unterhalten, schließlich mit ihm und Bobby das Lokal verlassen und darauf bestanden, Danny nach Hause zu bringen. Die Opernleute zechten ausgiebig, der Tenor und seine Regisseurin waren noch dabei. Nun kam die Wienerin wohl nicht mehr und selbst wenn, würde es Benoît nichts nützen.

Er spürte einen Ruck in seiner Rückenlehne, jemand musste sich in die Nische daneben gesetzt haben.

»Gehen wir zu mir?«, fragte eine Frauenstimme.

»Ich kann nicht.« Die Stimme des Mannes hatte einen besonderen Klang, hoch und elegant, zugleich metallisch männlich.

»Es muss ja nicht die ganze Nacht sein. Auf ein Stündchen. Was sagst du?«

Benoît hörte ihn seufzen. »Nur weil ich einen Wüstling spiele, bin ich noch lange keiner«, antwortete Alfred. »Das kann ich nicht tun.«

»Was kannst du nicht?« Ihre Stimme klang wie ein Gurren.

»Mit zwei Frauen in einer Nacht ...«

»Sprechen wir über Moral oder über Erektion?«, gab Dominique zurück.

»Ich finde, so etwas macht man nicht. Rosalie erwartet mich im Hotel.«

»Sie wohnt gar nicht bei dir? Umso einfacher.« Ein sinnliches Lachen.

»Sie hat sich ein Hotel genommen, weil sie *meine Kreise nicht stören will*, sagt sie.«

Benoît hörte von nebenan ein Rascheln, jetzt ein kurzes Knurren.

»Hör auf, Dominique.«

»Ich störe deine Kreise aber gern.«

»Du bist schrecklich.«

»Schrecklich geil. Nur eine Stunde, bei mir. Komm schon.« Der Tenor seufzte und stand auf.

Benoît drückte sich in seine dunkle Ecke.

Alfred lief zu Francine an den Tresen, zeigte auf den Tisch der Opernleuten und bedeutete, dass er alles zahle. Dominique ging zum Ausgang. Gemeinsam verließen sie das Petit Paris.

Benoît seufzte. »Arme Mademoiselle Hirzelsberger«, flüsterte er. »Sie können einem leidtun.«

KAPITEL 9

BENOÎT SASS VOR seinem Bücherstand am Quai de Conti, an sich eine gute Adresse für Bouquinisten. Hunderte, Tausende Menschen kamen hier täglich vorbei, manche blieben stehen, einige schmökerten, die wenigsten kauften. Einen einzigen Krimi war er bis jetzt losgeworden, aus nostalgischen, weniger aus literarischen Gründen.

»Guck mal: *Konsalik*«, hatte der Deutsche zu seiner Frau gesagt und den Preis gnadenlos von zwei auf einen Euro heruntergehandelt.

Als Benoîts Vater den Stand noch geführt hatte, war eine häufige Frage an seinen Jungen gewesen: »Warum ist unser Geschäft eine Goldgrube, mein Sohn?«

»Weil wir hier sind, Papa«, lautete Benoîts Antwort.

»Wo denn, hier?«, fragte der Vater weiter.

»An der Seine.«

»Und in welcher Stadt liegt die Seine?«

Benoît hatte die richtige Antwort gegeben, worauf Vater und Sohn einander für das Glück beglückwünschten, diese Goldgrube zu betreiben. »Ich könnte auch Telefonbücher in die Regale stellen«, hatte Papa gesagt. »Die Leute würden trotzdem kaufen. Denn ein Buch, das sie bei mir kaufen, ist mehr als ein Buch.«

»Was ist es noch, Papa?«

»Ein Andenken. – Weißt du, was ein Andenken ist?«

Benoît hatte es gewusst, wollte es den Vater aber sagen hören. »Was denn?«

»Eine greifbare Erinnerung an ihren Besuch in der schönsten Stadt der Welt.«

Dieses Bild hatte Benoît geliebt: Er und Papa verkauften Erinnerungen an die schönste Stadt der Welt.

Benoît stand von seinem Hocker auf. Er durfte diesen Stand nicht aufgeben, egal, wie schlecht die Geschäfte liefen. Papa würde es wohl nicht mehr erfahren, trotzdem war es ausgeschlossen. Gewisse Dinge verbaten sich einfach von selbst.

Fünf Jahre waren es mittlerweile schon, dass sein Vater in der Einrichtung lebte. In den letzten Monaten ging es immer schneller damit voran, dass die Welt nur noch in seinem Kopf existierte und die Außenwelt mehr und mehr verblasste. *Das Königreich im Kopf* war kein Kitsch, keine Sentimentalität, wie Marie-Louise behauptete, sondern ein letzter Rückzugsort.

Meistens erkannte sein Vater Benoît noch, manchmal erzählte er ihm aber auch von seinem kleinen Jungen, dem er das Buchhändlerhandwerk beigebracht hatte. Benoît stellte Fragen zu diesem Sohn. Papa wusste alles noch. Die Seine, der Bücherstand, die Goldgrube und der kleine Junge – für *le Général* war es Gegenwart. Niemals sprach er von Benoîts Mutter. Sein Gehirn war gnädig genug, ihm diese Erinnerung zu ersparen.

Benoît vertrat sich vor dem Stand die Beine. Er rauchte

eine Zigarette. Sie schmeckte nicht besonders, doch auch das war Papas Erbe. »Ein Bouquiniste raucht. Er raucht Gauloise«, hatte er behauptet. »Das mögen die Touristen, es passt zu ihrer Vorstellung eines Bouquinisten.«

Dort kam eine Reisegruppe. Benoît kannte die Touristenführerin, sie nahm diese Route täglich und fand jedes Mal einen Grund, vor Benoîts Stand stehen zu bleiben und etwas über den Pont Neuf zu erklären, der von hier aus gut zu sehen war.

»Bonjour, Benoît.« Sie hob ihren Regenschirm, damit sich alle um sie versammelten.

»Bonjour, Cécile.« Er klappte eine Stoffbahn nach oben, die er gerade erst vorsorglich geschlossen hatte; es sah wieder mal nach Regen aus. Zwei Touristinnen drehten sich nach den Büchern um.

»Anders als man bei dem Namen der Brücke erwarten würde, ist der Pont Neuf die älteste, im Originalzustand erhaltene Brücke von Paris«, begann Cécile ihren Vortrag. »Die Bauarbeiten begann 1578 und haben fast dreißig Jahre gedauert.«

Benoît behielt die Urlauberinnen im Blick. Die eine nahm eine schöne Ausgabe von Racines *Bérénice* aus dem Regal. Dieses Buch kauft die nie, dachte er. So belesen sah sie nicht aus. Obwohl *Bérénice* ein französischer Klassiker war, spielte kaum eine Bühne dieses Stück noch.

»Wie viel?«, fragte die Frau zu seinem Erstaunen.

»Zwölf Euro.«

Sie stellte das Buch zurück.

Er gab die Sache noch nicht verloren. »Haben Sie *Bérénice* schon einmal im Theater gesehen?«

»Als kleines Mädchen. Ich kann mich nur noch an die Kostüme erinnern.«

»Ein wunderbarer Text.«

Sie schlug das Buch noch einmal auf. »Ich habe die gleiche Ausgabe bei Amazon für sechs Euro gesehen.«

Die Zeiten, als sich Benoît über Sprüche wie diesen geärgert hatte, waren vorbei. Früher hätte er geantwortet: »Dann kaufen Sie doch bei Amazon, das ist bestimmt viel *persönlicher*.«

Benoît war sanfter geworden, wahrscheinlich auch resignierter. Er drückte die Zigarette auf dem Pflaster aus, hob die Kippe auf und entsorgte sie ordentlich. »Dieses Buch wird Sie immer an Ihren Aufenthalt in Paris erinnern, an den wunderbaren Blick auf den Pont Neuf und an einen sanften Augustregen.«

»Er hat recht«, sagte die Freundin.

»Wollen wir sagen: zehn Euro?«, schlug sie vor.

Benoît seufzte. »Selbstverständlich, Madame. Soll ich es einpacken?«

»Nicht nötig.«

Der Zehner und das schmale Büchlein wechselten ihre Besitzer.

»Ich habe hier eine Erstausgabe von Flaubert«, versuchte er sein Glück noch einmal.

»Danke, nein.«

Kaum war die Reisegruppe weitergezogen, machte Benoît den Laden dicht. Es war Zeit, zu Marie-Louise aufzubrechen.

●

Zu seiner Überraschung fand Benoît den Lesetisch in der Bibliothek leer. Kein Wasser stand bereit, die Leselampe war ausgeschaltet.

»Lesen wir heute zur Abwechslung keinen Auden?«, fragte er nach der Begrüßung.

»Heute ertrage ich keine Poesie.«

Sie saß in ihrem Sessel, fahl und gebeugt, zum ersten Mal trug sie eine Sonnenbrille. Zum ersten Mal sah Benoît ihr an, wie alt sie war.

»Es gibt Tage, da ist Poesie die schönste Sache der Welt. Heute ist sie die unwichtigste.«

Ohne ein Buch setzte er sich an seinen Platz. »Darf ich fragen, warum?«

»Sie dürfen fragen. Ich weiß allerdings nicht, ob ich antworten will.«

Benoît erwiderte nichts. Er betrachtete die Frau, die mit der Sonnenbrille wie ein vergessener Hollywood-Star wirkte. Er ließ den Blick über die Zehntausenden Bücher schweifen.

»Erinnern Sie sich an den Mann, mit dem ich Sie bei unserer ersten Begegnung verwechselt habe?«, setzte sie plötzlich fort.

»Natürlich.«

»Er war heute wieder hier.«

»Was will dieser Mann von Ihnen?«

»Mein Leben zerstören.«

»Aber wie?«

»Er ist Immobilienmakler.« Mit der Hand schlug Marie-Louise auf die Armlehne. »Das niedrigste Wesen, das es auf Erden gibt. Dieser Makler wurde von einer multinationalen Immobilienfirma auf mich angesetzt.«

»Wollen die Ihr Haus etwa kaufen?«

»Das wäre das kleinere Übel. Nein, gegenüber meines Grundstücks soll ein Wohnblock entstehen. Doppelt so hoch wie mein Haus.«

»Dann wäre Ihnen ja die ganze herrliche Aussicht versperrt.« Das brachte Marie-Louise zum Lachen.

»Habe ich etwas Komisches gesagt?«

»Die herrliche Aussicht? Haben Sie vergessen: Ich bin fast blind! Wen kümmert eine alte, blinde Frau in einem riesigen Haus, die ihre Aussicht ohnehin nicht mehr genießen kann?«

»Aber wenn da drüben ein Wohnblock hochgezogen wird, verliert Ihre Immobilie an Wert.«

»Und wenn schon. Ich habe keine Kinder, denen ich den alten Kasten vererben könnte. Nein, das ist nicht mein Problem.«

»Was dann?«

»Obwohl ich kaum noch etwas sehe, sind meine Ohren ausgezeichnet. Die Arbeiten an dem Wohnblock sollen drei Jahre dauern. Ich fürchte mich vor dem Baulärm. In meinem Alter sind drei Jahre oft gleichbedeutend mit einer Übersiedlung auf den Friedhof.«

»Und man kann nichts dagegen unternehmen?«

»Die meisten meiner früheren *Kontakte* sind tot. Die Stadt Paris denkt an die Grundsteuer, die sie bei dem Projekt herausschlagen kann.« Sie hob die Hand. »Aber genug mit dem Gejammer.« Sie zeigte auf ein Regal zu ihrer Rechten. »Ich habe heute Lust auf etwas Frivoles, etwas Gemeines und zugleich Intelligentes.«

Benoît stand auf. »Woran denken Sie?«

»Gehen Sie mal zu Houellebecq rüber. – Weiter links.«

Er fand das gesamte Werk des Autors. »Wollen wir uns den letzten vornehmen?«

»Der ist enttäuschend. Lassen Sie uns lieber *Ausweitung der Kampfzone* lesen. Etwas Entlarvenderes ist in unserer Sprache selten geschrieben worden.«

Benoît kam mit dem Buch zurück. »Da machen wir aber einen ziemlichen Sprung, vom lyrischen W. H. Auden zum sexsüchtigen Houellebecq.«

Sie setzte die Brille ab und lehnte sich zurück. »Gerade deshalb.«

Benoît begann mit dem Zitat aus der Bibel, das dem ersten Kapitel vorangestellt war. *Befreien wir uns von den Werken der Finsternis, kehren wir zurück zu den Waffen des Lichts.*

Nachdem sie drei Kapitel gelesen hatten, lud Marie-Louise Benoît zum Tee ein. Wieder staunte er, mit welcher Sicherheit sie die Handgriffe in der Küche ausführte. Sie wärmte die Kanne mit heißem Wasser vor.

»Ein Freund von mir braucht eine Lösung für eine heikle Angelegenheit«, begann er zögernd, als ob er sie mit seinem Problem belästigen sollte.

»Und ich soll Ihrem Freund bei seinem Problem helfen?« Sie versenkte das Tee-Ei in der Kanne.

»Nur als Gedankenspiel«, schlug er vor.

»Schießen Sie los.«

»Mein Freund, er heißt Pascal, besucht häufig ein Lokal nahe der Seine. Dort hat er eine außergewöhnliche Frau kennengelernt. Sie kommt aus Österreich und hat beruflich in Paris zu tun.«

»So weit, so gut.« Sie hob das Tablett an.

»Lassen Sie mich das machen.« Er nahm es ihr ab. »Soll ich eingießen?«

»Er muss noch ziehen. Also weiter.«

»Diese Frau hat Pascal erklärt, dass sie über beide Ohren in einen Sänger verliebt sei.«

»Einen Pop-Sänger?«

»Er ist Tenor an der Bastille-Oper.«

Marie-Louise nickte. »Interessant.«

»Pascal hat diesen Sänger auch schon kennengelernt, einen fabelhaft aussehenden jungen Mann mit Charisma.«

»Ihr Freund Pascal kann sich demnach keine Chancen auf die schöne Österreicherin ausrechnen«, schlussfolgerte Marie-Louise.

»So ist es.«

»Und wo liegt Pascals Problem?«

»Neulich hat er ein Gespräch zwischen dem Tenor und dessen Regisseurin belauscht. Einer attraktiven, possessiven jungen Frau. Dabei stellte sich heraus …«

»Dass die beiden ein Verhältnis haben.«

Überrascht breitete Benoît die Arme aus. »Woher wissen Sie das?«

»Weil es die älteste Geschichte der Welt ist, die Sie mir erzählen. – Jetzt können Sie eingießen.«

»Nun fragt sich Pascal natürlich …« Er nahm das Tee-Ei heraus.

»Ob er sein geheimes Wissen zum eigenen Vorteil nützen soll.«

»Ungefähr das geht ihm durch den Kopf, ja.«

»Gut. Lassen Sie uns überlegen, was seine Optionen sind.« Marie-Louise spielte mit dem Teelöffel. »Er könnte die Österreicherin über die Untreue ihres Freundes aufklären und sie gegebenenfalls ein wenig trösten. Falls sie sich an ihrem Tenor rächen möchte.«

Die Kanne in der Hand hielt Benoît inne. »So wie Sie es sagen, klingt das ziemlich herzlos.«

»Aber realistisch.« Sie überlegte. »Andererseits hat Pascal hohe moralische Werte. Er weiß, dass man nicht lauschen darf. Er weiß, dass ihn die Angelegenheit nichts angeht und es einzig die Sache des Opernsängers wäre, seiner Freundin reinen Wein einzuschenken. Pascal müsste sogar dann schweigen, wenn der Tenor beschließt, mit beiden Frauen gleichzeitig eine Affäre zu führen.« Sie hob den Kopf. »Warum gießen Sie denn nicht ein – mein lieber Pascal?«

»Was? Das haben Sie erraten?!«, rief er.

»Sie müssen mich für ziemlich verkalkt halten, wenn ich das nicht *sofort* erraten hätte. Ich sagte schon, es ist die älteste Geschichte der Welt.«

Er goss ein, reichte ihr die Tasse und nahm Platz. »Da Sie so beschlagen sind in den Abgründen des Herzens, Madame, was raten Sie mir?«

»Tja, lieber Pascal –« Sie fand sichtlich Gefallen an dem Spiel. »Zunächst sollten Sie sich fragen: Haben Sie noch nie eine Frau betrogen?«

Er zuckte die Schultern. »Wahrscheinlich schon.«

»Buuh.« Sie deutete eine lange Pinocchio-Nase an. »Sie haben Frauen betrogen, Punkt. Und Sie sind sicher schon zweigleisig gefahren.«

»Das könnte hinkommen.«

»Nächste Frage: Sind Sie in diese Österreicherin … Hat sie auch einen Namen?«

»Rosalie.«

»Sind Sie in Rosalie verliebt, oder sind Sie nur scharf auf sie?«

»Ich weiß nicht. Sie rührt mich irgendwie. Rosalie ist … modern und altmodisch zugleich. Aber verliebt? Ich fühle mich in ihrer Nähe wohl. Ist das schon verliebt?«

»Es ist eine Vorstufe.«

»Haben Sie denn nun einen Rat für den armen *Pascal?*« Er blies in seinen Tee.

»Halten Sie die Klappe.«

»Wie bitte?« Er verschluckte sich fast.

Marie-Louise sprach mit einem Mal ernst und eindringlich. »Bevor Sie sich daran beteiligen, das Herz dieser Frau zu brechen, schweigen Sie lieber.«

Er nickte nachdenklich. »Verstehe.«

»Schmeckt Ihnen mein Tee?«

»Er ist sehr gut. Danke, Madame, ich danke Ihnen für den Rat. Übrigens habe ich eine Überraschung für Sie.«

»Ach ja?«

»Ich weiß, was der glamouröse Tenor gerade an der Oper einstudiert. – *The Rake's progress* von Strawinsky. Und das Libretto ist von …«

»W. H. Auden.«

»Sie haben die Gabe, einem jede Überraschung zu verderben.« Mit Freude sah er, dass alles Fahle und Gebrechliche von Marie-Louise abgefallen war. Ihre Augen strahlten.

»Das würde ich wirklich gern hören«, sagte sie leise. »Würden Sie mich zu *Rake's Progress* begleiten, Benoît?«

»Mit dem größten Vergnügen.«

KAPITEL 10

BENOÎT STAND ZU weit entfernt, um etwas vom Gespräch zwischen Madame Cortillon und Danny zu verstehen. Manchmal betrachtete sie ihn mit einem Blick – was war das für ein Blick? Interessiert, neugierig, liebevoll? Und Danny hing an ihren Lippen. Sonderbar, dachte Benoît, dabei repräsentierte diese Frau alles, was Danny hinter sich lassen wollte. Er hatte Benoît einiges aus seinem Leben erzählt. Danny stammte aus reichem Haus, sein Vater war Professor, die Mutter hatte Geld. Er war nach Paris abgehauen, um seine Eltern abzuschütteln. Paris, das bedeutete modernes Leben in alter Kulisse, junge Medien, Musik, Mode – und Tanz. Danny hatte sich dem Tanz verschrieben. War das nur eine flüchtige Liebhaberei oder echte Leidenschaft? Du solltest nicht so herablassend sein, dachte Benoît. Hätte ich einen Vater, der mir meine Kapriolen bereitwillig bezahlt, wäre ich dann imstande zu widerstehen?

Als Benoît in Dannys Alter war, hatte er hohe Ideale und den Wunsch gehabt, seinen eigenen Weg zu gehen. Heute verbrachte er die besten Stunden des Tages damit, zu warten, ob jemand vorbeikam, der ihm etwas abkaufte. Jahre waren so vergangen, und abends stand er neben dem Abfalleimer in seinem Stammcafé und beobachtete das Leben der anderen. Und die Liebe?, dachte Benoît. Wäre die Liebe ein Heilmittel für mich? Die Frau dort in der Nische hatte Liebe in den Augen, wenn sie ihren Englischlehrer ansah. Ihre Unterrichtsstunden im Petit Paris würden allerdings bald ein Ende finden; Bobby hatte erzählt, die Verhandlungen mit den Irakern kämen gut voran. Bald sollten die Verträge unterschrieben werden.

Benoît wollte sich irgendwo dazusetzen, er kam sich allmählich wie ein Spanner vor. Ein unglücklicher Spanner, um genau zu sein, denn Mademoiselle Hirzelsberger und ihr Tenor waren ebenfalls im Café. Sie hatten eine Nische für sich allein und turtelten. In einem fort nahm Rosalie seine Hand, strich über sein Haar oder lehnte sich an ihn. Alfred erwiderte ihre Zärtlichkeit mit einem Blick, in dem äußerlich Liebe lag, aber Benoît wusste es besser. Alfreds Liebe war strategisch, er taktierte mit den Gefühlen seiner Agentin. Benoît fiel das *Bildnis des Dorian Gray* ein. Ob Oscar Wilde an jemanden wie Alfred gedacht hatte, als er den Roman schrieb? Besaß der Tenor etwa auch ein Bild, das sein wahres Wesen und seine Falschheit zeigte? Du bist betrunken, dachte Benoît. Zwei Gläser Wein hätten gereicht, doch mit Marie-Louises Honorar in der Tasche hatte er sich ein drittes gegönnt und ließ nun seinem Grimm gegen Alfred freien Lauf.

Wie einfach hatten es dagegen Francine und Bobby. Sie hielten ihre Affäre nicht länger geheim und schienen glücklich zu sein. Nur selten warf Bobby einen Blick zu

Madame Cortillon, die meiste Zeit plauderte er mit Francine.

Der Abend drohte quälend für Benoît zu werden. Sollte er austrinken und nach Hause gehen, Netflix auf dem Laptop gucken, dann die Nachrichten und bei der darauffolgenden Talkshow einschlafen? Er nahm sein Glas, durchquerte das Lokal und stellte sich zu Alfred und Rosalie.

»Bonsoir, Mademoiselle Hirzelsberger.«

Irritiert sah sie ihn an. »Hallo. Wie geht's?« Was ihr Blick ausdrückte, war: »Lass uns allein.«

Sonderbarerweise schien der Tenor über die Störung erfreut zu sein. »Bonsoir. Sie waren neulich Abend auch hier, nicht wahr?« Er schickte ein gewinnendes Lächeln hinterher.

»Ich bin praktisch jeden Abend hier.«

Alfred gab Benoît die Hand. »Sie haben Rosalie Gesellschaft geleistet, als ich mal wieder zu spät kam. Setzen Sie sich doch«, fuhr er leutselig fort. »Außer Sie haben etwas Besseres vor.«

»Nichts Besonderes.«

»Wir wollten doch eigentlich …«, ging Rosalie dazwischen.

»Ich möchte den neuen Wein aus der Dordogne probieren«, unterbrach Alfred sie. »Kann man den trinken?«

»Judith vertut sich selten bei ihren Weinbestellungen.« Benoît nahm Platz.

Unwillig rückte Rosalie zur Seite. »Wer ist Judith?«

»Die Besitzerin des Petit Paris.«

»Die habe ich noch nie hier gesehen.«

»Weil Francine den Laden praktisch allein schmeißt.«

Alfred winkte Francine. »Sie sind Buchhändler, hat Rosalie erzählt.«

»Sie haben über mich gesprochen?«, fragte Benoît überrascht.

»Ein Bouquinist!«, rief Alfred. »Ach, ich beneide Sie um Ihre Freiheit. Sie sehen den Schiffen auf der Seine zu und genießen die Jahreszeiten. Die Leute kommen und finden es romantisch, Ihre Bücher zu kaufen. Ich dagegen hänge den lieben langen Tag auf dunklen Probebühnen herum, wo es zieht, und die Bühne ist komplett verstaubt. Im Winter fällt die Heizung aus, und die Kaffeemaschine muss aus dem 18. Jahrhundert stammen.« Alfred hatte sich warm geredet. Er liebte es, Monologe zu halten. »Wussten Sie übrigens, dass ich *The Rake's Progress* von Strawinsky probiere?«

»Sie haben es mehrmals erwähnt.«

»Francine! Kann ich endlich bestellen?«, rief Alfred. »Neuerdings steckt die ständig mit diesem Schwarzen zusammen.«

»Er heißt Bobby.«

»Komischer Name für einen Afrikaner.«

Alfred war also nicht nur eitel und verlogen, sondern auch noch ein Rassist, dachte Benoît. »Neulich waren Sie mit Ihrer Regisseurin hier.«

»Dominique, ja, eine wunderbare Künstlerin«, antwortete Alfred ohne das geringste Anzeichen, dass ihm das Thema unangenehm sei. »Wir arbeiten … wie soll ich sagen? … intuitiv miteinander. Sie braucht mir nichts zu erklären, schon eine Andeutung genügt. Die Proben machen Spaß. – Francine, verdammt noch mal!« Wenn Alfred die Stimme erhob, ahnte man, welche Kraft dahintersteckte. »Haben Sie meinen Mime in Rheingold gesehen, Benoît?«

»Ich gehe nicht oft in die Oper.«

»Eigentlich bin ich zu jung für die Partie, aber die Direktion hat angefragt, ob ich den Mime nächstes Jahr auch im *Siegfried* singen möchte.«

»Wird das ebenfalls die junge Regisseurin inszenieren?«, hakte Benoît nach.

»Nein. Dominique steht ja erst am Anfang. Wagner ist den internationalen Regisseuren vorbehalten.«

»Für *Siegfried* haben sie deinen Vertrag noch nicht geschickt«, versuchte Rosalie, wieder am Gespräch teilzunehmen.

»Du machst das schon.« Alfred tätschelte ihre Hand auf eine Weise, dass Benoît ihm am liebsten eine reingehauen hätte.

Francine trat an den Tisch.

»Na endlich. Ich möchte das Gleiche, was Benoît da trinkt. Wollen Sie auch noch ein Glas?«

»Danke.« Er stand auf. »Ich habe genug für heute.«

»Sie gehen schon?«, fragte der Tenor, offensichtlich überrascht, dass jemand freiwillig auf seine Gesellschaft verzichtete. Ein Blick zur Wanduhr. »Eigentlich sollte ich auch los. Morgen um zehn ist Probe.«

»Kommst du noch mit zu mir?« Viel Hoffnung lag nicht in ihrer Frage.

»Wir müssen vernünftig sein, Chérie. Morgen ist eine schwierige Szene dran. Du weißt, Dominique schont mich nicht.«

Das kann ich mir gut vorstellen, dachte Benoît und zahlte. »Sie und Ihre Regisseurin sind ein schönes Paar.«

Der Blick des Sängers veränderte sich. »Finden Sie?«

»Künstlerisch, meine ich. – Bonne nuit, Rosalie.«

Benoîts Herz war schwer. Er wollte nicht gleich nach Hause, lieber noch eine halbe Stunde durch die Straßen ziehen.

•

»Das hatte ich fast vergessen«, murmelte Francine.

»Was denn?« Bobby nahm die Mineralwasserflasche neben dem Bett hoch und trank durstig.

»Dass ich mal mit Benoît geschlafen habe. – Und das hat er dir erzählt?«

»Gesprächsweise, er hat nicht damit angegeben.« Er hielt ihr die Flasche hin. »Kann man so etwas wirklich vergessen?«

»Du bist wohl immer mit dem Herzen dabei.« Sie trank und gab ihm die Flasche zurück.

»Du nicht?«

»Eigentlich schon, aber mal ist man betrunken, oder es ist dunkel, oder es passiert zwischen Tür und Angel.« Sie drängte sich in seinen Arm. »Ist ja nicht so wichtig.«

»Neulich hatte ich ein Gespräch mit Benoît, mit wie vielen Frauen unsereins wohl schon geschlafen hat. Ich nehme an, Frauen spielen keine so albernen Ego-Spielchen.«

»Einundzwanzig«, antwortete Francine.

»Wie bitte?«

»Es waren einundzwanzig Männer. Mit manchen natürlich mehrmals.«

»So viele?« Er legte die Arme unter seinen Nacken.

»Ach, es wäre dir wohl lieber, wenn ich mich *für dich auf-gespart hätte*. Ich hatte vor Ihnen auch schon Sex, Monsieur Tschombé.« Francine legte sich in voller Länge auf Bobby drauf.

91

»Was soll der Unsinn mit meinem Namen?«

»Dein Name ist schön. Und das bist du auch. Woher kommt der Name eigentlich?«

»Aus Gabun. Die meisten Franzosen nennen mein Land allerdings am liebsten immer noch Französisch-Äquatorialafrika.«

Francine langte nach ihrem Unterhemd.

»Was machst du?«

»In fünfzehn Minuten beginnt mein Frühdienst.« Sie zog sich an.

»So früh?«

»Wieso? Es ist Viertel vor sieben.«

»Was!« Wie ein Pfeil kam er hoch, sprang aus dem Bett und fast gleichzeitig in seine Hose. Vergeblich versuchte er, die Knöpfe seines Hemdes aufzukriegen. »Ich muss zu Madame Cortillon. In einer Dreiviertelstunde beginnt die Sitzung mit den Irakern.«

Zärtlich nahm sie ihm das Hemd ab, öffnete die Manschetten und half ihm beim Anziehen. »Nächstes Mal stellen wir den Wecker, okay?«

Ein Griff zu Krawatte und Sakko. Ohne Socken schlüpfte er in die Schuhe. »Sehen wir uns heute Abend? Madame Cortillon hat Englischstunde.«

»Ich bin hier.« Sie öffnete ihm die Tür.

DIE SACHE MIT DANNY

KAPITEL 11

»TUT WEH, ODER?«

»Es geht schon.«

Der Waschraum für das Personal war so winzig, dass Francine sich um Martine herumquetschen musste, wenn sie zum Wasserhahn wollte. Sie spülte den blutigen Lappen aus.

Martine fasste an die Stelle, wo es pochte.

»Nicht! Ich will es doch gerade desinfizieren.«

»Warum sind wir denn nicht auf der normalen Damentoilette?«

»Weil dort ständig jemand reinkommt.« Francine wischte behutsam über die Wunde, dann hielt sie Martine den Spray hin. »Das brennt jetzt ein bisschen.« Francine sprühte Desinfektionsmittel auf die Stelle.

Plötzlich begann auch Martine zu lachen. »So ein Mist!«

»Was haben Sie?«

»Seit Wochen tanzt Bobby um mich rum, die ganze Zeit, wohin ich auch gehe. Und das einzige Mal, wenn mir wirklich etwas passiert, ist er nicht da!« Plötzlich zog sie die Luft zwischen die Zähne.

»Brennt, oder? – Der Vorfall ist Bobby wahnsinnig unangenehm. So kleinlaut habe ich Monsieur Tschombé noch nie erlebt. Er redet gerade mit der Polizei.« Francine holte das Heftpflaster aus der Verpackung. »Jemand vom Ministerium ist auch schon da.«

»Das ist alles so übertrieben. Als wäre ich der Kaiser von China.«

»Die Kaiserin, wenn schon.« Francine grinste.

Nach dem Ende der Englischstunde hatte Martine nicht gleich aufbrechen wollen. Dabei kannte sie sich so gar nicht. Sonst wünschte sie sich nach einem langen Tag nichts weiter, als zu Hause in etwas Bequemes zu schlüpfen und Dinge zu tun, die wenig Energie und Konzentration erforderten: die Katze streicheln, ein Glas Rotwein trinken, Nachrichten gucken. Woher kam ihre neue Sehnsucht, sich in der Welt der Künstler und Lebenskünstler zu bewegen und Gespräche zu führen, die kein Ergebnis brauchten und zu keinem Ziel führten? Bei ihrem straffen Terminkalender empfand Martine die Beschäftigung, nur zu sitzen und zu plaudern, normalerweise als Zeitverschwendung. Heute war sie freiwillig im Petit Paris geblieben, obwohl Danny sich nach dem Unterricht zu den Leuten vom Ballett gesetzt hatte. Martine war nichts anderes übrig geblieben, als mit ihrem Cousin etwas zu trinken. Sie hatte sich über Dannys Verhalten geärgert. Warum? Ihre Verabredungen waren rein beruflicher Natur. Dass man sich dabei gut verstand, war von Vorteil. Martine zwang sich, nicht zu ihm hinüberzusehen, daher entging ihr, dass Danny zusammen mit ein paar Tänzern aufbrach. Bald darauf ertrug Martine die Trompetenstimme ihres Vetters nicht länger und verließ das Café so unvermittelt, dass Bobby es nicht gleich mitbekam. Ihre Jacke in der Hand, die Handtasche über dem Ellbogen baumelnd, trat sie auf die Rue de Gaspard.

Er kam aus der Dunkelheit, sprang auf sie zu und wollte die Tasche an sich reißen. Er hatte Pech: Martine war gerade in einer aggressiven Stimmung – wegen Alfred, wegen Danny –, jedenfalls stieß sie den kleineren Angreifer von sich. Ihre Tasche hing sicher am Ellbogen.

Klein war er, aber kräftig und entschlossen. Mit einem harten Gegenstand schlug er Martine auf den Kopf. Es tat nicht besonders weh, machte ihr aber klar, dass sie gerade ihr Leben in Gefahr brachte. Wegen einer Handtasche? Sämtliche Kreditkarten und Ausweise waren es nicht wert, sich umbringen zu lassen. Martine ließ die Tasche los und sprang zurück. Ihr Sinneswandel kam so plötzlich, dass der Mann gegen die Scheibe des Cafés taumelte. Einen Moment lang sahen sie einander an. Er war gedrungen, trug Jeans und Sweatshirt, hatte rotblonde Locken und eisblaue Augen.

Der Moment verstrich, der Mann nahm die Beine in die Hand und verschwand so schnell, wie er aufgetaucht war. Erst jetzt kam Martine in den Sinn, dass sie einen Bodyguard hatte. War dies ein Angriff der Iraker gewesen? Ein rotblonder Iraker war schwer vorstellbar. Nein, er war ein Dieb und weiter nichts. Ein kleiner Halunke, der sich die Gäste im hell erleuchteten Petit Paris von draußen ansah und Martine auserkoren hatte, sein Opfer zu werden.

Mit einem Mal wurde ihr schwindlig. Sie spürte etwas Warmes auf der Stirn. Übel war ihr, aber sie übergab sich nicht. Martine taumelte ins Café zurück.

Bobby stürzte auf sie zu. Für den Bruchteil einer Sekunde zögerte er, ob er ihr helfen oder den Täter verfolgen sollte.

Francine nahm ihm die Entscheidung ab. »Lauf ihm nach. Ich kümmere mich so lange um Madame.« Danach hatte sie Martine auf die Toilette begleitet.

»Sie und Bobby verstehen sich gut?«, fragte Martine jetzt, während Francine das Pflaster auf ihrer Stirn festdrückte.

»Mhm.«

»Besser als gut.«

»Könnte stimmen.«

»Ist es was Ernstes?«

»Kaum.«

»Wieso nicht?«

»Sobald Bobbys Auftrag mit Ihnen erledigt ist, wird er woandershin versetzt.«

»Das bedeutet doch nicht …«

Francine unterbrach sie. »Sie und Danny verstehen sich auch ziemlich gut, nicht wahr?«

Martine spürte einen Stich in der Magengrube. »Das ist doch etwas völlig anderes.«

»Wirklich?«

»Wieso?« Ein rascher Blick. »Hat Danny etwas gesagt?« Francine zuckte nur die Schultern.

»Was hat er gesagt?«

»Dass Sie wahnsinnig viel um die Ohren haben und dass er ein Leben wie Ihres nicht führen könnte.«

»Ach so, das. Das hat er mir auch gesagt.«

»Danny bewundert Sie, Madame.«

»Vielleicht.« Martine versuchte, in der Miene der Kellnerin zu lesen. »Warum auch nicht? Ich bin ja eine ganze Ecke älter als er.«

»Das ist ihm nicht so wichtig.«

»Hat er das gesagt?«

»Nein. Aber das sieht man doch sofort.«

Martine saß da, als hätte man ihr gerade etwas Hochprozentiges zu trinken gegeben, dessen Wirkung sie spürte. »Ja, Danny ist … Er ist ein besonderer junger Mann«, erwiderte sie verwirrt.

Francine wusch sich die Hände und verließ das Klo.

»*Ein besonderer junger Mann? …* Was redest du denn da?«, flüsterte Martine. »Das ist vollkommen verrückt.« Beim Aufstehen musste sie sich an der Wand festhalten.

KAPITEL 12

DANNY SASS IN der Opernkantine und wartete. Sein Auftritt war längst vorbei, aber der Vertrag verpflichtete die zu Beginn auftretenden *Wassergeister*, bis zum Schlussapplaus zu bleiben. Unauffällig wandte er sich um und beobachtete Rosalie, Alfreds Agentin, die dessen Spiel auf dem Bühnenmonitor mit sichtlicher Begeisterung verfolgte. Dem jungen Tenor wurde allgemein eine internationale Karriere vorausgesagt. Falls die Premiere von *Rake's Progress* ein Erfolg werden sollte, konnte er riskieren, den Festvertrag an der Pariser Oper zu kündigen.

Und ich?, dachte Danny. Alfred war noch keine dreißig, Danny vierundzwanzig Jahre alt. Alfred eroberte die Opernwelt und wurde am Schluss jeder Vorstellung bejubelt, während Danny als Bewegungsstatist über die Bühne hampelte und sich anschließend mit zwanzig anderen jungen Männern verbeugte. Waren ihre beiden Lebenswege damit schon vorgezeichnet? Hatte Danny irgendwo die falsche Abzweigung genommen? Hätte er auf seinen Vater hören und einen bürgerlichen Beruf ergreifen oder lieber die Berufung zum Tanz von Anfang an konsequenter verfolgen sollen? Er verspürte keinen Neid Alfred gegenüber, eher Ratlosigkeit: Danny hatte den richtigen Platz im Leben einfach noch nicht gefunden.

Er beobachtete die junge Agentin des Tenors. Hatte Rosalie das große Los gezogen, weil sie Alfred überall in der Welt vertreten würde? Würde sie das wirklich, überlegte Danny. Rosalie operierte von Wien aus; die wirklich einflussreichen Agenturen saßen in London und New York. So wie Danny Alfred kennengelernt hatte, schätzte er ihn als knallharten Karrieretypen ein. Wie lange würde er bei einem internationalen Durchbruch wohl zögern, bis er das Herz dieser Frau am Nebentisch brach und die Agentur wechselte?

Gefangen in seinen Gedanken bemerkte Danny jetzt erst die interessierten Blicke von jemandem zwei Tische weiter. Er kannte die junge Asiatin nur flüchtig, sie war sehr schmal und hatte langes schwarzes Haar. Ihren Namen hatte er schon gehört, doch er fiel ihm nicht ein. Gerade prostete sie ihm zu; als Antwort hob Danny seine *Orangina*-Flasche. Das nahm sie zum Anlass, an seinen Tisch zu kommen.

»Wir haben uns öfter im Petit Paris gesehen«, sagte sie.

»Ich weiß.« Dannys Bademantel klaffte ein wenig auf. Er bemerkte ihren Blick auf seine nackten Beine.

»Kann ich dich auf etwas einladen?«

Er hob die halb volle Flasche. »Das lohnt sich nicht mehr.«

Ungeniert setzte sie sich zu ihm. »Was lohnt sich nicht?«

»Noch etwas zu bestellen. Ich muss gleich zum Applaus.«

»Und nach dem Applaus?« Es klang nicht aufdringlich, eher wie die Frage eines Kindes.

»Danach brauche ich lange, um die Ganzkörperschminke loszuwerden.« Er log, weil er mit einer freundlichen, bildhübschen Asiatin nichts trinken gehen wollte. Er wollte eben nicht.

»Wir können ja mal telefonieren«, schlug sie vor. »Ich bin Roxane.«

Richtig, ihr Name war ungewöhnlich, dachte er. »Ich habe deine Nummer nicht«, entgegnete er, überrascht von ihrer Hartnäckigkeit.

»Aber ich deine.« Sie präsentierte ein reizendes Lächeln. »Ich habe es schon mehrmals versucht, aber du gehst nie ran.«

»Das ist mein blöder Akku. Er ist meistens …«

»Schon okay, ich hab's verstanden.« Ohne Groll kehrte sie an ihren Tisch zurück.

Danny hob den Blick zum Monitor. Die Riesen Fafner und Fasold kamen gerade auf die Bühne, Gott Wotan stand an der Rampe und sang. Jetzt dauerte es bis zum Schluss nicht mehr lange.

Die Tür zur Kantine flog auf.

»So ein Wahnsinn!« In seinem Rollenkostüm, mit falscher Nase und falschem Buckel, stürzte Alfred herein. »Es ist eine Verschwörung! Ich kann es immer noch nicht glauben!«

Rosalie lief ihm entgegen. »Was ist denn? Was hast du?«

»Er ist rausgegangen!«

»Wer?«

»Bonadieu! Der Kritiker der *Opernwelt*. Er ist mitten in meiner Arie rausgegangen!« Alfred sank auf den nächstbesten Stuhl. »Es kam, wie es kommen musste. Mein Erfolg hat sich zu schnell eingestellt. Jetzt bekomme ich die Rechnung dafür präsentiert, dass mir alles so leicht gemacht wurde.« Er wollte den Kopf in die Hände stützen, die falsche Nase war ihm im Weg. Er riss sie sich aus dem Gesicht.

»Das bildest du dir nur ein, Alfie«, beruhigte ihn Rosalie.

Er hob den Blick. »Sag mir bitte: Glaubt man mir den Mime etwa nicht? Bin ich zu jung für die Partie?«

»Im Gegenteil. Du bist der großartigste Mime, den Paris sich wünschen kann.«

»Das sagst du natürlich, du musst das ja sagen – aber Bonadieu hat den Saal verlassen! Nicht etwa heimlich, nein, ostentativ. Der bedeutendste Kritiker der bedeutendsten französischen Opernzeitung wollte sein Missfallen demonstrieren.«

»Liebling, es tut mir so leid.« Sie zog sich einen Stuhl heran. »Vielleicht ist ihm schlecht geworden. Vielleicht musste er mal ganz dringend. Vielleicht hat Bonadieu etwas am Herzen.«

»Hoffentlich«, erwiderte Alfred etwas zuversichtlicher. »Ob man den Theaterarzt rufen sollte?« Er fasste Rosalie an beiden Händen. »Oh, Chérie, ich danke dir. Du hast mich wieder aufgerichtet.«

Die Stimme der Inspizientin tönte aus dem Lautsprecher. *Die Vorstellung geht zu Ende. Bitte alle zum Applaus. Alle Beteiligten zum Schlussapplaus.«*

Danny stand auf, erwiderte den gewinkten Gruß der Asiatin und brachte die leere Flasche zum Ausschank. Im Hinausgehen zog er den Bademantel aus.

•

Bobby lag auf dem Rücken. »Ich kann Madame Cortillon kaum noch in die Augen sehen.«

»Du konntest doch nichts dafür.« Francine balancierte eine halb volle Weinflasche zwischen ihren Füßen und versuchte, sie auf den Boden zu stellen, ohne etwas zu verschütten.

»Wer könnte wohl sonst etwas dafür?« Bobby stopfte sich ein Kissen unter den Nacken.

»Haben sie den Kerl schon gefasst?«

»Noch nicht, aber Madame Cortillon konnte ihn anhand der Datenbank identifizieren. Ein Kleinkrimineller, der an Touristen-Hotspots sein Unwesen treibt.«

Die Flasche landete unglücklich auf dem Boden und schwankte. Blitzschnell bückte sich Bobby und hielt sie fest.

»Tolle Reflexe«, lachte Francine bewundernd.

»Ich bin darauf trainiert.«

»Auf deine Reflexe?«

»Auf das Unvorhersehbare. Ein guter Personenschützer muss eine Situation wie diese vorhersehen.« Er sank wieder neben sie. »Du bist übrigens schuld daran.«

»Woran?«

»Dass Madame Cortillon keinen Schutz hatte.«

»Wieso ich?«

»Als es passiert ist, hast du an meinem Ohrläppchen geknabbert.«

Francines Handy vibrierte.

»Geh nicht ran«, brummte Bobby.

Ein Blick auf das Display. »Es ist die Chefin.«

»Wenn es unbedingt sein muss …«Er drehte sich zur Seite.

»Judith?«, sagte Francine ins Telefon.

Die Besitzerin des Petit Paris sprach am anderen Ende so laut, dass Bobby das Kissen über seinen Kopf zog.

»Habe ich dich geweckt?«

»Geht schon«, antwortete Francine.

»Ich schaffe es einfach nicht, zur Frühschicht da zu sein. Es tut mir leid.«

»Judith, das ist schon das zweite Mal«, protestierte Francine.

»Sag ihr, dass du keine Zeit hast«, zischte Bobby. »Sag ihr, du hast schon was vor.«

Francine legte ihm die Hand auf den Mund. »Was ist denn los?«

»Ich bin in meinem Haus in der Bretagne, und vorhin ist mir einer in den Wagen gefahren.«

»Ist dir etwas passiert?«

»Mir geht es gut, aber das Auto ist Schrott.«

»Wenn du nervös bist, solltest du nicht Auto fahren, Judith, das weißt du.«

»Ich weiß, dass ich mich am besten aufhängen sollte«, kam es vom anderen Ende. »Francine, das eine Mal noch. Nächsten Monat stelle ich eine Aushilfe ein, versprochen.«

»Schon gut, ich mache es ja«, seufzte Francine.

»Du wirst es nicht bereuen.« Damit verabschiedete sich Judith.

Francine legte das Handy auf den Nachttisch.

»*Du wirst es nicht bereuen?*« Bobby drehte sich zu ihr. »Was meint sie damit?«

Müde ließ Francine ihren Kopf auf seine Brust sinken. »Judith und ich stehen in Verhandlungen.«

»Worüber?«

»Ich möchte das Petit Paris kaufen.«

»Ehrlich?« Er hob ihren Kopf an, um ihr in die Augen zu sehen. »Das finde ich großartig!«

»Wirklich?« Ein frohes, zugleich müdes Lächeln glitt über ihr Gesicht. »Ich denke mir, wenn ich mein Leben schon hinter einem Tresen verbringen soll, sollte es wenigstens mein eigener sein.«

»Großartige Idee.«

»Findest du das wirklich, Bobby?«

»Was verlangt Judith denn für das Lokal? Hast du das Geld schon beisammen?« Er streichelte ihr Haar.

Ihr Kopf sank auf seine Brust zurück. »Noch nicht.«

»Aber wie willst du dann? …?«

»Ich habe ein bisschen was geerbt, und ich spare. Judith kommt mir entgegen, soweit sie kann, bloß sind wir hier in einer der teuersten Lagen von Paris. Meine einzige Chance ist …« Francines Stimme verlor sich allmählich.

»Ja?« Mit seinen Brustmuskeln bewegte er ihren Kopf. »Hey, nicht einschlafen. Was ist deine einzige Chance?«

»Hmm …?« Sie schreckte hoch. »Was hast du gesagt?«

»Du hast gesagt: *Meine einzige Chance ist* – Und dann nichts mehr.«

»Judith sehnt sich danach, aufzuhören. Das kann ich zu meinem Vorteil nutzen.«

»Sie könnte das Café auch an jemand anders verkaufen.«

»Natürlich, aber es ist ihr wichtig, dass das Petit Paris in die richtigen Hände kommt.« Sie wälzte sich aus dem Bett. »Ich muss mal.«

Bobby nahm die Wasserflasche.

»Was hältst du übrigens von Danny und Madame Cortillon?«, rief Francine aus dem Bad.

»Was soll ich davon halten? Er unterrichtet sie.«

»So blind kannst du doch nicht sein. Sie ist in ihn verschossen.«

Er trank durstig. »Das bildest du dir ein.«

»Neulich, als ich sie verarztet habe, hatte ich das Gefühl, da ist mehr zwischen den beiden.«

»Sie ist doppelt so alt wie er«, rief Bobby über das Geräusch der Klospülung hinweg.

Francine tauchte in der Tür auf. »Was ist denn das für ein Argument?«

»Wieso?«

»Sie ist älter, na und?«

»Ich meine ja nur …«

Sie löschte das Licht im Bad. »Sollte ich etwa einen Chauvi in meinem Bett haben?«

»Man wird doch noch sagen dürfen …«

»Nein, das darf man heutzutage nicht mehr sagen.« Sie kam zurück.

»Ich dachte sowieso, Danny sei schwul.«

»Woher willst du das wissen?«

»Na, weil er immer mit den Tänzern rumhängt.«

»Das wird ja immer schlimmer mit dir. Nur weil er Tänzer mag, muss er schwul sein? Du bist nicht nur ein Chauvi, auch noch ein Sexist.«

Mit einem Sprung landete sie auf dem schweren Mann. Bobby ächzte.

»Solche Ansichten musst du dir abgewöhnen, wenn du länger meine Matratze anwärmen willst.«

KAPITEL 13

MARTINE TRUG NOCH das Kostüm, in dem sie ihren Verhandlungspartnern gegenübergesessen hatte. Karim Zaboun war ein erfahrener Taktiker, doch er war es nicht gewöhnt, mit einer Frau auf Augenhöhe zu verhandeln. Sie streifte die Schuhe ab und öffnete ihre Bluse. Martine dachte an ihre Söhne. Wenn sie nur schon wieder da wären! Sobald die zwei um sie rumsprangen, vor ihren Computern fläzten oder die Augen stundenlang nicht vom Handy nahmen, fühlte sich Martine vollständig: Mitte vierzig, verheiratet, Mutter und Firmenchefin. Doch der Gefühlsparkour, den sie zurzeit durchlief, zeigte ihr, dass diese *Vollständigkeit* Risse bekam. Mit Mitte vierzig sollte man sich besser von Vernunft und Rationalität leiten lassen und verrückte Ideen dort einsortieren, wo sie hingehörten: in die Welt der Träume.

Dannys Vater Richard hatte Martine vor vielen Jahren einen Satz gesagt, der sich ihr eingebrannt hatte: *Das ICH altert nicht.* Ja, genau so war es! Martine fühlte sich erfüllt von einer unbekannten Abenteuerlust. Ihre Ehe war solide, Clément ein Mann, auf den sie sich verlassen konnte, aber sie, die Mutter zweier Söhne, hatte Fantasien über einen Mann, der selbst fast noch ein Jüngling war. Konnte das Torschlusspanik sein, lauerte dahinter die Angst vor dem Altwerden?

Ihr Computer war heruntergefahren. Der schwarze Monitor diente Martine als Spiegel. »Nehmen wir mal an, du tust es«, sagte sie. »Nehmen wir an, du redest mit Danny über deine Gefühle. Es wäre ihm wahrscheinlich schrecklich peinlich, aber weil er dich mag und Respekt vor dir hat, wird er etwas Nettes antworten. Und das ist dann der Gipfel der Peinlichkeit. Es ist ja möglich, dass *das Ich nicht altert*, aber du bist keine sechzehn mehr. Darum sage ich dir jetzt, was du tun wirst.«

»Was?«, fragte das dunkle Gesicht auf dem Bildschirm.

»Du wirst die restlichen Englischstunden mit ihm absolvieren. Du gibst Danny sein Honorar und wünschst ihm viel Glück auf all seinen Wegen. Und wenn du cool bist, richtest du ihm noch schöne Grüße an seinen Vater, deinen Ex-Geliebten, aus.« Martine ließ sich gegen die Lehne sinken. »Und dann kehrst du endlich in dein solides Leben zurück.«

Sie hatte gehofft, sich nach dieser Entscheidung besser zu fühlen. Warum fühlte sie sich nicht besser? Was fehlte ihr, etwa eine Bestätigung als Frau? Wieso suchte sie sich dann nicht einen Mann in ihrer Altersklasse, Achraf zum Beispiel? Er hatte einen beeindruckenden Körper und wusste bestimmt damit umzugehen. Da ohnehin schon Gerüchte über sie in Umlauf waren, warum sollte man diesen Gerüchten keine Nahrung geben?

»Und Clément?«, fragte das Gesicht im Monitor. »Was ist mit Clément?«

»Wir haben uns in unserem Brüderlein-und-Schwesterlein-Dasein sehr gemütlich eingerichtet. Clément würde einen Riesenschreck kriegen, wenn ich plötzlich Romantik von ihm erwarte.«

»Dann ist es also entschieden? Du wirst dich vor Danny in keine peinliche Situation begeben?«

»Ja, es ist entschieden. Aus und vorbei.«

»Bravo«, sagte das Gesicht.

»In zwei Wochen kommen die Jungs aus dem Feriencamp. Dann beginnt die Schule. Alles wird wieder normal.«

»Andererseits –« Das Bild im Monitor beugte sich so weit vor, bis beide Gesichter dicht voreinander waren. »Andererseits müsstest du mit Danny ja nicht unbedingt über deine Gefühle *sprechen*.«

»Sondern?«

»Du bist verrückt«, sagten Martine und das Gesicht gleichzeitig. »Absolut verrückt. Und es gefällt dir auch noch.«

»Mit wem redest du?« Clément stand in der Tür.

Sie erschrak heftiger, als es dem Anlass entsprach. »Kannst du nicht anklopfen?«

»Ich soll in meinem eigenen Haus anklopfen?«

Clément trug dieses grässliche beige T-Shirt. Martine hatte es ihm vor Jahren geschenkt. Die Farbe stand ihm nicht, doch er trug es, sooft er konnte.

»Übrigens habe ich angeklopft«, rechtfertigte er sich. »Du hast nichts gehört, weil du mit Geistern redest.« Sein Blick fiel auf ihr Handy. »Mit wem sprichst du wirklich?«

»Was gibt es denn, Clément?« Sie schwenkte im Drehsessel herum.

»Ich hatte Sehnsucht nach meiner Frau.«

Martine zog die Augenbrauen hoch.

»Ich habe befürchtet, dass du mir das nicht glaubst.« Er ließ sich auf ihr Sofa fallen. »Ich brauche deine Hilfe.«

»Wobei?«

»Ich komme bei der alten Schachtel nicht weiter.«

»Schachtel? – Ach, die Madame auf Montmartre.«

Er verschränkte die Arme über dem Wort *Müll-Man* auf seinem Shirt. »Genau die. Sie wehrt sich mit Händen und Füßen.«

»Wogegen?«

»Wir müssen an die Hauptleitungen rankommen: Wasser, Strom, Gas, auch an die Glasfaserkabel. Aber diese Leitungen führen nun mal über ihr Grundstück.«

»Was würde passieren, wenn sie euch die Zustimmung verweigert?«

»Unser Justiziar sagt, man könnte Teile ihres Grundstücks im öffentlichen Interesse zwangsenteignen, aber es wäre unschön, einer blinden Frau das Grundstück wegzunehmen.«

»Die Frau ist blind?«

»Fast.«

Martine betrachtete ihren Mann auf dem Sofa. »Und was willst du da von mir?«

»Ich dachte, wenn du … wenn eine Frau vielleicht mit ihr sprechen würde …«

»Ich verstehe nichts von deinem Metier.«

»Du verstehst etwas von Menschen. Wenn es darum geht, Leute zu manipulieren, bist du die Beste.«

Das Wort gefiel ihr nicht. *Manipulieren* – tat sie das? »Du meinst wohl: zu *motivieren*.«

»Sicher, ja, motivieren habe ich sagen wollen. Könntest du mich vielleicht nach Montmartre begleiten?«

»Wann?«

»Morgen.«

»Morgen ist Sonntag.«

»Eben darum: Ich kenne deinen Terminkalender unter der Woche.«

»Du willst eine blinde Frau am Sonntag überfallen?«

»Wir könnten Blumen und Petit Fours mitbringen.«

»Nein.« Sie überlegte. »Keine Petit Fours, keine Blumen.«

»Was denn sonst?«

»Die Wahrheit. Kluge Menschen reagieren am besten auf die Wahrheit.« Sie stand auf.

»Das heißt, du machst es?«

»Unter der Bedingung, dass du mich heute Abend arbeiten lässt.«

»Natürlich«, entgegnete er erleichtert, stand auf und küsste sie auf die Wange. »Dann gucke ich heute Fußball. Ich danke dir.«

•

Martine ließ die Jalousie herunter. Nur das kleine Licht auf dem Flügel brannte. Die Lampe stammte aus dem Jahr 1912. Die Elektrik war so alt, dass sie häufig flackerte. Im Licht dieser Lampe wollte Martine das Wesentliche sagen, ohne Schnörkel und Arabesken. Sie näherte sich dem Klavier. Das Papier, der Stift, die schwarzen und weißen Tasten waren ihr Handwerkszeug. Sie setzte sich auf die Bank, schraubte den Mechanismus höher, nahm den Stift und legte ihn wieder weg. Nicht die Worte stellten sich als Erstes ein, sondern die Musik. Mit der rechten Hand schlug sie einen Akkord an. A-Dur.

Als Kind hatte Martine Klavierunterricht gehabt, ihn aber abgebrochen, weil sie den Lehrer nicht mochte. Als Teenager hatte sie den Klavierdeckel eines Tages wieder aufgeklappt und gestaunt, wie viel sie noch beherrschte. Martine brauchte keine Noten, sie spielte nach Gehör, am liebsten die Schlager, die damals alle hörten. *Streets Of Philadelphia, My Heart Will Go On, Pour que tu m'aimes encore.*

Später war das Studium dazwischengekommen, die Firmengründung, Clément war in Martines Leben getreten, die Hochzeit, die Kinder wurden geboren. Der Flügel geriet in Vergessenheit, viele Jahre lang.

Eines Tages schien er sie plötzlich zu *rufen.* Unsinn natürlich, Martine hatte lediglich erkannt, dass ihr Leben verlief wie bei den meisten Menschen: Sie arbeitete, verdiente Geld, genoss ihren Erfolg, kümmerte sich um ihre Familie, empfand Freude, Hoffnung, Ärger, Missmut, war müde oder voller Energie, kurz, sie führte ein angenehmes Leben – aber sie *erschuf* nichts. Ja, *erschaffen* war das einzige Wort, das dafür passte. Martine schrieb nicht, nicht einmal Tagebuch, sie malte nicht, fotografierte einfallslos und sammelte die Tausenden einfallsloser Fotos auf ihrem Smartphone. In dieser Lage fiel ihr plötzlich der Flügel wieder ein: Früher einmal hatte sie doch eine bestimmte Fähigkeit besessen: Martine konnte musizieren. An diesem besonderen Tag hatte sie das Klavier ins Zimmer mit dem Billardtisch bringen lassen. Clément fand einen Billardtisch schick, obwohl selten jemand spielte. Der Tisch war inzwischen zur Ablage für allen möglichen Kram geworden – bis der Flügel ihn verdrängte. Seit damals war dieser Raum Martines Zufluchtsort geworden. Hier *schuf* sie und schrieb ihre Lieder, für niemand Besonderes, nur für sich selbst.

Den Bleistift im Mund, starrte sie auf das Papier. Zwei Zeilen hatte sie hingekritzelt, durchgestrichen und neu geschrieben. Martine spielte ein paar Töne. Sie las die Zeilen noch einmal und schlug die Tasten an. Sie wollte ein Lied für Danny komponieren. Ihre Angst, sich lächerlich zu machen, war verflogen. Nicht weil sie sich inzwischen mehr Chancen versprach, sie freute sich einfach, ihre Gefühle auf eine andere Ebene zu heben. Diese Vorfreude verdeutlichte ihr, wie sehr sie es brauchte, von Zeit zu Zeit so etwas wie Sehnsucht, kindliche Ausgelassenheit, Trauer und Demut auszudrücken. Und in diesem Moment war Martine tatsächlich glücklich.

KAPITEL 14

DANNY TRUG JEANS, T-Shirt und blaue Converse. Er hatte Blumen mitgebracht. Er sah aus wie die Jugend selbst. Sein Erscheinen stand im deutlichen Kontrast zur Chefetage von *Cortillon Industries.*

»Hallo, Danny«, sagte Martine.

Vierzehn Geschäftsleute am Konferenztisch drehten sich um. Sieben Iraker und sieben Franzosen verhandelten die Feinheiten für den Vertrag. Es ging um zwei Milliarden Euro. Und da stand Danny mit einem Blumenstrauß. Wie war er überhaupt hier reingekommen? Wie hatte er den Weg zum Konferenzsaal gefunden? Wusste Bobby Bescheid?

Gespannt wartete der irakische Verhandlungsführer auf Martines Erklärung. Wie würde die Gründerin von *Cortillon Industries* auf den jungen Mann in Turnschuhen reagieren?

Gab es eine richtige oder eine falsche Reaktion? Ihr fiel nur eine ehrliche ein. »Was machst du denn hier, Danny?«

»Entschuldigen Sie, Madame. Ich habe es erst jetzt erfahren.«

»Was denn?«

»Dass Sie in Gefahr waren.«

»Sie waren in Gefahr?«, fragte Karim Zaboun. »Das Heftpflaster auf Ihrer Stirn, bedeutet das …?«

Am Tag nach dem Überfall hatte Martine von einem häuslichen Unfall gesprochen und war nicht weiter darauf eingegangen.

»Danke, Danny, aber was hättest du schon tun können?«, überging sie Zabouns Frage. »Ich habe einfach Pech gehabt.«

Danny widersprach. »Wenn ich zehn Minuten später aufgebrochen wäre, wäre ich noch bei Ihnen gewesen.«

Martine stützte beide Händen auf die Tischplatte. »Meine Herren, eine kleine Pause tut uns allen gut. Warum nehmen wir kein vorgezogenes Déjeuner ein? Meine Assistentin notiert gern, was wir Ihnen bringen dürfen.«

Entlang des Konferenztisches ging sie zum Ausgang.

»Werden Sie uns nachher über Ihren *Unfall* erzählen?«, fragte Zaboun.

»Sie sind der Erste, der es erfährt, Karim«, antwortete Martine. »Nach dem Essen.« Zu Danny sagte sie: »Hier entlang.«

Als sie in Martines Büro allein waren, blieb sie vor dem Fenster stehen. »Warum hast du nicht angerufen?«

»Das kam mir zu banal vor.«

»Banal?«

»Sie wurden immerhin verletzt.«

Martine griff zum Telefon. »Wir brauchen eine Vase«, sagte sie und legte auf. »Hättest du mir die Blumen nicht zur nächsten Englischstunde mitbringen können?«

»Ich habe mir Sorgen gemacht, Madame. Ich wollte sehen, wie es Ihnen geht.«

Vorletzte Nacht hatte Martine am Klavier gesessen und ihr Gefühl in Töne und Worte verwandelt. In ihrem Lied ging es um einen Engländer namens Danny. Er war jung und auf der Suche nach seinem Weg; zugleich wohnte aber so etwas wie ein *altes* Wissen in ihm. Er erkannte Martines wahres Wesen, sah tatsächlich in sie hinein. Das hatte sie bisher nur mit ganz wenigen Menschen und bestimmt mit keinem so jungen Mann erlebt. Nun stand dieser Danny vor ihr, hatte einen Blumenstrauß in der Hand und schenkte ihr einen besonderen Blick. – Martine war auf diesen Blick nicht vorbereitet, nicht von ihm. Vorgestern hatte sie mit ihrem Lied im Wirrwarr ihrer Gefühle Klarheit schaffen wollen. Heute stürzte sie Dannys Auftauchen in noch größere Verwirrung.

»Danny, ich weiß gar nicht …«

Ein Assistent trat mit der Vase ein.

»Danke. Stellen Sie sie nur dorthin.«

Martine nahm Danny die Blumen ab und ließ sie in die Vase sinken, während der Assistent das Büro verließ.

»Wie du siehst, geht es mir gut. Es ist ja nur ein Kratzer.« Sie wagte in diesen Sekunde nicht, ihren Englischlehrer anzusehen.

•

»Ich vermisse euch!«, rief Martine ins Telefon. »Schon gut, schon gut, ihr braucht jetzt nicht zu sagen: Wir vermissen dich auch, Mama. Aber es würde euch kein Zacken aus der Krone fallen, wenn ihr es tut.«

Sie glitt den Boulevard entlang. Die Stimmen ihrer Söhne kamen aus dem Lautsprecher. Luc war beim Zahnarzt, Martine fuhr das Auto selbst. Sie hatte Bobby auf den Rücksitz verbannt. Während sie mit ihren Jungen sprach, sollte Monsieur Tschombé nicht neben ihr sitzen.

»Jetzt dauert es nicht mehr lange, dann habe ich euch wieder. Bitte esst auch mal etwas Vernünftiges. Und abends bleibt das Handy ausgeschaltet, hört ihr?«

»*Dafür hast du mit deiner verdammten Kindersperre schon selbst gesorgt*«, kam die Stimme ihres Älteren.

»Eines Tages werdet ihr mir dafür dankbar sein, wenn ihr euer Hirn nicht mit dem Youtube-Schwachsinn pulverisiert habt.«

»*Youtube ist von gestern*«, rief der Jüngere. »*Au revoir, Maman.*«

»Ihr wollt schon auflegen?«, rief sie enttäuscht.

»*Müssen los*«, hörte sie noch, dann war die Leitung unterbrochen.

Wie viele Jahre würden sich die beiden noch mit ihrer Mutter abgeben? Nicht mehr viele, es war traurig, aber wahr. Martine fuhr langsamer, als es sonst ihre Art war. Sie wollte noch nicht nach Hause. Sie wollte auch nicht an Danny denken, aber wie immer konnte der Mensch zwar tun, was er wollte, aber nicht *wollen*, was er wollte. Martine dachte an Danny.

Und sie dachte an die alte Frau. Während ihres gestrigen Besuchs in Montmartre hatte Clément sich Mühe gegeben, das Bauprojekt schönzureden. Er hatte die Grabungsarbeiten bagatellisiert, den Aufmarsch der Bagger, Kräne und Bulldozer. Dabei wusste die alte Frau genau, dass sie mit jahrelangem Lärm zu rechnen hatte und permanentem Schmutz vor ihrem Haus. Am Ende würden die immer höher werdenden Betonwände die Straße gründlich verschandeln. Doch es half ja nichts: Paris brauchte dringend Wohnungen, die Entwicklung war nicht aufzuhalten.

Wäre Martine ehrlich mit Marie-Louise gewesen, sie hätte ihr geraten auszuziehen. Denn wenn irgendwo gebaut wurde, gab es keine *friedlichen* Lösungen. Bauen war Irrsinn in Reinkultur, das ungebremste Chaos. Clément war ziemlich bald aufgefallen, dass Martine ihm nicht half. Mehrmals hatte er sie angesehen mit diesem Ausdruck: »Jetzt sag doch auch mal was.« Es gab nichts zu sagen. Die alte Frau saß am kürzeren Hebel, die Bauwirtschaft würde siegen. Nach einer Stunde waren sie gegangen und hatten einen *gemütlichen* Abend miteinander verbracht.

Martine bog in die Gasse ein, in der ihr Haus lag. Auf keinen Fall wollte sie einen weiteren gemütlichen Abend mit Clément verbringen. Sie ließ den Motor laufen.

»Steigen wir nicht aus, Madame?«, fragte Bobby in ihrem Rücken.

»Wir könnten natürlich aussteigen. Wir könnten aber auch noch einen Absacker trinken, Bobby. Was sagen Sie dazu?«

»Für einen Absacker ist es zu früh, Madame. Gerade erst 7 Uhr durch.«

»Dann trinken wir eben etwas anderes. Ich will noch nicht hineingehen. Ich will jetzt etwas trinken. Und da Sie mein Leibwächter sind, müssen Sie mit.«

Während Martine dynamisch wendete, wurde Bobby gegen die Tür gedrückt. »Wie Sie wünschen, Madame.«

Auf kürzestem Weg fuhr sie ins Petit Paris. In den Gassen nahe der Seine fand sie keinen Parkplatz und stellte sich auf den Bordstein. Während sie zu zweit auf das Café zuliefen, beschloss Martine, heute keinen Rotwein, sondern Pastis zu trinken.

Zum ersten Mal betrat sie das Petit Paris, ohne eine Englischstunde zu haben. Das Café war praktisch leer. Die Enttäuschung fühlte sich wie ein dunkler Tropfen in ihrem Bauch an. Sie hatte Danny für die Blumen danken wollen. Dass er mit einem Blumenstrauß in der Firma auftauchte, war schon süß gewesen. Und Martine hatte ihn ziemlich kühl behandelt. Weil sie Danny gegenüber nicht mehr entspannt war. Sie wünschte sich die Gelassenheit der ersten Zeit zurück und wusste doch: Was immer in der Zukunft liegen mochte, Gelassenheit würde es nicht sein.

Bobby war ebenfalls enttäuscht. Hinter dem Tresen stand nicht Francine, sondern eine Frau Anfang sechzig, eine müde Frau, die ihre Müdigkeit mit jugendlicher Kleidung kaschierte, viel Leder und Schmuck. Ein Rot wie das ihrer Haare kam in der Natur nicht vor.

Die Frau trat hinter dem Zapfhahn hervor und eilte auf Martine zu. »Madame Cortillon? – Ich dachte mir, dass Sie es sind, weil doch auch Bobby …« Ein Nicken zum Bodyguard hin, der sich missmutig an einen Tisch setzte. »Ich möchte Ihnen sagen, wie leid es mir tut, dass Sie vor meinem Lokal überfallen worden sind.«

»Danke, Madame …«

»Judith ist mein Name. Normalerweise kommt so etwas in dieser Gegend nicht vor. Wenn sich trotzdem mal ein Krimineller hierher verirrt, sind wir machtlos. Auch unsere Polizei ist machtlos. Wir bräuchten doppelt so viele Beamte im Arrondissement, aber leider …«

Martine bedauerte, nicht zu Hause geblieben zu sein. Das

Petit Paris war kein Zauberort, an dem alle Sorgen sofort verschwanden. Dieses Café, das waren in Wirklichkeit seine Gäste, die manchmal von einem Gewitter hereingeweht wurden. Hier herrschte sonst der herbe Charme Francines, hier lärmten die Opernleute, hierher kam auch Danny. Martine hatte in diese Welt, die durchdrungen war von menschlichen Stimmen und dem Geruch von Mahmuds Kochkünsten, entfliehen wollen. Stattdessen fand sie ein leeres Lokal und eine Rothaarige, die nicht aufhörte zu reden.

»Ist Francine nicht da?«, unterbrach sie Judith schließlich.

»Ich habe ihr freigegeben. Sie hat am Wochenende Doppelschicht gemacht.«

Bobby trat zu ihnen. »Ist sie vielleicht oben?«

»Nein. Francine ist ausgegangen. Sie wurde abgeholt.«

»Von wem?«

»Einem der Tänzer, dem kleinen Engländer.«

»Danny?«, riefen Bobby und Martine wie aus einem Mund.

»Danny, ja. Ich kann diesen Engländer gut leiden. Als ich neulich die neue Kaffeemaschine bekommen habe, kannte sich keiner damit aus. Die Bedienungsanleitung war auf Englisch. Ohne Danny gäbe es im Petit Paris keinen Kaffee, Madame. «

Martine gestand sich ein, dass sie dem *kleinen Engländer* heute zum ersten Mal tatsächlich nachgelaufen war. »Ich nehme einen Pastis, Madame.«

ROSALIE

KAPITEL 15

DIE OPERNKARTEN IN der Hand, trat Benoît in den Regen. Einhundertzwanzig Euro für ein einzelnes Ticket, konnte man sich so etwas vorstellen? Marie-Louise hatte ihm ihre Kreditkarte mitgeben wollen. Jetzt büßte er seine Großzügigkeit damit, dass er sein klammes Konto überzogen hatte. Zweihundertvierzig Euro für einen Abend, an dem er dem Angeber Alfred dabei zusehen musste, wie er seiner Weltkarriere näher kam.

Benoît stand im Regen, weil etwas seine Aufmerksamkeit in Bann schlug. Das gab es doch nicht! Wohin er auch ging, die Wienerin lief ihm über den Weg. Sie führte gerade eine Diskussion mit dem Taxifahrer, der sie vor der Oper abgesetzt hatte. Schließlich warf sie ihm einen Geldschein durch das Fenster und rannte über die Straße. Sie hatte etwas bei sich, ein Kleidungsstück, verpackt in Zellophan. Mit verschränkten Armen bemühte sie sich, es vor dem prasselnden Niederschlag zu schützen.

Diese verdammten Roller! Benoît hatte regelrecht Angst vor ihnen. Man hörte sie nicht kommen. Sie waren schneller als Fahrräder, und die Leute, die darauf standen, hatten vom Fahren keinen Schimmer. Sie okkupierten Bürgersteige, flitzten kreuz und quer über die Straßen, machten die Autofahrer verrückt und versetzten die Fußgänger in Panik.

Im Regen konnte der Kerl auf dem Roller so gut wie nichts sehen. Er streifte Rosalie an der Schulter, sie drehte sich durch den Schwung um die eigene Achse, taumelte und stürzte der Länge nach in eine Lache. Der Rollerfahrer kam ebenfalls ins Schlingern, fing sich aber und war im nächsten Moment in einer Wand aus Wasser verschwunden.

Rosalie lag auf der Straße. Hinter ihr wurde gebremst, gehupt, Reifen quietschten. Benoît rannte los, bedeutete den herankommenden Fahrzeugen zu halten und erreichte Rosalie, die sich gerade aufrappelte.

»Ist Ihnen was passiert? Können Sie aufstehen?«

Benommen hob sie den Blick. Im ersten Moment erkannte sie ihn nicht. »Der … ack«, flüsterte sie.

»Was?« Er wollte ihr aufhelfen.

Sie tastete suchend in der Regenlache. »Der Frack. Ich muss den Frack …«

Schmutziges Zellophan kam aus der braunen Brühe zum Vorschein. Mit einer Hand stützte Benoît die Frau, mit der anderen nahm er ihr das Kleidungsstück ab. Rosalie hinkte.

»Was ist mit Ihrem Bein?«

Sie erreichten die Bordsteinkante. »Woher kennen wir uns …?«, fragte sie verwirrt. Ihre Augen wurden groß. Regenperlen schimmerten in den Augenbrauen. »Ach, Sie sind es. Was machen Sie denn hier?«

»Nicht so wichtig. Wir müssen sehen, was mit Ihrem Bein ist.«

Sie untersuchte ihr Knie. »Nur aufgeschürft. Die Strumpfhose ist allerdings nicht zu retten.« Plötzlich stieß sie einen Schrei aus. »Aber der Frack! Der Frack, mein Gott, Alfreds Frack ist nass und schmutzig.«

Wieder einmal ging es nur um Alfred! Selbst wenn Rosalie eine Schädelfraktur davongetragen hätte, wäre ihr einziges Interesse wahrscheinlich der Frack des Startenors gewesen. Benoît hätte das Ding in Zellophan am liebsten ins Wasser zurückgeworfen.

»Was hatten Sie mit dem Ding denn vor?«, fragte er dennoch.

»Ich habe ihn aus der Reinigung geholt. Alfred singt heute in diesem Frack die Gala.«

»Wahrscheinlich nicht.« Benoît warf einen Blick auf den ruinierten Gehrock. »Er wird etwas anderes anziehen müssen.«

Rosalie sah ihn an, als hätte er eine Obszönität gesagt. »*Etwas anderes?* Alfie kann die Gala nur im Frack singen. Jedes andere Kleidungsstück verbietet sich.«

»In dem klitschnassen Ding wird er heute wohl kaum auftreten«, entgegnete Benoît.

»Sie wissen nicht, was das bedeutet!«

»Was denn?«

»Entweder ich erreiche noch jemanden im Kostümfundus der Oper, was um halb sechs unwahrscheinlich ist, andernfalls muss ich einen Kostümverleih ausfindig machen.«

Benoît hörte sich plötzlich die Worte sagen: »Wie kann ich Ihnen helfen, Rosalie?«

»Würden Sie das tun?«

»Wann beginnt die Gala?«

»Um neunzehn Uhr.«

»Das wird knapp.«

»Es muss klappen!« Sie fasste Benoîts Arm. »Alfred verlässt sich auf mich.«

»Wir sollten ins Trockene gehen und googeln.«

»Wozu?«

Benoît führte sie unter das Vordach der Opernkasse. »Um einen Kostümverleih zu finden.«

•

Dank Benoît und Rosalie hatte der geliehene Frack sein Ziel rechtzeitig erreicht. Allerdings war es für den nervösen Tenor nicht rechtzeitig genug gewesen.

»Du kommst im letzten Augenblick!« So hatte er sie empfangen.

Rosalie versuchte, das Malheur mit dem Elektroroller zu schildern, während sie ihm in den Frack half. Benoît wartete vor der Tür, konnte aber nicht umhin, Alfreds Bemerkungen zu hören.

»Die Hose ist zu lang«, rief er. Darauf Rosalie: »Ich habe Hosenträger mitgebracht.« Darauf Alfred: »Die Ärmel sind zu kurz. In dem Ding sehe ich aus wie ein Schimpanse.«

Gern wäre Benoît hineingestürmt, hätte den Popanz niedergeschlagen und gerufen: »Dieses Arschloch betrügt dich mit seiner Regisseurin! Und du lässt dich von ihm zur Schnecke machen, weil die Frackärmel zu kurz sind?«

Benoît und Rosalie hatten Himmel und Hölle in Bewegung gesetzt. Erst waren sie im Taxi zum Kostümverleih gerast, der bereits geschlossen hatte. Benoît klingelte die Besitzerin heraus. Sie war im Aufbruch, machte sich aber die Mühe, in den Fundus zu laufen, einen Frack herauszusuchen. »Vielleicht sind die Ärmel eine Spur zu kurz«, hatte sie vorausgesehen. »Aber sonst müsste er tadellos sitzen.«

Als Alfred, seine Noten unterm Arm, aus der Garderobe stürmte, konnte Benoît einen Blick auf den Frack werfen. Er passte tadellos. Geschäftig eilte der Tenor Richtung Bühne, fand aber noch die Zeit, Rosalie zuzurufen: »Wieso musstest du meinen Frack auch in den Dreck fallen lassen!«

Niedergeschlagen trat sie aus der Tür. »Ich kann ihn so gut verstehen.«

»Sie können ihn *verstehen*?!«, ereiferte sich Benoît. »Kein Mensch wird sehen, ob die Ärmel zu kurz sind.«

»Ich hätte besser aufpassen müssen. Es war meine Schuld.« Mit hängenden Schultern stand sie da.

Benoît ertrug ihre Leidensfähigkeit nicht länger. »Also ich will dann mal …« Er hatte seine Schuldigkeit wirklich getan.

»Sie gehen schon?«

»Sie wollen doch sicher Alfreds Auftritt bewundern.«

»Nein, ich gehe nicht hin. Er will es nicht.« Ein Seufzer. »Er ist so nervös zur Zeit. Die Premiere und alles andere, das verstehe ich. Jetzt singt er die Gala und ist hinterher mit Dominique verabredet. Sie wollen an einer Szene aus *Rake's Progress* arbeiten.«

Benoît wollte, nein, er musste es ihr jetzt sagen. Es ging nicht mehr anders. Er konnte Rosalies Elend und die Demütigung nicht länger mit ansehen. Gott oder das Schicksal oder eine gute Fee hatten gewollt, dass Benoît über die Untreue des Tenors Bescheid wusste. Es war an ihm, Rosalie die Augen zu öffnen.

»Sie bleiben nicht in der Oper?«, begann er vorsichtig.

»Bei Alfred könnte es spät werden. Ich fahre ins Hotel.«

Benoît begleitete sie durch Korridore, hielt ihr Feuer-schutztüren auf, bis sie beim Bühnenpförtner anlangten. Unterwegs überlegte er, mit welcher Formulierung er Rosalie das Unfassbare offenbaren sollte. Draußen regnete es immer noch.

»Also dann –« Sie gab ihm die Hand. »Vielen Dank, dass Sie die Unannehmlichkeit auf sich genommen haben.«

»Ich habe es gern getan, Rosalie.«

Sie ließ seine Hand nicht los. »Haben Sie jetzt schon etwas Bestimmtes vor? Natürlich haben Sie etwas vor. Es ist Zeit fürs Abendessen. Ihr Franzosen nehmt das Abendessen sehr wichtig.«

»Nein, ich habe heute noch nichts vor«, antwortete Benoît. »Ich würde mich freuen, mit Ihnen zu Abend zu essen.«

»Wirklich?«

»Wirklich.«

Sie traten in den Regen und hielten nach einem freien Taxi Ausschau.

Plötzlich drehte sich Rosalie zu Benoît, stellte sich auf die Zehenspitzen und küsste ihn auf den Mund. In diesem Kuss lag das ganze Unglück der jungen Frau. Sie wandte sich ab und rannte in den Regen.

»Taxi!«

KAPITEL 16

DER NACHMITTAG IM Regen, die verstörte Mademoiselle Hirzelsberger und nicht zuletzt der Kuss – Benoît fiel es zu spät ein: Er hatte abends schon eine Verabredung mit Marie-Louise. Im Taxi sagte er es Rosalie.

»Ich bin aber sicher, ich kann das absagen.«

»Das möchte ich nicht«, entgegnete sie. »Du hast heute schon genug Ärger meinetwegen gehabt.«

»Wir treffen uns zweimal die Woche. Ich kann Marie-Louise vorschlagen, sie morgen zu besuchen.«

»Was wäre denn, wenn …«, begann sie.

»Es ist wirklich kein Problem.«

»Lass mich ausreden. Was wäre, wenn ich dich heute Abend begleite?«

»Zu der alten Dame?«, fragte er verblüfft.

Der Taxifahrer hatte gute Ohren. »Wollen Sie jetzt also nach Montmartre? Nicht ins Marais?«

Benoît wollte widersprechen, Rosalie ging dazwischen. »Hör zu, bis auf Alfred und dich kenne ich keine Menschenseele in Paris. Wenn es deine Freundin nicht stört, würde ich sie gern kennenlernen.« Sie beugte sich nach vorn. »Nach Montmartre. Die Adresse kriegen Sie gleich.«

Verwundert musterte Benoît die Wienerin. Wie man sich doch täuschen konnte! Bisher hatte er sie als scheues Wesen im Windschatten ihrer großen Liebe Alfred erlebt. Doch sie wusste sich durchzusetzen.

Obwohl er noch zweifelte, ob das eine gute Idee sei, nahm Benoît sein Handy und tippte die Nummer. »Marie-Louise? Ich bin's. – Nein, ich verspäte mich nicht. Ich könnte sogar früher auf dem Hügel sein. Ich wollte dich fragen, ob wir vor der Lesung vielleicht etwas trinken gehen und eine Kleinigkeit essen? – Wie?« Er hörte zu. Er hörte ziemlich lange zu. »Du willst dich … wie bitte? Du willst dich betrinken? Warum? – Aha – aha – Das ist natürlich ein Grund. – Wäre es dir recht, wenn ich jemanden mitbringe? Hier ist eine junge Frau, die ebenfalls gute Gründe hat, sich zu betrinken.«

Ein Blick zu Rosalie.

»Wie meinst du?«, fragte er die Frau am anderen Ende. »Ja, sie ist die Künstleragentin, von der ich dir schon mal erzählt habe, Stichwort: *Pascal*. – Dann holen wir dich also ab. – In einer Viertelstunde.«

Er steckte das Telefon weg.

»Wer ist Pascal?«, fragte Rosalie.

●

»Das ist mein Anwalt, Hugo.« Marie-Louise machte die Vorstellung vor dem Restaurant. »Dr. Hugo Báratta. Als er gehört hat, dass meine Lesestunde ausfällt, hat er sich angeboten mitzukommen.«

»Bonsoir, Monsieur Báratta«, sagte Benoît.

»Bitte – Hugo«, antwortete Báratta. »Meine offizielle Mission ist für heute beendet.«

»Offiziell?«, fragte Rosalie.

»Hugo ist der Grund, warum ich mich betrinken muss.« Marie-Louise schüttelte ihr die Hand. »Und Sie sind die österreichische Agentin.«

»*Die österreichische Agentin* klingt wie aus einem Spionagefilm der sechziger Jahre«, lachte Báratta. Er hatte ungewöhnlich große Augen, die durch die dicken Brillengläser noch dominanter wurden.

Das *Sacre du Giovanni* hätte eine Pizzeria sein können oder ein amerikanisches Deli, ein englischer Pub, nur auf ein französisches Restaurant wäre man zuletzt gekommen. Das Lokal war beliebt, aber nicht überfüllt, man sprach vorwiegend Französisch. An den Wänden hingen Fotografien von Montand, Piaf, Chevalier. Pfeffer, Salz, Ketchup, Senf und Milch standen auf jedem Tisch. Die Kellner trugen blassblaue Jacken mit schwarzem Revers. Jeder von ihnen hatte eine Brille auf, alle waren übergewichtig. Damit gaben sie den Gästen das angenehme Gefühl, dass sie am liebsten im eigenen Lokal aßen. Giovanni, den Chef, sah man selten. Wenn er im Restaurant auftauchte, hatte er die Angewohnheit, für seine Gäste zu singen. Nicht weil er es konnte, sondern weil er annahm, ein italienischer Lokalbesitzer müsse singen. Er hatte eine unangenehme Stimme und durchschaute nicht, dass die Leute ihn beklatschten, damit er rasch wieder aufhörte.

Marie-Louise wurde vom Kellner als Stammgast begrüßt. »Wie schön, Sie wiederzusehen, Madame.«

»Bonsoir, Gino.« Sie deutete in die Ecke beim Fenster. »Mein Tisch ist nicht frei.«

»Das haben wir gleich, Madame.« Gino lief zu einem jungen Paar und sagte zwei kurze Sätze. Die beiden standen sofort auf, nickten Marie-Louise freundlich zu und nahmen woanders Platz.

»Was haben Sie denen erzählt?« Marie-Louise schmunzelte. »Dass ich Geburtstag habe?«

»Ich habe ihnen erklärt, dass Sie die Ministerin für die ökologische Energiewende sind«, erwiderte der Kellner todernst.

»Haben wir so etwas in Frankreich?«

»Keine Ahnung.« Gino ging voraus. »Darf ich einen Aperitif bringen, Madame?«

Sie orderte Champagner. Gino schien damit gerechnet zu haben und ließ den Korken knallen. »Ich kann den Hirsch empfehlen und das Bries.« Er legte die Menüs vor. »Steht beides nicht auf der Karte.«

»Ich bin Veganerin«, sagte Rosalie.

»Wir sind ein Steakhouse, Mademoiselle.« Ein indignierter Blick des Mannes in der blassblauen Jacke.

Hugo Báratta beugte sich zu Rosalie. »Glauben Sie wirklich, dass Gemüse Gefühle haben und es grausam ist, sie zu kochen?«

»Sie verwechseln Veganerin mit Frutarierin, Hugo.« Rosalie tippte auf die Karte. »Bringen Sie mir das gegrillte Gemüse.«

»Das ist eine Beilage, Mademoiselle«, entgegnete der Kellner.

»Jetzt reicht's, Gino«, ging Marie-Louise dazwischen.

»Einmal Gemüsegrill für Mademoiselle und für mich das Bries. Und dazu den Roten, den ich immer trinke.«

»Selbstverständlich, Madame.«

»Haben Sie Sliwowitz?«, fragte Rosalie in einem Ton, wonach sie das Gegenteil vermutete.

Ginos Gesicht hellte sich sauf. »Bevorzugen Mademoiselle *Śliwowica Podbeskidzka* oder lieber *Krstašica*?«

»Sie haben sogar serbischen Pflaumenschnaps?«, rief sie. »Den echten?«

»Nicht nur was den Schnaps betrifft, ist das *Sacre* international«, lächelte Marie-Louise. »Für mich bitte das Gleiche, Gino.«

Benoît schloss sich ebenfalls an. Der Anwalt nahm ein Bier. Sie bestellten das Essen.

»Damit sind wir bei den Geheimnissen«, sagte Marie-Louise.

»Geheimnisse?«

»An diesem Tisch sitzen eine Veganerin, die Pflaumenschnaps trinkt, ein Anwalt, der seiner Klientin in den Rücken fällt, ein unglücklich verliebter Buchhändler und eine blinde Krähe mit Selbstmordgedanken. Wenn sich in dieser Runde nicht eine Menge Geheimnisse verbergen, müsste ich mich sehr täuschen. Wer fängt an?«

»Womit?«

»Ich schlage vor: Wer von uns das schwerste Schicksal hat, braucht sich an der Rechnung nicht zu beteiligen.«

»Da habe ich schon gewonnen«, rief Benoît.

»Dann lassen Sie mal hören, mein Junge.«

Benoît sah Rosalie fragend an, ob sie bereit war, mit zwei praktisch Fremden dieses Spiel zu spielen.

Sie nickte abenteuerlustig. »Worauf wartest du, *mein Junge?*«

Der Sliwowitz kam in drei Karaffen. Die erste Runde wurde ex gekippt.

»Ich liebe meinen Vater über alles«, begann Benoît. »Er hat mich allein aufgezogen, nachdem meine Mutter mit einem anderen durchgebrannt war. Das Vermächtnis meines Vaters ist, dass ich in einem aussterbenden Beruf arbeite. Wir leben in einer digitalen Welt der Bilder und Töne. In haptischer Form verliert das geschriebene Wort immer mehr an Bedeutung. Aber ich kann meinen Beruf nicht aufgeben, solange mein Vater lebt. Er leidet an Demenz. Falls ich seinen Laden schließen sollte, würde er es nicht einmal mehr erfahren. Aber so ist das mit den Menschen, die wir lieben: Wir wollen sie selbst dann nicht enttäuschen, wenn sie nicht mehr da sind. Ich bin einundvierzig. Die meisten halten mich für jünger, doch da sich mein Haar vorne lichtet, werde ich diesen Betrug nicht mehr lange aufrechterhalten können. Ich lebe in einer Wohnung von etwa zehn Quadratmetern, bin Single und nicht nur pleite, sondern seit heute auch noch verschuldet, weil unsere Opernkarten zweihundertvierzig Euro gekostet haben, Madame.«

»Die ich bezahle«, entgegnete sie.

»So oder so lässt sich sagen, dass ich an diesem Tisch das schwerste Schicksal habe.«

Rosalie legte ihm die Hand auf den Arm. »Moment. Das ist noch nicht raus. Marie-Louise hat gesagt, du bist ein unglücklich verliebter Buchhändler. Stimmt das?«

»Ich habe schon genug preisgegeben«, antwortete er ausweichend. »Jetzt bist du dran.«

Sie schenkte sich das zweite Glas ein. »Ich liebe Musik. Ich habe Geige gelernt, machte aber leider keine Fortschritte, bis man festgestellt hat, dass ich an zwei Fingern verkürzte Sehnen habe. Darauf wollte ich Gesang studieren, was mein chronisches Asthma unmöglich macht. Meine Eltern waren erleichtert, als ich musikalisch gescheitert war, und schlugen vor, auf Lehramt zu studieren. Ich habe es versucht, bin aber wieder abgesprungen, als eine Wiener Künstleragentur eine Hospitantin suchte.«

»Bis jetzt klingt das nach der normalen Biografie eines Millenials«, ging Marie-Louise dazwischen.

»Nur Geduld.« Rosalie kippte den zweiten Pflaumenschnaps. »Ich verliebe mich immer in die falschen Männer. Dumme Männer, eitle Männer, manchmal sogar brutale Männer. Ich kann nichts dagegen tun, jedes Mal bleibe ich mit unbezahlten Rechnungen und leeren Wodkaflaschen zurück. Ich habe eine Agentur gegründet, die ziemlich mies läuft. Um international etwas zu reißen, bräuchte ich einen Sänger oder eine Sängerin, die den großen Karrieresprung schaffen. Einen jungen Pavarotti, eine Gruberová, einen Jonas Kaufmann.«

»Hast du dir so etwas nicht bereits geangelt?«, fragte Benoît.

»Stimmt schon, Alfred hat möglicherweise das Zeug dazu. Aber Alfred ist leider ein Schwein.«

Darauf war es mehrere Sekunden still.

»Das weißt du schon?«, rief Benoît.

»Du doch auch.« Sie lachte traurig. »Ich habe es in deinen Augen gelesen. Alfred ist ein Narzisst, und zwar einer von der schlimmsten Sorte. Er glaubt, ein netter Mensch zu sein.

Ich bin nicht sicher, ob es mit seiner Karriere klappt, denn eines weiß ich gewiss: Die Stimme ist der Sitz der Seele. Wenn eine Seele schmutzig ist, wird sie niemals das Herz der Menschen rühren. Alfred wird es weit bringen, aber irgendwann kommt der Fall dieses schönen Engels.«

Benoît hatte fasziniert zugehört. »Du durchschaust ihn, aber trotzdem liebst ihn?«

Rosalie klopfte gegen ihre Stirn. »Habe ich doch gesagt: Ich bin zu blöd. Ich verliebe mich immer in die falschen Männer.«

Die dritte Runde Sliwowitz folgte der zweiten.

»Wie steht es mit dir, Hugo?«, fragte Marie-Louise mit leichtem Zungenschlag.

Hugo Báratta hatte sein erstes Bier noch nicht geleert. »Ich bin mit Sicherheit die tragischste Figur an diesem Tisch. Ich verstehe nichts von meinem Beruf. Anders kann ich mir nicht erklären, dass ich die meisten Fälle verliere. Meine Klienten hassen mich, weil ich sie noch tiefer ins Elend stoße. Einer von ihnen hat sich voriges Jahr erhängt.« Ein Blick zu Marie-Louise. »Vorhin musste ich meiner ältesten und liebsten Klientin sage, dass es kein Rechtsmittel gibt, um den Bau der monströsen Wohnanlage vor ihrem Haus zu verhindern. Dazu habe ich einen renommierten Kollegen zu Rate gezogen. Er meint, wenn du auf Zeit spielst und die Bauhaie mit öffentlichen Eingaben verärgerst, kommt es zur Zwangsenteignung. Wenn du allerdings nichts unternimmst, rollen die Bagger noch früher an.« Báratta trank. »Ich hatte keine Freundin mehr seit der Pubertät, und um das Bild meines Lebens abzurunden, hat mir der Arzt neulich mitgeteilt, dass mein Krebs inoperabel ist.«

»Oh, Hugo …« Marie-Loiuse berührte seine Schulter. »Das wusste ich nicht.«

»Warum solltest du? Jedenfalls glaube ich nicht, dass es an mir ist, diese Rechnung zu bezahlen.« Er schob die Brille hoch, die ihm auf die Nasenspitze gerutscht war.

»Du hast die Latte ziemlich hochgelegt, Hugo«, gab Marie-Louise zu. »Aber ich denke, dass ich imstande bin, das zu toppen.« Sie sah Gino mit dem Tablett näher kommen. »Allerdings erst nach dem Essen.«

Während der Kellner servierte, erklang plötzlich Musik. Zwei Angestellte in blauen Jacken spielten Gitarre. Die Küchentür wurde aufgestoßen, herein kam Giovanni, der Besitzer. Die erste Gitarre präludierte, die andere zupfte ein Tremolo. Äußerlich war Giovanni kein beeindruckender Mann, sein schütteres Haar frisierte er quer über die Stirn, der gestutzte Schnäuzer sollte den Italiener noch italienischer machen. Er begann zu singen, eine Ballade über die Liebe einer Mutter zu ihrem Kind. Die Wirkung war erstaunlich. Die Gäste vergaßen ihr Essen und nahmen einen Schluck Wein, während sie Giovanni lauschten. Die Gespräche erstarben.

»*Ma bambina, ma cara mia, ma bambina —*«, sang der kleine Mann.

Eine seltsame Stimmung breitete sich aus, besonders an jenem Tisch, wo Sliwowitz getrunken wurde. Zärtlichkeit lag darin, Melancholie über verpasste Chancen, über gelebtes Leben, das nicht mehr zurückzuholen war.

»Kinder«, sagte Marie-Louise plötzlich. »Man glaubt, Kinder könnten die Probleme des Lebens lösen. Aber Kinder machen die Probleme des Lebens nur sichtbar.«

»Haben Sie Kinder?«, fragte Rosalie.

»Wir wollten welche haben. Aber dann habe ich mich Hals über Kopf in eine andere Person verliebt und bin der Liebe meines Lebens gefolgt.«

»Waren mit dieser Liebe keine Kinder möglich?«, wollte Benoît wissen.

Sie hielt den Blick auf ihren Teller gesenkt. »Wie Sie wissen, lebe ich allein.«

»Was wurde aus Ihrer großen Liebe?«

»Sie hat mich verlassen. Das ist jetzt viele Jahre her.«

Rosalie betrachtete eine Karotte auf ihrer Gabel. »Sie wussten wenigstens, wen Sie von ganzem Herzen wollten. Ein Leben für die wahre Liebe, dafür würde ich alles geben.« Sie musste vom Sliwowitz aufstoßen. »Ich würde Himmel und Hölle in Bewegung setzen, um sie zu finden.«

»Dann ist Alfred also nicht deine große Liebe?«, fragte Benoît.

»Alfred ist … eine Prüfung. Und ich habe sie noch nicht bestanden.«

KAPITEL 17

SIE SASSEN AN Francines Küchentisch, eine Übertreibung, es war nur ein Gartentischchen von IKEA, für mehr reichte der Platz nicht. Davor waren sie den ganzen Abend unterwegs gewesen und hatten über *das große Ganze* geredet. Francine schilderte ihre geringen Chancen, Besitzerin des Cafés zu werden: Sie hätte das Geld dafür frühestens in zehn Jahren beisammen. Auch die Affäre mit Bobby bezeichnete sie als weitgehend aussichtslos. Danny lamentierte über seine Misere, als Tänzer zu alt zu sein.

Francine fand es keineswegs lächerlich, dass ein Vierundzwanzigjähriger mit seinem Alter haderte. »Bald kommt der Tag, an dem ich eine vierzigjährige Kellnerin bin, der jegliche Ausbildung fehlt, um etwas anderes zu machen. Spätestens dann ist mein Outfit im Feinripphemd nur noch peinlich. Irgendwann schmeißt mich der neue Besitzer des Petit Paris raus, weil er eine Jüngere einstellt, bei der die männlichen Gäste mehr trinken. Und dann?«

»Du hast es trotzdem besser als ich«, widersprach Danny. »Du *musst* arbeiten, um zu überleben. Ich habe einen reichen

Vater. Wenn ich scheitere, blüht mir nichts als Müßiggang und Trägheit.«

Sie leerten die Flasche Rotwein schneller als gedacht und zogen durch drei weitere Lokale.

»Falls du das nicht falsch verstehst, können wir noch zu mir gehen«, schlug Francine hinterher vor.

»Ich habe nicht vor, Monsieur Tschombé Konkurrenz zu machen.«

»Bobby glaubt ohnehin …« Sie verstummte.

»Er glaubt, dass ich schwul bin? Das sieht Bobby ähnlich.«

Sie schlenderten durch die schmalen Gassen zum Petit Paris und stiegen zu Francines Miniwohnung hoch.

»Liebst du Bobby?«, fragte er, nachdem sie sich an den Tisch gequetscht hatten.

»Ich werde mich hüten.« Francine hatte keinen Wein da und war zu faul, ins Lokal hinunterzugehen. Sie tranken fünfzigprozentigen Pitú, verdünnt mit Cranberry-Nektar. »Dass es zwischen uns bis jetzt so gut lief, ist rekordverdächtig.«

»Wieso soll nicht mehr daraus werden?«

»Weil ich *Beziehung* nicht kann«, antwortete sie. »Ich konnte das nie.«

»Das klingt abgefuckter, als du bist.«

»Ich habe schon die nettesten Männer vergrault. Ich weiß, was du jetzt sagen willst: dass ich nur Angst habe, mich zu committen.«

»Das wollte ich nicht sagen.«

»Natürlich habe ich Angst, mich zu committen.« Sie unterbrach sich. »Ach so … Was solltest du denn sagen?«

Benommen vom Pitú, brauchte er eine Weile für die Ant-

wort. »Ich wollte sagen, dass die Liebe für uns Wunder be-
reithält, wenn wir es zulassen. Weil in der Liebe ... Ich meine,
dass jeder Mensch für die Liebe ... Ich weiß ehrlich gestan-
den nicht, was ich sagen wollte.« Er fasste sich an den Bauch.
»Der Pitú bekommt mir nicht.«

Es klingelte. Trotz ihrer Müdigkeit sprang Francine auf.
»Das ist Bobby.«

»Dann sollte ich wohl besser ...« Danny stand auf und
warf den Salzstreuer um.

»Was ist schon dabei?« Sie lief die drei Schritte zur Tür.
»Hallo, Bobby, du bist ...«

Draußen stand Benoît.

»Du?«

»Ich habe Licht bei dir gesehen.«

»Du warst seit Monaten nicht mehr hier.«

Benoît sah Männerbeine hinter Francines Küchentür. »Ich
störe?«

»Was gibt's denn?«

»Schon gut. Entschuldige. Dann will ich lieber ...« Er
machte kehrt.

Sie zog ihn in die Wohnung. »Stell dich nicht so an.«

»Hallo, Benoît«, sagte der Mann, dem die Männerbeine
gehörten.

»Bonsoir, Danny«, erwiderte Benoît ohne die geringste
Überraschung.

»Ich kann dir nur Pitú anbieten, von dem dir schlecht
wird«, sagte Francine. »Oder Leitungswasser.«

»Gar nichts, danke. Ich habe gerade einen halben Liter Sliwowitz intus. Hinsetzen würde ich mich gern.«

Für einen dritten Stuhl war kein Platz.

»Lasst uns ins Schlafzimmer gehen.« Francine öffnete die Tür, sie fläzten auf dem ungemachten Bett.

»Ich habe den schlimmsten und den schönsten Abend meines Lebens hinter mir«, seufzte Benoît.

»Ich würde gern nur den Teil mit dem *schönsten* hören«, sagte Francine.

»Rosalie hat mich geküsst.«

»Wirklich?« Beide applaudierten. »Und dann?«

»Dann sind wir nach Montmartre gefahren, haben zwei andere getroffen und uns zu viert betrunken. Ich habe Rosalie mit einem Taxi in ihr Hotel gebracht. Sie sagte, sie hat noch eine halbe Flasche Champagner im Zimmer. Ich habe die drohende Gefahr nicht erkannt und bin mitgegangen.«

»Du hast mit der Österreicherin geschlafen?«, fragte Francine, als gebe es keine andere Möglichkeit.

»Gewissermaßen. Aber wir waren beide schrecklich betrunken.«

»Das zählt trotzdem!«, rief Francine. »Gratulation!« Der Applaus wurde lauter.

Benoît winkte ab. »Ich habe einen Riesenfehler gemacht.«

»Wieso? Du warst doch schon in sie verschossen, seit sie bei uns im Café aufgetaucht ist.«

»Das macht es ja so schlimm.« Benoît goss sich Pitú ein.

»Warum?«

»Erstens hat Sex in betrunkenem Zustand keine Bedeutung.«

»Und zweitens?«, fragte Danny.

Benoît trank und verzog das Gesicht von dem Gesöff. »Rosalie liebt Alfred. Sie wird ihn meinetwegen nicht aufgeben. Was mich betrifft, habe ich mich nach dem Ereignis von vorhin endgültig in Rosalie verliebt. Das bedeutet: Solange sie in Paris ist, werde ich leiden. Sobald sie nach Wien zurückkehrt, werde ich noch mehr leiden und sie schrecklich vermissen.« Er trank Wasser. »Das kenne ich schon von mir: Wenn eine Frau mein Herz weit öffnet und es dann blutend zurücklässt, leide ich wie ein Hund. Wochen und Monate. Ich war deswegen sogar in Therapie – wegen Liebeskummer! Ist das nicht erbärmlich?«

»Gar nicht«, gab Danny zurück. »Es ist liebenswert, wenn ein Mann so tief empfinden kann.«

»Hoffentlich warst du nicht wegen mir in Therapie?«, entgegnete Francine.

»Nein, nicht wegen dir. Sei nicht böse.«

Es klingelte.

Francine sprang zum zweiten Mal auf und führte Sekunden später Bobby ins Schlafzimmer. Es wurde still. Die Männer auf dem Bett nickten dem Bodyguard zu.

»Was ist hier los?« Er war nüchtern, das setzte ihn vor den anderen in Nachteil.

Francine küsste ihn. »Ich habe dich betrogen, Chéri, und zwar mit allen beiden.«

•

»Wo ist er?!«

Gerade hatte Francine fünfzig Croissants und zwanzig Baguettes vom Bäcker übernommen und war dabei, die Quiches zu überprüfen, weil in letzter Zeit öfter zerbrochene dabei gewesen waren. Sie hatte ihre Frühstückszigarette mit Mahmud noch nicht fertig geraucht, als der Tenor Alfred Dutroux ins Petit Paris stürmte.

»Wo ist er? Wo ist das Schwein?«, rief er mit der Kraft seiner Trompetenstimme.

»Bonjour, Alfie.« Francine tötete die Zigarette in der Kaffeetasse aus. »Was gibt es denn?«

»Du weißt es! Ihr alle wisst es.« Alfred ließ sich seinen Auftritt durch ihre Coolness nicht kaputt machen. »Ihr im Café steckt alle unter einer Decke.« Er schlug mit der Faust auf den Tresen.

»Jetzt sag erst mal, was los ist.« Francine bemerkte, dass Mahmud aus der Küche trat und sicherheitshalber das Chefmesser bereithielt.

»War Benoît schon hier?«

»Benoît?« Francine fasste sich an den Kopf. Halb vier war es letzte Nacht geworden, bevor dass Herrentrio sich davongemacht hatte. Dass Bobby mit den anderen ging, hatte ihr leidgetan. Sein Dienst bei Madame Cortillon begann früher als gewohnt.

»Ich habe ihn heute noch nicht gesehen.« Sie nahm an, dass Benoît seinen Rausch ausschlief. Sliwowitz und Pitú waren eine tödliche Mischung.

»Wieso? Er treibt sich doch sonst immer hier rum.«

»Meistens nimmt er sich nur Kaffee und ein Croissant mit runter an die Seine. Was willst du von ihm?«

»Das sage ich ihm persönlich!« Schwungvoll warf Alfred seinen Schal ab und schüttelte den Regenmantel aus. »Einen doppelten Espresso und zwei Brioche. Und zwei Eier im Glas.«

Francine warf einen Blick auf die Uhr. »Du bist früh dran. Beginnt die Probe nicht erst um zehn?«

»Schon möglich.« Er zog einen Klavierauszug aus der

Mappe und gab sich den Anschein, als würde er seine Partie studieren.

Während Francine in der Küche verschwand, hatte sie das Handy schon am Ohr. »Geh ran«, murmelte sie. »Heb ab. Wach auf, verdammt«, knurrte sie, eingehüllt in Mahmuds Küchendüfte, der irgendetwas mit Hirse vorbereitete.

»Hm …?«, hörte sie am anderen Ende.

»Wie geht's dir, Benoît?« Sie flüsterte.

»Eine Büffelherde trampelt durch meinen Kopf«, antwortete er. »Hast du Kopfschmerztabletten im Café?«

»So viele du willst. Aber ich würde vor zehn Uhr hier nicht aufkreuzen.«

»Wieso?« Man konnte hören, wie bei Benoît etwas zu Bruch ging.

»Ist was passiert?«

»Mein Zeh blutet. Warum soll ich nicht vorbeikommen?«

Während sie es erklärte, legte Francine zwei Brioche in ein Körbchen. »Zwei Ei im Glas«, zischte sie Mahmud zu.

»*Zwei* Eier?«, fragte Benoît am anderen Ende. »Frühstückt Rosalie etwa mit Alfred?«

»Er ist allein.«

»Was will er von mir?«

»Na, was wohl? Du hast seine Freundin … du weißt schon, und am Morgen darauf brüllt der Startenor bei uns herum. – Ach, du Scheiße.«

»Was? – Hat Alfie dich beim Telefonieren erwischt?«

Francine spähte hinaus. »Madame Cortillon kommt gerade herein, mit Bobby. Ich muss aufhören.« Francine steckte das Handy ein und lief ins Café.

»Bonjour, Madame. Um diese Zeit?«

Sie erschrak. Martine Cortillon war weiß wie die Wand. Sie zitterte, konnte sich kaum auf den Beinen halten und sank in ihre Nische. Bobby nahm neben dem Eingang Platz.

»Servieren Sie auch Frühstück?«, flüsterte Martine.

»Die Karte liegt vor Ihnen.«

»Hallo, Martine, liebste Cousine!«, tönte es aus der gegenüberliegenden Ecke. Alfred erhob sich. »Du glaubst nicht, was letzte Nacht passiert ist!«

»Stop.« Martine sagte es leise, sie hauchte es fast nur, doch Haltung und Autorität bewirkten, dass Alfred keinen Schritt weiter tat. »Wenn ich jetzt eines nicht verkrafte, dann bist das du.«

Alfred wollte protestieren, doch Bobby waltete seines Amtes. Der Zweimetermann stand auf, das genügte.

KAPITEL 18

IM BÜRO KONNTE sie nicht denken, weil alle paar Sekunden das Telefon klingelte und Leute hereindrängten, die wissen wollten, was los sei. Zu Hause konnte sie nichts anderes tun als denken und musste dazu noch Cléments *gute Ratschläge* ertragen. Im Petit Paris vermutete Martine die richtige Mischung, mitten in Paris zu sein und zugleich für sich allein.

»Bringen Sie mir ein Omelett«, sagte Martine, während Francine den *Crème* servierte.

»Mit oder ohne Käse?«

»Ohne. Mit Champignons.«

Francine verschwand in der Küche.

Martine atmete tief durch. Es passierte selten, dass sie bewusst atmete. Heute war es nötig. Zwei Jahre Vorbereitungszeit, ein Jahr Verhandlungen, Umstrukturierung der Produktionsabläufe, da im Irak andere Durchflussgeschwindigkeiten herrschten, andere Maßeinheiten galten, ein schwächeres Stromnetz zur Verfügung stand. *Cortillon Industries* hatte neunzig neue Mitarbeiter eingestellt, vorwiegend Techniker aus dem arabischen Raum, die sich bei der Montage vor Ort verständlich machen konnten. Die Lieferketten waren nicht mehr zu stoppen, teilweise hatte sich die Ware schon auf den Weg ins Zweistromland gemacht. *Cortillon Industries* hatte zwar eine Versicherung, doch die deckte bei Geschäftsausfall nicht einmal ein Drittel der geleisteten Investitionen.

Martine zwang sich, das Wort *Katastrophe* nicht zu denken. »Es ist eine Katastrophe«, murmelte sie.

Eine Regierungsumbildung im Irak war nicht vorherzusehen gewesen. Nach der politischen Krise vor ein paar Jahren, hervorgerufen durch die gescheiterte Regierung der Sairoun-Bewegung, hatten deren Mitglieder das Parlament verlassen und ihre Opposition auf die Straße verlegt. Es kam zu bewaffneten Auseinandersetzungen, aus denen der neue Ministerpräsident gestärkt hervorgegangen war. Er traf die kluge Entscheidung, eine irakische Einheitsregierung zu bilden, in der ein Großteil aller Parteien vertreten war. Die Ministerien waren paritätisch mit je einem Kurden, einem Schiiten und einem Sunniten besetzt worden.

Martine hatte die Stabilität dieses Regimes überprüfen lassen, bevor sie in Verhandlungen eingetreten war. Dass das Energieministerium vom Verteter einer schiitischen Miliz geleitet wurde, hatte sie nicht weiter für bedenklich gehalten. Leider hatten die USA diese Miliz vor wenigen Tagen als Terrororganisation eingestuft, was den irakischen Regierungschef bewog, den Energieminister zu feuern. Nun übernahm ein Sunnit das Ressort, der in der Frage der Wasseraufbereitung eine Hundertachtziggradwende vollzog. Er wollte die französische Technologie erst kaufen, nachdem eine Reparatur der vorhandenen Anlagen geprüft worden sei. Das bedeutete im besten Fall eine Verzögerung von einem Jahr.

»Ich kann den Laden dichtmachen«, flüsterte Martine, über den Tisch gebeugt.

»Wie meinen Sie, Madame?« Francine stellte das Omelett vor ihr ab.

»Nichts. Ich denke nur laut. Ist Käse im Omelett?«

»Nein. Sie wollten keinen Käse.«

»Schade. Jetzt hätte ich doch …«

»Kein Problem. Mahmud macht Ihnen ein bisschen Käse dran.« Francine nahm den Teller wieder mit.

Mahmud, dachte Martine, drei Mitglieder der irakischen Delegation hießen auch so. Nachdem Karim Zaboun neue Order aus Bagdad bekommen hatte, war sein Team unverzüglich aufgebrochen. Martine hatte es ihm angesehen, dass er kein Verständnis für die Entscheidung der Regierung hatte. »Wir waren so nahe dran«, sagte er. »Sobald ich zu Hause bin, rede ich mit dem Minister.«

Martine war zu perplex gewesen, um ihm zu versichern, auch sie habe die Zeit mit ihm geschätzt. Gleich darauf waren die schwarzen Geländewagen der Iraker vor dem Firmengebäude abgefahren.

Ich sollte mir erst mal die Zahlen ansehen, dachte sie. Ich brauche mir die Zahlen nicht anzusehen, es ist ein Unterschied von zwei Milliarden. Das ist durch die Geschäfte mit Nordafrika keinesfalls auszugleichen.

»Scheiße.« Sie trank ihren *Crème*. Sie hatte schrecklichen Hunger. Das Omelett kam zum zweiten Mal.

Die Tür ging auf. Martine hob den Blick.

Die Tür stand offen, aber niemand kam herein. In der Spiegelung des Glases entdeckte sie einen Schimmer von Benoît. Doch bevor sie sicher war, Benoît überhaupt erkannt zu haben, schloss sich die Tür langsam wieder.

●

»Geh nicht hinein!« Ein paar Sekunden zuvor war Rosalie wie eine Verschwörerin vor ihm aufgetaucht.

Benoît öffnete gerade die Tür zum Petit Paris, da hörte er ihre Stimme.

»Los, weg hier. Er sieht dich sonst.« Sie näherte sich eilig. Benoît ließ die Tür wieder zufallen.

Sie nahm ihn bei der Hand und zog ihn von der Glasfront des Cafés fort.

»Rosalie? Was soll das?« Benoît fasste sich an den Kopf. »Was hast du?«

»Der Sliwowitz.« Ein Blick zum Café. »Wir führen uns auf, als spielten wir die Hauptrollen in einer Eifersuchtskomödie.«

»Willst du eine Tablette?« Sie kramte in ihrer Tasche.

»Rosalie, warum hast du es ihm gesagt?«

»Komm weg hier.«

»Weshalb in Himmels Namen hast du Alfred von … von unserem … du weißt schon, erzählt?«

»Ich erkläre es dir, aber nicht hier. Wenn Alfred dich sieht, wird das keine Komödie mehr. Er bevorzugt das Melodrama.«

Sie liefen in Richtung Seine.

»Hast du denn keinen Brummschädel?«, fragte er.

»Ich kriege nie einen Kater. Wollen wir zu deiner *Business-Adresse* laufen?«

»Vorher brauche ich unbedingt Kaffee und etwas in den Magen.«

Sie kramte in ihrer Tasche und brachte ein Croissant, eingewickelt in eine Serviette, zum Vorschein. »Voilà.«

»Hast du da drin auch einen Espresso?«

Statt einer Antwort lief Rosalie zu einer Boulangerie voraus und kam mit einem dampfenden Becher zurück. »Hast du jetzt alles, was du brauchst?«

Wenig später erreichten sie Benoîts Bücherstand. »Willst du dein Geschäft nicht öffnen? Ich würde mich gern ins Trockene setzen.«

Benoît schloss auf und funktionierte die Abdeckplane in eine Markise um. »Heraus damit. Was ist letzte Nacht passiert, nachdem ich weg war?«

Rosalie trat in die winzige Bude, zog sich den Hocker heran und setzte sich. »Ich musste es Alfred sagen.«

»Warum?«

»Weil ich so bin. Ich kann unklare Verhältnisse nicht ertragen. Ich kann Lügen nicht ertragen. Ich will Alfred nicht verletzen.«

Er trat zu ihr in die dämmrige Höhle. »Aber wenn du es ihm nicht gesagt hättest … wäre er gar nicht verletzt.«

»Nein, Benoît. Letzte Nacht ist etwas geschehen, und der Mann, mit dem ich zusammen bin, muss das wissen.«

Benoît fand den Zeitpunkt für gekommen, seine Haltung als Gentleman aufzugeben. Er stellte den Kaffeebecher beiseite, warf die Serviette in den Müll und ging vor Rosalie in die Hocke.

»Alfred betrügt dich mit Dominique, seiner Regisseurin«, sagte er so sachlich wie möglich.

»Davon gehe ich aus«, antwortete sie nach einer Pause.

Benoît kam so schnell wieder hoch, dass er sich den Kopf an einer Eisenstange stieß. »Das weißt du?!«

»Gewusst habe ich es nicht, aber bisher war es bei jeder Produktion so. Entweder ist es eine Chordame oder eine Statistin, meistens eine, die Alfred anhimmelt.«

»Dann begreife ich nicht, was das soll!«, entgegnete Benoît unbeherrscht. »Du liebst einen Kerl, dessen Charakter du selbst in Zweifel ziehst. Du weißt, dass er dich bescheißt, aber wenn du dir selbst mal einen Seitensprung erlaubst, beichtest du ihm sofort alles? Oder wolltest du Alfie nur eifersüchtig machen und hast deshalb mit mir ...?«

»So bin ich nicht, Benoît.« Sie nahm seine Hand und zog sie auf ihre Brust. »Das war sehr schön heute Nacht.« Ein zartes Lächeln. »Soweit wir beide es mitgekriegt haben.«

»Ich bin verliebt in dich.«

»Ich weiß.«

»Ich war es gleich von Anfang an.«

»Ich weiß.«

»Aber das ist doch schrecklich!« Er zog die Hand von ihrem Busen zurück. »Alfred betrügt dich. Du hast mit mir geschlafen. Es hat dir gefallen. Wäre das ... möglicherweise ... nicht der richtige Zeitpunkt ...« Er nahm all seinen Mut zusammen. »Um mit Alfred Schluss zu machen?«

»Es wäre logisch«, antwortete sie sanft. »Aber ...« Ein langer Seufzer. »Ich kann nicht.«

»Du willst nicht.«

»Stimmt, ich will nicht.«

»Weil du ihn immer noch liebst.«

»Tja, mein Herz ist eben gebunden.«

»Ich habe aber festgestellt, dass das Herz ein ziemlich elastischer kleiner Muskel ist.«

Sie schmiegte ihren Kopf an seine warme Hand. »Wenn etwas wirklich zu Ende ist, dann scheue ich keinen Schmerz und beende es. Aber Alfred und ich, das ist noch nicht zu Ende.«

Durch ihre Offenheit wurde ihm ganz flau zumute. »Und wir?«, entgegnete er ohne die geringste Hoffnung.

»Du bist für mich Paris, Benoît, das einmalige, unverwechselbare Paris. Unser Abend auf Montmartre, der verrückte Anwalt, die wunderbare alte Frau, du und ich, die Liebe auf den Wogen des Sliwowitz, das werde ich nie vergessen. Es war zauberhaft.«

»Aber am Ende gehst du nach Wien zurück und bleibst mit Alfred zusammen?«

Rosalie stand auf und umarmte ihn zärtlich. »Wir leben in zwei unterschiedlichen Welten, du und ich. Wie soll das funktionieren?« Sie legte die Fingerspitze auf seine Lippen. »Sag jetzt nichts. Geh Alfred aus dem Weg. In zehn Tagen ist Premiere. Die Zeit bis dahin sollten wir irgendwie überstehen. Und danach –«

»Danach bist du fort.«

»Ehrlich gesagt, freue ich mich auf mein ruhiges Wien. So aufregend hätte ich mir Paris nicht vorgestellt.« Sie trat unter der schützenden Plane hervor.

»Und bis dahin?« Er blieb im Halbdunkel.

»Was?«

»Sehen wir uns bis zu Alfreds Premiere noch mal?«

»Wir sehen uns doch ständig – im Petit Paris.«

Er kam zu ihr in den Regen. »Du weißt genau, was ich meine.«

»Ja, ich weiß.«

»Und deine Antwort lautet?«

»Nein.«

KAPITEL 19

VON DER PLANE über Benoît troff das Wasser, er fröstelte im August. Vielleicht lag es daran, dass er Rosalies Croissant noch nicht gegessen hatte. Es war ein Geschenk von ihr, er wollte es noch ein wenig länger behalten. Ein Blick zu seinen Regalen – die permanente Feuchtigkeit tat den Büchern nicht gut. Einige waren so aufgequollen, dass er sie nicht mehr verkaufen konnte. Bei diesem Wetter kam ohnehin keine Kundschaft. Unter ihren Regenschirmen hasteten die Leute vorbei. Es war sinnlos, hier zu sitzen. Noch sinnloser wäre es gewesen, nach Hause zu gehen. Das Petit Paris aufzusuchen wäre nicht nur sinnlos, sondern sogar gefährlich gewesen. Benoît war überzeugt, dass er nicht mehr *tiefer unten* anlangen konnte. Er hätte sich genauso gut in die Seine stürzen könnte.

»Schluss. Das bringt ja nichts.« Entweder er fiel unwiderruflich in eine Depression, oder er musste etwas unternehmen, um den Tag zu retten.

Benoît besaß noch den Ausweis seines Vaters. Früher war Papa als Gutachter geschätzt gewesen, wenn es um die Echtheit einer Lithografie oder eines Kupferstichs ging. Er konnte den Stil bestimmter Meister bis ins Detail bestimmen. Einmal hatte er einen falschen Delacroix entlarvt. Mit diesem Ausweis hatte Papa Zutritt zu sämtlichen Auktionshäusern Frankreichs. Inzwischen war natürlich alles digital, aber der vergilbte Schein galt heute noch.

»Einmal Verwandlung bitte«, sagte Benoît, stellte das Handy im Selfie-Modus auf das Bücherregal, trat in den Regen und wartete, bis sein Haar nass war. Vor dem digitalen Spiegel frisierte er es mit zehn Fingern nach hinten. Er seufzte: Inzwischen musste man bei ihm leider bereits von einer Halbglatze sprechen. Benoît hatte seinem Vater immer ähnlich gesehen, doch mittlerweile, traurig, aber wahr, brauchte er sich kaum noch anzustrengen, seinem alten Herrn zu gleichen. Er verglich das Ausweisbild mit dem Handy. »Das müsste klappen.«

Froh, einen Entschluss gefasst zu haben, sperrte er den Laden ab. Sein Ziel war die Rue Drouot im 9. Arrondissement. Bei diesem Hundewetter empfahl es sich, die Métro zu nehmen.

»Benoît?«, fragte jemand hinter ihm.

Er drehte sich um. Sie kam ihm mit einem sonderbar unentschlossenen Schritt entgegen. Er hatte diese Frau noch nie schlendern sehen.

Martine verengte die Augen. »Entschuldigen Sie, Monsieur, ich habe Sie verwechselt.«

Ein Grinsen überzog Benoîts Gesicht. »Was doch eine Frisur so ausmacht!« Plötzlich brach er in unverständliches Gelächter aus: Es war der Druck, die Traurigkeit, die Enttäuschung, die sich durch Lachen ein Ventil schuf.

»Habe ich etwas Lustiges gesagt? Warum haben Sie sich denn so verändert?«

»Es wäre zu albern, Ihnen das erklären zu wollen, Madame.« Er sah auf die Uhr. »Was machen Sie um diese Tageszeit auf der Touristenstrecke, noch dazu im Regen?«

Sie stellte den Kragen ihres Burberry auf. »Ich weiß es nicht genau. Im Büro warten Dutzende Mitarbeiter und bestimmt zweihundert Mails auf mich. Die Firma ist in Aufruhr. Aber ich habe mein Handy stummgeschaltet.«

»Gibt es dafür einen Grund?«

Martine wandte sich zu Benoîts geschlossenem Bücherstand. »Heute geht es mir ähnlich wie Ihnen. Ich kann meinen Laden dichtmachen.« Sie tat ein paar Schritte ohne Ziel. »Es ist, weil … Ach, das ist langweilig!«, rief sie plötzlich. »Regionalpolitik im Mittleren Osten oder einfach ein dummer Zufall! Ich werde das noch alles meiner Bank, meinem Vorstand, dem Ministerium erklären müssen, bitte ersparen Sie es mir jetzt.« Sie sah ihn an. »Wo gehen Sie denn hin in dieser *Verkleidung*?«

»Ich wollte in die Rue Drouot.«

»Zum Auktionshaus? Wollen Sie etwas ersteigern? Oder … müssen Sie etwas verkaufen?«

»Weder noch.« Er kam sich in der Maske seines Vaters plötzlich albern vor und strubbelte sein Haar nach vorn. »Ich versuche lediglich, den Tag herumzukriegen. So etwas kennen Sie bestimmt nicht, Madame.«

Sie streckte ihm die Hand entgegen. »Ich finde, es ist Zeit, dass du mich Martine nennst.«

»Bonjour, Martine.« Benoît ließ ihre Hand nicht gleich los. »Darf ich sagen, dass es mir schon besser geht?«

»Weil wir uns duzen?«

»Weil ich nicht mehr allein bin mit den dummen Gespenstern in meinem Kopf.«

»Wollen wir auf unser Du anstoßen?«

»Gern. In meinem Fall allerdings mit Kamillentee.« Er fasste sich an die Stirn. »Ich bin leider nicht in der Verfassung ...«

»Lange Nacht gehabt?«

Erst jetzt fiel es ihm auf. Benoît blickte das Seineufer hinauf und hinunter. »Wo ist denn Ihr ... Wo haben Sie Bobby gelassen?«

Sie schmunzelte. »Tja, mir kommt der Zustand auch ganz ungewohnt vor. Ich bin Bobby endlich losgeworden. Für immer.«

»*Losgeworden?*«

Missmutig klatschte sie in die Hände. »Früher oder später erfährst du es ja doch. Das Geschäft meiner Firma mit den Irakern ist geplatzt. Die Verhandlungen wurden heute abgebrochen.« Sie drehte sich im Kreis. »Also bin ich frei! Ich brauche keinen Bodyguard mehr. Niemand folgt mir Tag und Nacht auf Schritt und Tritt.« Sie blieb stehen. »Und Bobby ist arbeitslos.«

»Wie hat er es aufgenommen?«

»Monsieur Tschombé hat einen Weg gefunden, sich zu trösten.«

»Francine?«

»Wen sonst?« Martine hakte ihn unter. »Darf ich dich in die Rue Drouot begleiten?«

●

»Ihr wird schon nichts passieren«, sagte Bobby.

»Wie meinst du das?« Francine küsste seine Brust.

»Eine Frau wie Madame Cortillon hat bestimmt irgendwo Geld geparkt für den Fall, dass die Sache schiefgeht.«

»Du sprichst von ihr, als wäre sie bei einem Banküberfall geschnappt worden.« Sie legte sich auf den Rücken. »Was wird sie jetzt machen?«

»Sie wird ein paar Leute entlassen. Sie wird zum Minister laufen und Fördergelder beantragen, um ihren Verlust zu minimieren. Mach dir um Madame mal keine Sorgen.« Er leckte sich über die Lippen. »Ich habe Hunger.«

»Ich habe nichts da.«

»Nicht mal Chips oder so?«

Francine setzte sich auf. »Und was wirst *du* jetzt machen?«

»Etwas essen.«

Sie boxte ihn gegen den Arm. »Du weißt, was ich meine.«

»Ich schreibe meinen Bericht und gebe ihn im Ministerium ab. Danach warte ich auf meinen nächsten Einsatz.«

»In Paris?«

Er antwortete nicht gleich. »Kann sein.«

»Also wahrscheinlich nicht in Paris.«

»Möglich.«

»Hm.« Sie stand auf.

»Wo willst du hin?«

»Ich hole dir was zu essen.« Sie zog sich an.

»Bleib hier. Wenn du erst mal unten bist, lässt dich Judith nicht wieder gehen.«

Sie schlüpfte ins Unterhemd. »Das könnte sein.«

»Geh nicht.«

»Monsieur hat Hunger.«

Er sprang aus dem Bett umd stellte sich ihr in den Weg. »Dass dieser Job vorbei ist, bedeutet gar nichts.«

Sie wollte weiter.

»Du glaubst, das war es jetzt mit uns, aus und vorbei, wir hatten unser Tralala, jetzt kommt ein neuer Auftrag, ein neues Tralala.« Er nahm sie in den Arm. »Das denkst du doch.«

Sie wollte sich herauswinden, er war stärker.

»Weinst du?«

»Du spinnst wohl!« Sie wischte sich über die Augen.

»Was wäre …?« Ohne nachzugeben, zog er sie so weit zurück, bis sie zusammen wieder auf dem Bett landeten. »Was wäre, wenn ich dir mit dem Petit Paris helfe?«

»Mit dem Café? Wie denn?«

»Finanzell.«

»Ich nehme kein Geld von dir«, rief sie entrüstet.

»Ich könnte … keine Ahnung … als stiller Teilhaber in dein Geschäft einsteigen.«

»Wie *still*?«

Bis auf die Tatsache, dass Bobby nackt war, wirkte er mit einem Mal ungemein seriös. »Denk doch logisch: Wenn ich in das Petit Paris Geld stecke, wäre es besser angelegt als auf der Bank.«

»Welches Geld?«

»Meine Ersparnisse.«

»Warum solltest du das tun?«

»Weil das Café eine Goldgrube ist. Ich investiere also sinnvoll.«

»Ja, aber *warum*?«

»Das habe ich gerade gesagt.« Ihre Blicke trafen sich. »Du willst etwas anderes hören, habe ich recht?«

»Was will ich denn hören?«

»Irgendwas mit Liebe«, sagte er verhalten.

»Ach, um Gottes willen, hör auf! Ich weiß gar nicht, was das Wort bedeutet. Alle Welt glaubt, mit Liebe wäre jedes Problem zu lösen.«

»Zumindest in Paris glauben das viele.«

Sie tätschelte seine Hand kameradschaftlich. »Du solltest dir das überlegen. Du stehst, glaube ich, noch unter Schock, weil dein Job geplatzt ist.« Francine stand zum zweiten Mal auf. »Ich hol dir jetzt was von Mahmuds Hirseauflauf.«

Diesmal hielt er sie nicht fest. »Also schön: Ich habe dich lieb.«

»Was?«

»Ich halte es für möglich, dass ich dich liebe.«

»Vorsicht, Bobby. So etwas sagt man nicht, wenn …«

Er blieb sitzen. »Ich liebe dich.«

Sie ging weiter in den Flur. »Magst du Hirse überhaupt?«

KAPITEL 20

ROSALIE SASS IN der zwölften Reihe. Die Probe sollte längst zu Ende sein, aber Dominique, die Regisseurin, war unzufrieden. Sie gestikulierte in dem schwach beleuchteten Zuschauerraum.

»Ich verstehe das nicht! Die ganze Szene hat keinen Druck, keine Power, keine Dynamik«, rief sie.

Alfred argumentierte von der Bühne aus. »In dieser Szene, hast du gesagt, geht es darum, dass mein Charakter …«

»Ich weiß, was ich gesagt habe!« Dominique trug eine weite Jogginghose, die sie mit einem Gürtel festhielt. Ihr krauses Haar war mit einem gelben Tuch hochgebunden. Sie war ungeschminkt.

Ich könnte Gelb nicht tragen, dachte Rosalie. Ich könnte gar nichts von den Sachen tragen, die dem jungen Shootingstar so gut stehen.

»Soll ich dir sagen, woran es liegt?«, rief Dominique. »Du hast während der ganzen Probe nicht einmal mit voller Kraft gesungen. Wo ist deine Stimme, Alfie?«

Sie quetschte sich am Regietisch vorbei und kam den Mittelgang nach vorn. »Du säuselst deine Partie so vor dich hin. Wie soll da die szenische Atmosphäre entstehen?«

»Was verlangst du von mir?«, eiferte sich Alfred. »Ich stehe seit zehn Uhr auf der Bühne. Natürlich schreie ich mir nicht ununterbrochen die Seele aus dem Leib.«

Dominique stützte sich auf das Proszenium. »Ich wäre schon froh, wenn du überhaupt mal schreien würdest, wenigstes die entscheidenden Passagen.« Mit der Faust schlug sie auf das Bühnenholz. »Deshalb spielen wir jetzt die ganze Szene noch einmal und zwar *con voce alta,* mit voller Stimme, Alfred! Das kann ich wenige Tage vor der Premiere von dir erwarten!« Sie machte kehrt, erreichte den Regieplatz und begann mit ihrer Assistentin zu tuscheln.

Im Halbdunkel schüttelte Rosalie den Kopf. Was versprach sich Dominique davon? Mit Alfred so umzuspringen brachte gar nichts. Dann blockierte er und machte endgültig dicht.

»Rosalie!«

Sie blickte auf. »Ja?«

Auf dem Steg, der über den Orchestergraben führte, kam Alfred auf sie zu. »Kann ich dich bitte sprechen?«

Sie sprang auf, der Klappsitz schwang unter ihr nach oben. »Ja sicher, natürlich, wenn du …«

»Sekunde!«, schaltete sich Dominique ein. »Wir sind mitten in der Probe. Wo willst du hin, Alfred?«

»Kommst du, Chérie?«, sagte er ungerührt und streckte Rosalie die Hand entgegen.

»Du beendest die Probe nicht!«, schrie Dominique. »Ich beende die Probe und niemand sonst!«

»Vorsichtig, Chérie, die Stufen sind steil.« Alfred half Rosalie auf den Steg.

»Willst du das wirklich tun?«, flüsterte sie.

»Komm, mein Engel.« Ohne die Regisseurin eines Blickes zu würdigen, führte Alfred seine Agentin über die Bühne in Richtung Garderoben.

»Sie bleiben hier, Monsieur Dutroux!«, geiferte Dominique. »Sie verlassen die Probe nicht ohne mein Einverständnis!«

In seiner Garderobe legte sich Alfred auf die Couch. »Meine Stimme sitzt nicht mehr. Dabei hat mich meine Stimme noch nie im Stich gelassen.«

»Deine Stimme ist wundervoll«, beschwichtigte Rosalie. »Du brauchst einfach einen Tag Ruhe.« Sie ließ Wasser laufen, wartete, bis es lauwarm war, und warf die Brausetablette hinein.

»Wie stellst du dir das vor, acht Tage vor der Premiere?« Er beschirmte die Augen mit der Hand. »Meine Stimme rutscht. Meine Glottis schließt nicht verlässlich. Es wird nicht besser, sondern schlimmer.«

»Du bist nervös. Das ist bei so einer großen Rolle auch verständlich.«

»Sag mir nicht, dass ich nervös bin!«, fuhr er sie an. »Wie soll ich nicht nervös sein, wenn du mit anderen Männern schläfst?«

Sie gab ihm das Glas. »Das eine hat mit dem anderen nichts zu tun.«

»Ach nein?« Er stellte es am Kopfende ab. »Während ich ein Nervenbündel bin, während ich fürchten muss, meine Stimme zu verlieren, hast du Sex mit einem Buchhändler!«

»Wieso ist es von Bedeutung, dass er Buchhändler ist?«

»Es ist von Bedeutung, dass ich von meiner Agentin jede Unterstützung erwarten darf in dieser schweren Zeit!«

»Du hast doch auch manchmal ein kleines Techtelmechtel.«

»Woher willst du das wissen?«, brauste er auf.

»Das heute Nacht war eine einmalige, ziemlich betrunkene Sache, mehr nicht. Ich habe sie dir gesagt. Jetzt sollten wir uns darauf konzentrieren, wie wir deiner Stimme helfen. – Trink das.«

Er setzte sich so abrupt auf, dass das Glas überschwappte. »So leicht kommst du mir nicht davon«, entgegnete er mit erstaunlich kräftiger Stimme. »Jetzt kann ich es ja sagen: Ich habe dich mit Dominique betrogen.«

Sie holte ein Handtuch und wischte das Wasser auf. »Das habe ich mir schon gedacht.«

»Du hast es gewusst?«, rief er perplex. »Und das macht dir nichts aus?«

»Natürlich macht es mir etwas aus. Aber ich würde die Dinge gern voneinander trennen. Wir müssen alles tun, damit du bei der Premiere den Riesenerfolg hast, den du verdienst.«

»Zweifelst du daran?«

»Ich sage doch gerade …« Sie schüttelte den Kopf. »Man kann es dir einfach nicht recht machen.«

»Ich *werde* Erfolg haben. Ich muss Erfolg haben!«, rief er so markig, dass der Lüster über ihnen klirrte. »Bloß wird die Intendanz wegen mir nicht den Premierentermin verschieben. Wenn meine Stimme nicht bald funktioniert, singt meine Zweitbesetzung die Premiere!«

»Dazu darf es nicht kommen.« Sie setzte sich zu ihm.

»Wie willst du es verhindern?«

»Hochsinger wird es verhindern«, antwortete sie ruhig.

»Was soll Hochsinger da …?«

»Ich rufe ihn an.«

»Du willst Professor Hochsinger anrufen?«, erwiderte er, als spräche sie vom Papst persönlich. »Er ist in Wien.«

Sie legte ihm die Hand auf die Stirn. »Natürlich ist er in Wien.«

»Ich kann unmöglich während der Schlussproben nach Wien fahren.«

»Das sollst du auch nicht. Hochsinger wird herkommen.«

»Du willst den bedeutendsten Logopäden Europas nach Paris karren? Und das innerhalb von acht Tagen?«

»Das ist mein Job.«

Alfred riss Rosalie in seine Arme »Oh, Chérie! Das ist großartig von dir! Gott, ich liebe dich so sehr. Liebste, du hast mich wieder aufgerichtet!«

KAPITEL 21

SIE SCHLENDERTEN DURCH die Welt von gestern. Was für ein großartiger Einfall, dachte Martine und dankte dem Zufall, der sie Benoît hatte über den Weg laufen lassen. Mit dem Ausweis seines Vaters waren sie problemlos eingelassen worden; niemand bemerkte den Schwindel. Martine ging als Begleitperson des Gutachters durch.

Gerade fand keine Auktion statt. Sie waren in den riesigen Ausstellungsräumen allein. Es wurde eine Versteigerung von Möbeln des Art Déco und des Wiener Makart-Stils vorbereitet. Der Kontrast hätte kaum größer sein können. Auf der einen Seite Tische in der Form von Kelchen, Fauteuils, die wie Spielwürfel von Kindern anmuteten, geschwungenes, verchromtes Metall, Leder und Glas in den kühlen Formen der dreißiger Jahre des vorigen Jahrhunderts und gegenüber Bombast und Kitsch aus Wien. Schwarz lackierte Schränke, mit Säulen und Karyatiden überladen, intarsierte Schreibtische, Elfenbeinornamente, Messingverzierungen, Kronleuchter, verwirrende Teppiche! Das Großbürgertum des 19. Jahrhunderts hatte es sich in solchen Möbeln wohlergehen lassen. Dagegen die Nüchternheit und Klarheit des Art Déco. Immerhin lag ein Weltkrieg zwischen den Epochen, das sah man deutlich.

»Das würde Rosalie gefallen«, sagte Benoît gedankenverloren, während sie zwischen den Zeiten wandelten.

Martine und er sprachen kaum miteinander, die Bilder waren stark genug.

»Ich kann Rosalie nicht verstehen«, antwortete Martine nach einer Weile. »Sie ist selbstbewusst, klug und zielgerichtet. Was will sie denn mit diesem Gockel, der leider mein Cousin ist?«

Benoît sah sie überrascht an. »Gott schütze dich für diesen Satz, Martine.«

»Warum?«

»Weil ich ganz deiner Meinung bin.«

»Sie hat wirklich etwas Besseres verdient als den eitlen Faun, diesen Narzissten, diesen aufgeblasenen …«

»Weiter, Martine, weiter!«, feuerte Benoît sie an. »Das höre ich zu gern.«

Sie blieb stehen. »Weißt du noch, wie wir uns kennengelernt haben?«

»Natürlich.«

»Ich habe dir die Fabeln von La Fontaine abgekauft.«

»Ein wunderbarer Tag.«

»Wir haben die Geschichte vom Frosch und vom Stier aufgeschlagen. Erinnerst du dich, was du gesagt hast? Du sagtest: Ein Frosch, der einem Stier an Größe gleichen will: Das sind Leute, die sich aufblähen, bis sie platzen.«

»Alfred!«, rief Benoît.

»Alfred«, bestätigte Martine.

»Glaubst du, wir werden erleben, dass Alfred platzt?«

Neben einem Makart-Fauteuil blieb sie stehen. »Du magst die Österreicherin mit dem unaussprechlichen Namen?«

»*Hir – zels – berger*«, deklinierte er.

»Du magst sie, nicht wahr?«

»Merkt man das so sehr?«

»Hundert Meter gegen den Wind spürt man es.« Sie berührte seinen Arm.

Benoît brachte Martine dazu, im Sessel Platz zu nehmen.

»Man darf sich doch nicht auf die Möbel …«

»Sie, Madame Cortillon, haben gerade aus meinem Scheißtag einen königlichen Tag gemacht. Und einer Königin gebührt ein Thron.«

Sie setzte sich huldvoll. »So schlimm hat es dich erwischt?«

»Ich wollte mich vorhin schon in die Seine stürzen.«

Sie drückte seine Hand. »Hab Geduld. Der Tag ist nicht mehr fern, an dem der aufgeblähte Frosch platzt.«

»Und was ist mit Danny?« Benoît konnte sich nicht erklären, wieso er aus dem Blitzblauen diese Frage stellte.

Sofort zog sie ihre Hand zurück. »Was soll mit Danny sein?«

»Genau das ist die Frage.«

Sie setzte die Miene einer nüchternen Geschäftsfrau auf. »Ich werde ihn kaum wiedersehen. Der Irak-Deal ist geplatzt. Mein Business-Englisch ist von keinerlei Bedeutung mehr.« Abrupt kam sie aus dem Sessel hoch. »Wollen wir weiter?« Sie lief auf die Abteilung mit Art-Déco-Schmuck zu.

»Wie hast du das vorhin genannt? *Man erkennt es hundert Meter gegen den Wind!*«, rief Benoît ihr nach.

Die Frau im blauen Kostüm mit den Zweitausend-Euro-

Schuhen blieb stehen, drehte sich auf den Stöckeln um und sah den Bouquinisten an. »Das, mein Freund, ist eine *wirklich* aussichtslose Geschichte. Da helfen mir auch die Fabeln nichts.«

»Ach nein? Kennst du die von der Raupe und dem Kolibri?«

»Nein.«

»Ein Kolibri bemerkt eine Raupe auf dem Ast und will sie fressen. Als er genauer hinsieht, entdeckt er, dass die Raupe in einen Kokon eingesponnen ist. Der Koibri kann sich nicht erklären, warum er wartet, doch er frisst sie nicht.« Benoît erreichte Martine. »Du weißt, wie Kolibris fliegen: Sie tänzeln zitternd in der Luft. Nach einer Weile bewegt sich etwas in dem Kokon. Im Augenblick, als er aufplatzt, kommt keine Raupe zum Vorschein, sondern ein schillernder Schmetterling. Der Kolibri ist glücklich, dass er die Raupe nicht gefressen hat. Er und der Schmetterling fliegen in die laue Sommerluft davon.«

»Diese Fabel kannte ich gar nicht.«

»Natürlich nicht.«

»Du hast … Du hast sie erfunden?«

Er nickte.

»Und der Kolibri soll Danny sein?«

»Weil er seine Bestimmung noch nicht gefunden hat, tänzelt er zitternd in der Luft.«

»Und die Raupe bin ich? Du findest, ich sitze in einem Kokon?«

»Jedenfalls zögerst du, dich in einen Schmetterling zu verwandeln.«

»Benoît, das ist absolut verrückt.« Sie ging weiter.

»Tja, das ist eine *Verwandlung* immer.« Er blieb er an ihrer Seite.

»Ich habe zwei Söhne, ich habe einen Mann. Ich muss meine Firma vor dem Ruin retten.«

»Was hat das mit dem Schmetterling zu tun?«

»Danny ist viel jünger als ich.«

»In Zeiten wie unseren sollte das kein Problem mehr sein.«

»Es ist aber eins.«

»Das sind nichts als Ausflüchte.« Benoît küsste Martine sanft auf die Wange. »Alles geht. Alles ist möglich. Flieg, Schmetterling.«

KAPITEL 22

»FASS MAL DA hin, mein Junge! Fass schon hin.«

Alfred wusste nicht, wie ihm geschah. Er gehorchte und legte seine Hand auf das Zwerchfell des Professors.

»Ha!«, machte Horst Hochsinger. »Ha! Ha!«, rief er gellend in den Probenraum. »Spürst du das? Fühlst du das?«

»Ja, Professor.« Irritiert warf Alfred einen Blick zu Rosalie. Sie machte eine beruhigende Geste.

Professor Hochsinger hatte sich bereit erklärt, in den nächsten Flieger zu steigen. Als Rosalie seine astronomische Gage zu drücken versucht hatte, lautete Hochsingers Gegenargument: »Warum bin ich denn so international anerkannt? Weil ich der Beste bin.«

Wieso sind so viele Männer in dieser Branche Primadonnen, hatte Rosalie gedacht.

»Dein Zwerchfell ist Scheiße«, konstatierte Horst Hochsinger.

»Aber ich dachte, meine Stimme …«

»Die Stimme hat mit den Stimmbändern nichts zu tun«, unterbrach ihn die Koryphäe. »Die Stimme fängt im Becken

174

an, aber die entscheidende Region ist eben das Zwerchfell. Wir machen jetzt ein paar Übungen.«

Die Opernverwaltung hatte die Probebühne zwei Tage lang für Alfred und den Logopäden reserviert. Dominiques Widerspruch war abgeschmettert worden. Während Alfred auf der großen Bühne fehlte, musste sie mit der Zweitbesetzung probieren.

Mit geschlossenen Augen stellte sich Hochsinger in die Mitte des Raumes. »*Du, sei doch mal still, da – liegt – doch – eine Mamba.*« Überdeutlich betonte er die Konsonanten. »Jetzt du.«

»Ich – was?«

»Mach es mir nach.«

Seufzend stellte sich Alfred in Positur. »*Du, sei doch mal still, da liegt doch eine Mamba ...*«

»Nein!«, ging Hochsinger dazwischen. »Hörst du den Fehler nicht?«

»Nein.«

»Statt mit deinem Zwerchfell zu arbeiten, knallst du mit jedem Ton auf die Stimmbänder. Und das mögen die nicht. Deshalb verschleißen sie schnell, und deshalb wirst du heiser.« Er sprang auf Alfred zu. »Fass mal da hin!« Er streckte ihm zum zweiten Mal seinen Wohlstandsbauch entgegen.

»Ich habe doch schon ...«

»Fass hin!«

Alfred gehorchte.

»Jetzt pass auf: – *Sei doch mal still, da – liegt – doch – eine – Mamba*« Durch Hochsingers vibrierendes Zwerchfell wurde Alfreds Hand emporgeschleudert. »Verstehst du, was ich meine?« Er trat vor den verwirrten Tenor und nahm dessen Kopf in beide Hände. »Warum bin ich denn so international anerkannt? Weil ich weiß, was dein Problem ist. Und ich löse es!«

»Ja, Herr Professor«, erwiderte Alfred ratlos.

»Leg dich auf den Rücken.«

»Hier?«

»Mach schon.«

Alfred breitete seinen Mantel auf den kalten Boden. Schwer zu sagen, wann hier das letzte Mal gefegt worden war. Er streckte sich der Länge nach aus. Professor Hochsinger kniete sich auf Alfreds Bauch.

»Ich … kriege keine … Luft …«

»Weil dein Zwerchfell lasch ist, kraftlos, untrainiert. Gleich noch mal: *Sei doch mal still …*«

Da Widerstand zwecklos war, tat Alfred, was sein Folterknecht verlangt. »*Sei doch mal sill, da – liegt – doch – eine Mamba.*«

»Schon besser. Siehst du? Spürst du das?«, frohlockte Hochsinger.

»Würden Sie bitte aufstehen? Sie brechen mir sonst eine Rippe.«

Sportlich kam Hochsinger hoch. »Nächste Übung: Dein Gaumensegel ist unbeweglich. Das Gaumensegel ist dazu da, die Stimmbänder zu entlasten. Daher machen wir jetzt die Gähnübung.«

»Die was?«

Jovial drehte sich Hochsinger zu Rosalie. »Habe ich euch übrigens von meinem Erfolg bei den Salzburger Festspielen erzählt?«

»Ich glaube nicht, Herr Professor«, erwiderte sie höflich.

»Ich war damals noch aktiver Sänger, hatte mich nicht

vollständig der Logopädie verschrieben. Ich spielte Monostatos in der *Zauberflöte*. Nach meiner Arie hatte ich mir etwas Besonderes ausgedacht: Ich wollte zeigen, dass Monostatos müde ist. Also habe ich gegähnt. Ich gähnte volle sechzehn Takte lang. Wisst ihr, was passiert ist? Das gesamte Publikum in der Felsenreitschule musste ebenfalls gähnen. Ich habe zweitausend Menschen mit meinem Gähnen angesteckt. Das ist Suggestion, das ist Manipulation der Massen. Beim Abgang hatte ich einen Riesenapplaus.« Er wandte sich zu Alfred. »Und das kannst du auch!«

»Ich soll das Publikum zum Gähnen bringen?«, entgegnete der Tenor.

»Huaaah – ah«, gähnte der Professor und sang dabei einen hohen Ton. »Und jetzt du.«

»Huaaah – ah –«, machte Alfred.

»Und immer weiter.«

»Huaaah – ah – Huaaah – ah –« Plötzlich hob Alfred überrascht den Kopf. »Da war etwas.« Er horchte in sich hinein.

»Meine Stimme – sie ist … auf einmal freier.« Er wiederholte die Übung. »Huaaah – ah –« Alfred gähnte mit weit offenem Mund. Gähnte und gähnte. »Ja, das fühlt sich gut an. Ja – ja!« Er wollte nicht mehr aufhören zu gähnen. »Huaaah – ah!«

»Was habe ich gesagt?!« Wie Jesus während der Bergpredigt kam Hochsinger mit offenen Armen auf Rosalie zu. »Warum bin ich denn so international anerkannt?«

»Weil Sie der Beste sind«, lautete ihre Antwort.

•

Alfred hatte nicht in Rosalies Hotel mitkommen wollen, nicht in das Bett, in dem es geschehen war. Sie erklärte, das Bett sei inzwischen frisch bezogen, doch er blieb bei seiner Ablehnung.

Alfreds Wohnung war praktisch gelegen und praktisch eingerichtet. Rosalie mochte sie trotzdem nicht, weil sie bestimmt viel *gesehen* hatte: Ein rotes Tuch, über die Lampe gebreitet, war ein Indiz dafür. Rasch entfernte Alfred das Corpus Delicti und bot Rosalie Cognac an. *Cognac* war das Getränk junger Herren aus einer anderen Epoche, dachte sie und bat um ein Glas Wasser. Er holte es und blieb länger weg als erwartet.

»Wo warst du?«

»Im Bad.«

»Warum holst du das Wasser nicht aus der Küche?«

Er schenkte ein. Sie ahnte, dass er im Bad verräterische Indizien entfernt hatte. Zwei Dinge fühlte Rosalie: die Kränkung und die Unmöglichkeit. Es kränkte sie, dass er sie für so dämlich hielt, seine billigen Schachzüge nicht zu durchschauen. Selten war die Unmöglichkeit, mit diesem Mann eine Beziehung zu führen, so klar gewesen. Trotzdem konnte ihn Rosalie nicht loslassen – und schämte sich dafür. Mit bitterem Humor fragte sie, wie viele Frauen schon in diesen Räumen gewesen seien.

»Ich bitte dich: Das Haus ist zweihundert Jahre alt. Eine Menge Frauen dürften sich hier aufgehalten haben.«

Sie ließ es damit bewenden und schenkte sich selbst Cognac ein. Nach dem aggressiven Sliwowitz vom Vorabend tat der bernsteinfarbene Weinbrand gut. Er setzte sich auf die Couch und sprach über sein Lieblingsthema: Alfred Dutroux.

Die Rosskur, die Professor Hochsinger ihm verpasst habe, sei heilsam gewesen, Alfreds Stimme fühle sich zwar erschöpft, aber auch gekräftigt an.

»Genug von mir«, sagte er schließlich. »Wie geht es dir? Du musst dich in Paris einsam fühlen, nicht wahr? Immerhin habe ich täglich acht Stunden Proben.«

Sie durchschaute, dass er Details zum Vorfall mit Benoît hören wollte, doch sie hatte keine Lust, etwas preiszugeben. Es war *ihr* Seitensprung, es sollten ihre persönlichen Erinnerungen bleiben. Für eine Beichte sah sie keinen Grund und fragte, ob er etwas zu essen dahätte.

»Kandierte Birnen.« Er lief nach nebenan und kam mit einem Glas zurück, worin eine Birne in einer undefinierbaren Flüssigkeit schwamm. Mit den Fingern fischte er sie heraus.

»Jeder eine Hälfte.« Er nahm die Birne in den Mund und näherte sich damit ihren Lippen. Sie biss ab. Danach war das klebrige Zeug überall, sie brauchten Servietten. Alfred hielt den Zeitpunkt für gekommen, Rosalie ins Schlafzimmer zu ziehen.

»Bleiben wir lieber hier.« Sie versuchte erfolglos, den Zipper in ihrem Nacken zu öffnen.

»Ich helfe dir.«

»Nein, du hast mir schon mal einen Reißverschluss ruiniert.« Sie schaffte es allein.

»Oh, du hast einen neuen BH.«

»Kalt ist es hier.«

Er umarmte sie. »Gleich wird dir heiß.«

»Na, hoffentlich.«

Das kleine Wort brachte eine erstaunliche Wirkung hervor.

Mit verkniffenem Mund trat Alfred zurück. »Musstest du das sagen?« Hastig zog er sich aus.

Sie umarmte ihn von hinten. »Ich habe es nicht so gemeint.«

Eine Viertelstunde später fragte sie: »Was ist los?«

»Im Moment ist mir offenbar alles zu viel.« Er bedeckte seine Blöße mit ihrer Bluse. »Ich habe es kommen sehen.«

»Mach dir nichts daraus.«

»Natürlich mache ich mir etwas daraus!«, brauste er auf.

»Es ist nicht schlimm, Alfie.«

»Für dich natürlich nicht. Du wurdest ja von deinem Buchhändler bestiegen!«

Sie zog ihn in ihren Arm. »Du bist zu sehr mit deiner Rolle und deiner Stimme beschäftigt.«

»Ich finde es trotzdem schrecklich, dass ich die Frau, die ich liebe, nicht glücklich machen kann.«

»Jetzt wirst du melodramatisch.« Sie fuhr durch sein lockiges Haar. »Lass uns schlafen gehen.«

Wie ein begossener Pudel sah er sie an. »Schon?«

»Morgen hast du einen harten Tag mit Hochsinger.« Plötzlich musste sie lachen.

»Lachst du mich aus?« Er rückte von ihr ab.

»Ich habe daran gedacht, wie Hochsinger auf deinem Bauch gekniet hat, während du sagen musstest: *Sei doch mal still, da liegt eine Mamba!*«

»Huaaah – ah – huaaah – ah!« Er imitierte Hochsinger und gähnte hingebungsvoll. »Ob die Leute mir auch applaudieren würden, wenn ich während der Premiere gähne?« Sie kicherten, sie kuschelten.

Rosalie legte sich auf ihn. »Vielleicht hat es ja nicht geklappt, weil du heute zu viel gegähnt hast.«

»Siehst du, du machst dich doch lustig! Du denkst daran, dass ich gescheitert bin.«

»Ich denke absolut nicht daran.« In Wahrheit hatte Rosalie in diesem Moment an Benoît gedacht, und das erschreckte sie. Sie konnte sich nicht an vieles von letzter Nacht erinnern, aber wieso ging ihr gerade jetzt Benoît durch den Kopf?

»Liebst du mich?« Das hatte Alfred sie noch nie gefragt.

»Ich liege immerhin nackt auf dir. Verlangst du noch mehr Beweise?«

»Schon wieder machst du dich lustig.«

»Du bist heute aber empfindlich. Ich liebe dich, und das weißt du. Mein Herz gehört dir schon so lange, dass ich mich gar nicht mehr erinnern kann, wie das war, als mein Herz dir noch nicht gehörte.«

»O Chérie –«, flüsterte Alfred. »Chérie –«

Wenige Minuten später stolzierte er, ein weißes Laken übergeworfen, durch die Wohnung wie ein Volkstribun. »Warum können wir nicht immer so glücklich sein?«, rief er.

»Das könnten wir ja.«

»Ich weiß, ach, ich weiß es ja! Aber das Leben ist so ein … so ein Dickicht. Manchmal findet man einfach nicht heraus.«

»Und wenn du dich in dem Dickicht verirrst, hilft dir dann Dominique?« Rosalie wusste, damit würde sie die Stimmung ruinieren. Aber sie konnte nicht unausgesetzt Verständnis für ihn zeigen.

Der Volkstribun kam auf sie zu, das Laken rutschte ihm

von der Schulter. »Es ist gemein, das zu sagen, nachdem wir gerade … Ich erwähne deinen Buchhändler ja auch nicht.«

»Und hast es doch in diesem Augenblick getan.« Sie nahm seine Hand. »Sei friedlich, Alfie. Es war so schön.« Sie setzte sich auf und küsste ihn. Rosalie dachte an Benoît.

KAPITEL 23

MARTINE NAHM FÜR sich in Anspruch, umso ruhiger zu werden, je heftiger das Chaos um sie tobte. Sie würde keine einzige Fachkraft des Irak-Projekts entlassen. Ein Drittel der Leute wollte sie nach Nordafrika versetzen, dem Rest wurde Kurzarbeit angeboten. Martine hatte mit *H2O International*, *WaterHealth* und zwanzig weiteren Institutionen für Environmental Technology Kontakt aufgenommen und die für den Irak bestimmten Wasseraufbereitungsanlagen für eine Leasingkooperation bereitgestellt. Sie rechnete in den nächsten Tagen mit Angeboten.

Heute Abend wollte Martine kochen. Das war zu viel gesagt. Sie bereitete einen *Caesar Salad* vor. Die fertigen Croûtons waren ihr ausgegangen, daher röstete sie Toast-Scheiben in der Pfanne und schnitt sie klein.

Sie vermisste ihre Söhne. Trotz der Aufregung in der Firma vergingen die Tage, die sie und Clément im Haus zu zweit waren, wie in Zeitlupe. Sie war drauf und dran, im Feriencamp anzurufen und zu bitten, dass man die Jungs früher nach Hause schicken solle. Sie besann sich: Nur weil sie aus ihrer Mitte geworfen worden war, sollten die Kinder darunter leiden? Das kam nicht infrage.

Sie durchmischte den Salat und rief Clément zum Essen. Er trug sein James-Bond-Hemd, in dem man die trainierten Brustmuskeln sah. Er entfaltete die Serviette.

»Da ist Hühnerfleisch drin.« Er betrachtete den Salat so ängstlich, als argwöhnte er Tollkirschen.

Martine fand es löblich, dass Clément sich zurzeit vegetarisch ernährte; sie hatte es nur vergessen. »Es ist alles bio. Das waren glückliche Hühner«, versuchte sie ihn umzustimmen.

»Aber sie wurden getötet. Ich esse nichts, was getötet wurde.«

»Natürlich.« Sie nahm Platz. »Dann lass das Huhn eben stehen oder gib es mir.«

»Wie konntest du das vergessen?« Er ließ nicht locker. »Es ist für uns alle besser, wenn wir die Natur nicht unnötig …«

»Du hast ja recht, Clément.«

»Wenn wir, die wir es uns leisten können, schon nichts für den Planeten tun, was machen dann die Millionen anderen?«

»Ich habe dich verstanden, Clément.«

»Neulich habe ich einen Bericht über das Schreddern von Küken gesehen, bei dem …«

»Ach, leck mich doch am Arsch.« Sie nahm ihren Teller, stand auf, knallte die Tür zu und verschwand ins Billardzimmer.

Schon im Korridor tat es ihr leid. Sie wollte sich entschuldigen, drehte um, machte aber auf halbem Weg wieder halt. Was sie jetzt auf keinen Fall haben konnte, war Cléments Analyse des Artensterbens, des Klimawandels und des Werteverfalls des Planeten. Clément, dessen Firma an der Umweltsünde der Bodenversiegelung Mitschuld trug, spielte sich zu Hause gern als Umweltapostel auf. Das ertrug Martine gerade nicht. Dann lieber ein einsamer Salat im Billardzimmer. Sie machte das Licht am Flügel an und aß, den Teller auf dem Schoß.

Seit Tagen hatte sie ihrem Lied keine Aufmerksamkeit mehr geschenkt. Diese Zeilen lagen die ganze Zeit offen sichtbar auf dem Flügel. Wie unvorsichtig, das Blatt nicht einmal umzudrehen. Die Gabel in der Hand, begann Martine zu lesen.

Wo fängt er an
der nicht auf dich gewartet
der dich nicht braucht
und dich doch überfallen hat
wie Diebe in der dunklen Gasse?
Du suchst nach Freundlichkeit
an seinen Grenzen
Das herbe Land
fängt schon bei seiner Schroffheit an

War das Kitsch? Natürlich war es Kitsch. Zugleich stellte es das Beste dar, was Martine zusammenbrachte. Es sollte ja nicht Molière sein oder Gainsbourg. Ein kleiner Text zu einem kleinen Lied, das zu einem großen Gefühl passte.

»*Das herbe Land …*«, las sie laut. Ja, das stimmte. Der, für den sie es geschrieben hatte, zeichnete sich durch seine herbe Art aus. Man wünschte sich ein freundliches Wort von ihm. Martine wünschte sich das. Die Gabel im Mund, hielt sie den

Teller mit der linken Hand auf dem Schoß, die rechte spielte die Melodie mit einem Finger. Martine begann zu summen.

Die Gabel landete im Teller, der Teller auf dem Beistelltisch. Sie spielte mit beiden Händen und sang dazu. »*Du suchst nach Freundlichkeit …*«

Sie sang das Lied von Anfang bis zu Ende, fand es überraschend gut und wusste zugleich, sie fand es deshalb gut, weil dieses Lied ihr die Möglichkeit gab, an Danny zu denken. Sie hatte ein Lied für jemanden geschrieben, den sie beruflich nicht mehr brauchte. Für ihre Begegnungen hatte es keinen anderen Grund als den Englischunterricht gegeben, der fiel von nun an weg. Das galt auch für ihre Begegnungen. Der Sinn des Liedes war also verloren gegangen. Und doch existierte es. Ein starkes Gefühl hatte dieses Lied zum Leben erweckt. Auch wenn der, dem es gewidmet war, aus Martines Leben zu verschwinden drohte, das Lied blieb. Sie wollte es bewahren. Martine nahm ihr Handy, schaltete auf Selfie-Modus, fixierte es auf dem Notenpult und platzierte die Kamera so, dass nur ihre spielenden Hände im Bild waren, nicht das Gesicht der Interpretin. Plötzliche Angst vor ihrer Unvernunft durchschauerte sie, die Angst, sich lächerlich zu machen. Denn in Wahrheit wollte ein kleiner Kobold in ihrem Hinterkopf, dass auch Danny das Lied hören sollte.

Martine atmete tief durch, verwarf die Zweifel und drückte auf *Record*. Das Smartphone nahm auf, was sie sang und spielte. Zart und präzise klang ihre Stimme, nicht zu gefühlvoll. Der Text drückte genügend Gefühl aus.

»*Deute das Klopfen deines Herzens nicht als sein Verdienst. Verwehre falscher Hoffnung Zutritt …*«, sang Martine.

»Was machst du denn da?«

Ihre Finger zuckten hoch, das Handy kippte vom Pult und fiel zu Boden.

»Clément …«

»Was machst du?«, fragte er ohne jeden Vorwurf.

Martine kam sich trotzdem ertappt vor. »Bist du mit dem Essen schon fertig?«

»Mir ist der Appetit vergangen.« Er kam näher. »Ich möchte mich entschuldigen.«

Er wollte das Handy aufheben, sie kam ihm zuvor. Die Aufnahme lief noch.

Das Blatt mit Martines Lied lag direkt vor Clément.

»Es ist doch zu blöd, dass wir uns wegen so einer Kleinigkeit streiten. Du hast gerade viel um die Ohren und bestimmt andere Sorgen als das Hühnerfleisch im Salat. Entschuldige bitte.«

Wie das Kaninchen vor der Boa constrictor, unfähig, sich zu rühren, saß Martine da. Es war ihr unmöglich, das verräterische Lied aus seinem Blickfeld zu entfernen.

»Nein. Es war dumm von mir«, entgegnete sie. »Ich hätte daran denken müssen.«

Sein Kopf schob sich langsam nach vorn, immer weiter, bis er auch ohne Brille lesen konnte, was da stand. »Ach, du schreibst wieder? Hast du etwas gedichtet?« Er las: »*Das herbe Land …*«

Ein Gedicht war ein Gedicht. Es bildete die Wirklichkeit nicht ab. Poesie durfte ausdrücken, was sie wollte, ohne sich verdächtig zu machen.

Martine hätte nun sagen können: »Das ist mir neulich eingefallen. Ein kleiner Song, nichts weiter.« Danach hätte sie das Blatt beiseitegelegt.

Martine ließ das Blatt liegen, wo es war.

»Clément, ich habe mich verliebt, schrecklich verliebt sogar. Ich habe es nicht mit Absicht getan, es ist einfach passiert. Ich kann dir leider nicht sagen, dass es mir leidtut, denn das stimmt nicht. Ich habe keine Ahnung, wie die Sache weitergeht, aber ich glaube, ich verlasse dich.«

Immer noch stand er über das Blatt gebeugt da. »*Wo fängt er an? Beim Lächeln seiner ernsten Augen*«, las Clément.

●

Martine schlug mit beiden Händen auf das Lenkrad, verriss den Wagen, erschrak, weil Leben und Tod in solchen Momenten dicht beieinander lagen. Sie fand in die Spur zurück. Es regnete. Die Frau, die gerade ihren Gatten verlassen hatte, fuhr durch die nächtliche Stadt, über eine Autobahn im Norden. *Ziellos* wäre das treffende Wort dafür gewesen. Sie las ausgeschilderte Städtenamen: Rouen, sogar Le Havre war schon angeschrieben. Fuhr die Frau, die ihren Gatten verließ, etwa ans Meer? Wenn sie auf dieser Strecke blieb, würde sie in zwei Stunden den Atlantik erreichen. Wenn sie dagegen abzweigte, kam sie nach Lille und Brüssel. Aber Martine wollte weder an den Ozean noch nach Belgien. Etwas trinken wollte sie. Auf der Autobahn Alkohol zu trinken empfahl sich nicht. Sie nahm die nächste Ausfahrt und drehte um.

Was machte Clément wohl in diesem Augenblick? Er hatte seine Fassung bewahrt, das rechnete sie ihm hoch an, doch es war auch Ausdruck für den Grund, warum sie ihn verließ: Nie ließ dieser Mann seinen Gefühlen freien Lauf.

Martine betrachtete ihr rechtes Auge im Rückspiegel. »Du willst ihn wirklich verlassen?«

»Ich weiß nicht«, antwortete sie sich selbst. »Ich nehme an, ich bleibe die Nacht über weg und kehre am Morgen ernüchtert in unser Haus zurück. Ich entschuldige mich. Clément wird mich in seinem unerschütterlichen Gutmenschentum verstehen. Er wird vernünftige Dinge sagen wie zum Beispiel: *Wir sollten an unserer Beziehung arbeiten. Was hältst du von einer Paartherapie?*«

Martine konnte ihr Auge im Rückspiegel nicht länger ansehen, sie musste sich auf die Straße konzentrieren. Dort kam eine Abfahrt. Ohne auf die Beschilderung zu achten, wechselte sie die Autobahn. Nun wusste sie wieder, wo sie war. Wenn sie bei Argenteuil abfuhr, war es nicht weit bis nach Hause.

Martine fuhr nicht bei Argenteuil ab. Sie wollte nicht nach Hause. Sie näherte sich Paris über Saint-Denis. Sie fuhr, bis sie die Ringautobahn erreichte. Tief im Innern wusste sie, wohin sie steuerte. Das Auge im Rückspiegel wusste es ebenfalls. Nur Martine gestand es sich noch nicht ein.

»Lass mich in Ruhe«, sagte sie zu ihrem Auge. »Ich fahre *ziellos* durch die Nacht, das ist alles.«

Das Auge glaubte ihr nicht.

»Ich denke nicht daran, schlafende Menschen um diese Zeit aus dem Bett zu klingeln«, herrschte Martine das Auge an.

»Manche Menschen brauchen nicht mehr so viel Schlaf«, antwortete das Auge.

»Du meinst alte Menschen.«

»Ich bin ein Auge im Rückspiegel. Ich habe keine Meinung.«

Martine drehte den Spiegel so, dass sie ihr Auge nicht mehr sehen musste. Sie fuhr ins 18. Arrondissement.

Nach Montmartre. Nun gab es keinen Zweifel mehr, welches Ziel sie hatte. Sie kurvte den Berg hoch, durch die engen Gassen, viele davon waren Einbahnstraßen, andere Fußgängerzonen. Sie steuerte hierhin und dahin, bis sie in einer Sackgasse landete, die zu eng zum Wenden war. Im Rückwärtsgang setzte Martine die Irrfahrt fort.

Es verhielt sich wie mit dem Schloss im Märchen: Ein Mensch, der unwürdig war, irrte durch die Welt, doch das Märchenschloss blieb ihm verwehrt. Während sie mit angespanntem Nacken rückwärtsfuhr und der Motor bei der hohen Drehzahl röhrte, fiel Martine Richard Wagner ein.

»Du bist ja völlig runter mit den Nerven«, keuchte sie in der verkrampften Position. *Parsifal*, ging es ihr durch den Kopf. So dumm war der Gedanke mit Wagner nicht: Parsifal irrte lebenslang umher, um den Gral zu finden. Am Ende erreichte er das Schloss und fand dort einen kranken König. *»Erquicke mich, ich bin sehr durstig«*, sagte der König. Parsifal nahm einen Kelch, der neben dem Bett stand, und gab dem König zu trinken. Und da hielt er den Gral in der Hand, den er ein Leben lang gesucht hatte.

»Erquicke mich, ich bin sehr durstig«, flüsterte Martine, nahm die nächste Kurve zu knapp und knallte mit Wucht gegen die Ecke eines Hauses. Die Dachrinne ging zu Bruch und fiel in voller Länge auf das Autodach.

Martine ließ die Hände ein paar Sekunde auf dem Lenkrad ruhen, stellte den Motor ab und stieg aus. Sie begutachtete den Schaden. Die verdammte Hausecke hatte ihr Heck zermalmt. Sie hob den Kopf. Im ersten Stock ging ein Licht an.

Martine trat mehrere Schritte zurück, bis es an der Böschung nicht weiterging. Hinter ihr in der Tiefe lag das erleuchtete Paris. Vor ihr stand das Märchenschloss, die Gralsburg. Dort ging ein Fenster auf. Vor dem hellen Hintergrund sah sie eine Frau mit langem grauem Haar.

»Erquicke mich, denn ich bin durstig!«, rief Martine zum Fenster hoch.

»Sie haben wohl einen übern Durst getrunken!«, antwortete Marie-Louise.

»Ich bin es, Martine Cortillon!«

»Das ist noch lange kein Grund, mein Haus zu rammen. Ist Ihr unsympathischer Mann etwa auch bei Ihnen?«

»Nein, Madame, ich bin allein.«

KAPITEL 24

»UND WIE IST das, haben Sie Ihr Lied nun eigentlich aufgenommen?« Marie-Louise bediente sich beim Portwein.

»Ich war dabei, doch dann kam mein Mann herein.« Martine sah zu, wie der Kristallpfropfen die Karaffe wieder verschloss.

»Es geht nur um dieses Lied.« Die alte Frau trank. »Das ist der Schlüssel zum Ganzen.«

Martines Glas war leer, doch sie wollte sich nicht unaufgefordert nachgießen. »Welcher Schlüssel?«

»Dieses Lied ist Ihre Hymne. Nein, das meine ich nicht. In Angelegenheiten wie diesen ist es schwierig, den richtigen Ausdruck zu finden.« Marie-Louise stellte das Glas ab. »Das Lied ist Ihre Fahne. Ja, das ist es!« Sie haben dieses Lied geschrieben, weil Sie Ihrer Fahne folgen müssen.«

»Ich bin nicht sicher, ob ich Sie verstehe.«

Marie-Louise überlegte. »In Großbritannien zum Beispiel dürfen Sie jeden Politiker, sogar den Premierminister beschimpfen, aber nicht die Queen oder den König. Warum? Weil der König die Verkörperung der britischen Fahne ist.

Und die Fahne ist heilig. Wenn in Amerika eine US-Fahne zu Boden fällt, muss sie verbrannt werden.« Sie schmunzelte. »Sollte der britische König einmal hinfallen, hoffe ich allerdings nicht, dass mit ihm das Gleiche geschehen müsste.« Marie-Louise öffnete die Hände. »Sie haben Danny zu Ihrer Fahne erkoren. Und mit dem Lied haben Sie eine Hymne für die Fahne komponiert.«

»Ist die Analogie nicht ein wenig weit hergeholt?«

»Ich finde nicht. Wäre Danny nur ein Objekt der Begierde für Sie gewesen, dann hätten Sie mit ihm geschlafen und die Angelegenheit vergessen. Stattdessen haben Sie die Fahne aufgerichtet, der Sie nun folgen müssen.«

»Muss ich das?«

»Was hätte es sonst für einen Sinn gehabt, das ganze Chaos anzurichten?«

»Darf ich Sie noch um ein Glas Ihres ausgezeichneten Portweins bitten?«

Marie-Louise wies auf die Karaffe. »Bedienen Sie sich bitte selbst.«

»Meinen Sie, ich werde Clément tatsächlich verlassen?«

»In diesem Punkt kann ich Ihnen keine objektive Antwort geben. Ich halte Ihren Mann für einen ausgesprochen unangenehmen Menschen.«

Martine trank das Glas in einem Zug leer. »Aber das Ganze könnte ein riesiger Irrtum sein, denn ich kenne eine entscheidende Konstante in der Gleichung nicht.«

»Danny«, nickte Marie-Louise.

»Danny! Ich habe ein schwärmerisches Lied geschrieben und keine Ahnung, wie er darauf reagieren wird.«

»Darum geht es nicht.«

»Worum geht es, Madame?«

»Das Universum ist ein ziemlich kalter Ort. So etwas wie *Glück* ist im Schöpfungsplan nicht vorgesehen. Nur weil Sie ein Lied schreiben und Ihren Mann verlassen, bedeutet das nicht, dass Sie mit Danny glücklich werden. Es ist sogar ziemlich unwahrscheinlich. Wichtig ist die Unausweichlichkeit, mit der Sie es getan haben.«

»Meinen Sie, ich *wollte*, dass Clément das Lied findet?«

»Was sagt Ihnen Ihr Instinkt?«

Martine hielt es nicht länger auf dem Stuhl aus und begann in der Bibliothek umherzugehen. »Ich muss Ihnen etwas über mich verraten. Von klein auf habe ich immer alles durchgesetzt, was ich wollte. Mein Vater sagte: *Du machst dir die Welt, wie sie dir gefällt.* Ob im Beruf oder in meinen Beziehungen: Ich stelle mir vor, wie das Ergebnis auszusehen hat, und meistens stimmt das am Ende auch. Aber das bedeutet nicht, dass es diesmal wieder so sein wird.«

»Was geschieht, wenn Danny Ihr Lied albern findet? Wenn ihm das Ganze schrecklich peinlich ist?«

»Das habe ich mir schon hundertmal überlegt.«

»Und trotzdem wollten Sie das Lied aufnehmen.«

»Ja.«

»Und Sie hätten es auch abgeschickt?«

»Ja.«

»Wollen Sie es immer noch abschicken?«

»Ja!«

»Voilà – Sie folgen Ihrer Fahne.« Die alte Frau stand auf. »Dann wollen wir es endlich hinter uns bringen.«

»Was?«

»Nebenan steht ein Flügel. Er stammt noch aus dem Krieg.

Die Nazis haben wunderbare Klaviere gebaut, die verdammten Schweine.« Sie ging voraus.

Martine stolperte hinterher. »Ich soll …?«

»Ja, Madame, nehmen Sie Ihr Lied auf und schicken Sie es Danny. Damit ich endlich wieder ins Bett komme.«

»Ich soll um diese Zeit Klavier spielen?«

»Wenn ich bitten darf. Draußen wird es nämlich schon hell.« Nicht ohne Mühe öffnete sie den Deckel des Konzertflügels. »Können Sie den Text auswendig?«

»Ich glaube schon.«

»Dann mal los.«

Martine setzte sich. Umständlich machte sie ihr Handy bereit.

»Geben Sie her. Legen Sie meinen Finger dorthin, wo ich draufdrücken muss.«

»Hier.«

Marie-Louise richtete die Kamera auf die Tastatur. »Jederzeit, Madame.«

●

»Du schnarchst.« Francine stieß Bobby an.

»Tschuldige.« Knurrend drehte er sich auf die andere Seite.

Nach einer Weile fragte sie: »Schläfst du?«

»Ich versuche es. Was ist denn?«

»Nein, schlaf nur.«

»Ich kann nicht schlafen, wenn du mir dabei zuhörst.«

»Ich bin schon still.«

Die Nachttischlampe ging an. »Was gibt's?«

Wie ein kleines Tier, das in eine Höhle floh, kuschelte sie sich in seine Achsel. »Ich habe mit Judith gesprochen. Über das Café, du weißt. Seltsamerweise lässt sie über den Preis nicht mit sich handeln. Bisher sagte sie immer: Wir werden uns schon einigen. Ich fürchte, sie hat einen anderen Interessenten gefunden.«

»Was wirst du jetzt tun?«

»Das wollte ich dich fragen.«

»Ich habe es schon gesagt: Wenn du willst, steige ich als Teilhaber ein.«

»Aber möglicherweise … müsste das jetzt schnell gehen.«

»Schnell? – Ich verstehe.«

Sie wartete, ob er weitersprechen würde. »Bist du denn überhaupt daran interessiert, dass es schnell geht … mit dem Geschäft, meine ich?«

Die Stille dauerte quälend lange.

»Bobby?«

»Ich war heute im Ministerium.«

»Und?«

»Ich werde bald versetzt.«

Obwohl es noch keinen Grund dafür gab, fiel ihr das Herz in die Hose. »Wohin denn?«

»Tja –«

»Wohin?« Sie setzte sich auf. »Wohin – wohin?«

Er wischte sich den Schlaf aus den Augen. »Du hast wahrscheinlich gelesen, dass Frankreich U-Boote verkauft hat, sehr zum Ärger der USA, die den Deal auch machen wollten.«

»Ich gucke nicht so oft Nachrichten. – Was hat das mit deiner Versetzung zu tun?«

»Wir haben die U-Boote an Australien verkauft.«

Francine strich die Haarsträhne aus ihrem Gesicht. »Du

wirst … nach Australien geschickt? Deine Abteilung ist dem Innenminister unterstellt, nicht dem Verteidigungs…«

»Das ist alles ziemlich komplex. Vor allem ist es geheim. Ich habe dir schon mehr verraten …«

»Komm mir jetzt nicht so.«

»Was meinst du damit?«

»Ich meine …« Sie stand auf und sah ihn an. »Ich meine: Wenn du jetzt Schluss machen willst, dann sag es. Aber erzähl mir keinen Scheiß von U-Booten und Australien.«

»Wer spricht von *Schlussmachen*?«

»Na, du doch.« Hilflos stand Francine zwischen Bett und Schrank. »Wenn ich nicht von Judith angefangen hätte, was wäre dann gewesen? Hättest du es mir gesagt oder mir irgendwann eine Ansichtskarte aus Australien geschickt?«

»Es ist noch gar nicht endgültig.« Er griff nach seinem T-Shirt. »Ich sage nur, es wäre möglich.«

»Blödsinn!« Mit dem nackten Fuß stampfte sie auf. »Wenn du mir wehtun willst, tu mir jetzt weh. Ich scheiße auf so ein Leiden auf Raten, an dem ich monatelang knabbere, weil ich immer noch auf irgendetwas hoffe, während du längst eine Australierin vögelst!«

Schweigend zog Bobby sich an.

»Was hast du denn die ganze Zeit bei mir gewollt?«, rief sie. »Was sollte das Gerede von Liebe und dass du stiller Teilhaber sein willst?«

»Ich sage nicht, dass die Idee gestorben ist.« Er zog die Schuhe ohne Socken an. »Aber ich arbeite nun mal für den Geheimdienst.«

»Machst du dich jetzt wichtig oder was? Die letzten Wochen hast du bloß im Café rumgehangen und Langeweile geschoben. Aber als Madame Cortillon wirklich überfallen wurde, hast du versagt. So war das, Monsieur 007!«

»Wenn du so über mich denkst, ist es vielleicht wirklich besser, ich gehe.« Er schloss seine Gürtelschnalle. Ein unsicherer Blick. »Ich dachte, wir beide hätten … Wir wären irgendwie richtig füreinander.«

»Ach, dachtest du, ja? Was hatte ich denn während der ganzen Zeit von dir?« Sie sprang auf ihn zu. »Was hatte ich, was ich nicht von jedem Typen hätte kriegen können, in jeder Nacht der Woche?«

Francine hasste es, dass sie weinte. Sie hasste, dass Bobby sie in den Arm nahm, weil sie weinte. Sie hasste die ganze verdammte Situation und wehrte sich und wand sich aus seinem Arm heraus.

»Hör auf! Hör auf, jetzt lieb zu mir zu sein. Komm mir nicht auf die nette Tour!« Sie riss sich zusammen. »Auch wenn man mir's nicht ansieht: Ich bin keine moderne Frau. Falls jetzt Schluss zwischen uns sein soll, dann soll es ein richtiger Schluss sein.«

»Francine, ich weiß gar nicht …« Fix und fertig angezogen stand er vor der nackten Frau.

»Fahr nach Australien. Viel Glück.«

KAPITEL 25

»WO IST LAURA?«

»Sie ist gestorben, Papa. Vor dreißig Jahren.«

»Laura war heute Morgen hier.«

»Nein, Papa.«

Die Pflegeeinrichtung legte Wert darauf, dass sich die Heiminsassen, sofern sie nicht krank waren, tagsüber ordentlich anzogen. Benoîts Vater saß in seiner Anzughose mit dem karierten Hemd auf dem gemachten Bett. Nur die quietschblauen Pantoffeln passten nicht ins Bild.

»Wie hast du geschlafen?« Benoît setzte sich.

»Ziemlich gut, bis Laura mich geweckt hat.«

»Laura ist …« Benoît unterbrach sich. Wenn Papa an seine Jugendliebe denken wollte, war das so gut wie jeder andere Gedanke. Laura war die erste Frau, mit der er geschlafen hatte. Papa war fünfzehn gewesen, Laura neunzehn. Sie hatten sich danach noch öfter getroffen, bis Laura eines Nachts unabsichtlich das Rücklicht an Papas Moped abgebrochen hatte. Sie saß auf dem Sozius, er fuhr dynamisch los, sie rutschte nach hinten und brach das Rücklicht ab. Das nahm er ihr übel. Danach sahen sie einander seltener. Papa hatte die Geschichte oft erzählt.

Laura war ein tragisches Schicksal beschert gewesen. Sie arbeitete in einer Bank, nicht am Schalter, sondern in den kleinen Kabinen, wo man sich über Anlageformen beraten lassen konnte. Die Bank wurde überfallen. Der Täter geriet mit einem Sicherheitsbeamten in Streit. Der Securitymann zog die Waffe. Zwei Schüsse fielen. Der Täter floh unverletzt. Eine Kugel hatte die Leichtbauwand einer Kabine durchschlagen. Laura war am Hals getroffen worden. Ihre Lunge füllte sich mit Blut. Sie starb, bevor sie das Krankenhaus erreichte. Der Täter wurde nie gefasst.

»Hat Laura heute bei dir übernachtet?« Benoît dachte, wenn sein Vater schon über Laura reden wollte, sollte man die Geschichte ein bisschen pikanter machen.

»Das dürfen wir hier nicht. Die Pfleger überprüfen bei ihrem letzten Rundgang, ob wir Damenbesuch haben.«

»Warum hast du Laura nicht im Schrank versteckt?«

Die Augen des Vaters belebten sich »Daran habe ich nicht gedacht.«

»So könntet ihr es ja machen, wenn Laura dich das nächste Mal besucht.«

»Das machen wir.« Plötzlich bekam Papa das Gesicht, das Benoît allzu gut kannte, wenn er sich in *seiner Welt* verlor. »Ja, das mache ich«, murmelte er.

Die Pflegerin kam herein. »Ach, hallo.«

»Guten Tag.«

Sie cremte Papas Hände ein. »Heute regnet es zur Abwechslung mal nicht«, sagte sie zu ihm. »Wir könnten in den Park gehen.«

Der Vater schien gar nicht mehr anwesend zu sein.

»Heute Nacht hat Papa Besuch von seiner Geliebten bekommen«, sagte Benoît.

»Beneidenswert.« Sie nahm die andere Hand. »Ich wollte, das würde mir mal passieren, dass ein hübscher Bursche mich besucht.«

»Laura hat das Rücklicht von meinem Moped abgebrochen«, erklärte Papa der Pflegerin.

Sie sah Benoît fragend an.

»Die Sache mit dem Rücklicht hat er ihr nie verziehen.«

»Und wo ist diese Laura jetzt?«

»Sie ist gestern …«

»Sie vermisst mich«, antwortete Papa an Benoîts Stelle. »Sie will nun öfter kommen. Ich werde sie im Schrank verstecken, damit Sie sie nicht finden, Madame.«

»Mademoiselle«, korrigierte sie ihn.

»Sie sind nicht verheiratet?« Das ging Benoît nun wirklich nichts an. Er wechselte rasch das Thema. »Tun Ihnen die Patienten hier nie leid?«

»Sie sind keine Patienten, sondern einfach alt.« Sie nahm eine Bürste aus Papas Schublade und kämmte sein Haar. »Wir machen es uns leicht, wenn wir glauben, dass sich dadrinnen nichts mehr abspielt. Es spielt sich noch eine Menge ab.« Sie sah Benoît an. »Sie tun mir vor allem dann leid, wenn sie weinen müssen. – Wollen Sie einen Kaffee?«, fragte sie Papa.

»Lieber ein Bier.«

»Ich sehe mal nach, was wir ihm Kühlschrank haben.« Die Pflegerin ging hinaus.

»Du hast sonst nie Bier getrunken, Papa, immer Rotwein.«

»Doch. Mit Laura habe ich Bier getrunken.«

Benoît fasste sich ein Herz. »Heute bin ich hier, weil ich deine Erlaubnis brauche, Papa.«

»Bier und manchmal einen Klaren«, präzisierte der Vater. »Sie konnte ganz schön was schlucken, die Laura. Blaue Augen, schwarzes Haar.«

»Hör zu, Papa. Unser Laden macht Mise, und zwar nicht erst seit Kurzem, sondern schon seit Jahren. Ich habe keine Rücklagen mehr. Ich kann auch keine neuen Bücher kaufen, und die alten zerfallen mir zwischen den Händen. Nun will die Stadtverwaltung auch noch die Standmiete erhöhen. Es ist vorbei, Papa. Es geht einfach nicht länger.«

»Sie hatte einen tollen Busen. Vielleicht den schönsten Busen, der je vor mir entblättert wurde.«

»Ich möchte den Stand nicht ohne deine Zustimmung aufgeben«, fuhr Benoît fort. »Darum bitte ich dich, sag jetzt einfach ja oder nein.«

»Hast du zur Zeit eine Freundin?«, fragte der Vater.

»Konzentrier dich, Papa. Sag nur: *ja* oder *nein*.«

Benoît musste über sich selbst lächeln: Eine dümmere Forderung, als *sich zu konzentrieren*, konnte man einem Demenzkranken nicht stellen. »Ich habe mich verliebt, Papa«, antwortete er. »Sie heißt Rosalie und kommt aus Wien.«

»Ich kenne niemanden in Wien.« Der Vater strich über die Bettdecke.

»Eine ungewöhnliche Frau. Die Situation ist ziemlich hart für mich, denn Rosalie ist vergeben.«

»Du wirst sie erobern«, sagte der Vater.

Benoît horchte auf. »Wie meinst du das?«

»Wenn sie dir nur die geringste Chance gibt, wirst du sie erobern, was auch kommen mag.«

Benoît betrachtete den alten Mann, den er mehr liebte als ihm manchmal bewusst war. Er umarmte ihn. »Das hast du wunderbar gesagt, Papa.«

Die Pflegerin kam mit einer Tasse Kaffee zurück. Benoît setzte sich wieder auf den Besucherstuhl.

»Ah, Kaffee«, sagte Papa sonnig. »Das ist jetzt genau das Richtige.«

»Macht Sie das nicht traurig, dass mein Vater sich nicht einmal daran erinnern kann, dass er vor zwei Minuten ein Bier wollte?«, fragte Benoît.

»Was soll daran traurig sein? Sie haben uns geholfen, als wir uns selbst noch nicht helfen konnten. Jetzt sind sie hilflos, also helfen wir ihnen. Das ist nicht traurig, sondern normal.«

Benoît stand auf. »Ich muss dann wieder.« Er ging zur Tür. »Au revoir, Papa.«

»Ja«, sagte sein Vater ernst und fest.

Benoît drehte sich um. »Was hast du gesagt?«

»Das wolltest du doch hören. Meine Antwort lautet: ja.« Die Augen des Vaters waren vollkommen klar.

KAPITEL 26

DANNY KAM INS Lokal gestürzt und lief schnurstracks an den Tresen. »Wo brennt es denn?«

»Nicht jetzt«, erwiderte Francine.

»Ich bin so schnell gekommen, wie es ging.«

Die Bude war voll. Sie deutete auf die vielen Gäste. »Könntest du ein bisschen bleiben, bis der Ansturm vorüber ist?«

»Ich bin eigentlich verabredet.«

»Ach so.« Francine war die Enttäuschung anzusehen.

»Ich könnte ihr sagen, sie soll vorbeikommen.«

»Machst du das?«

Er zog ein Smartphone hervor, das bessere Tage gesehen hatte, und versuchte es einzuschalten. Es blieb dunkel. »Scheißakku.« Er packte das Ladekabel aus. »Wo habt ihr hier …?«

Sie zeigte auf eine Steckdose in Bodennähe. Danny ging in die Hocke.

Francine stand über ihm. »Willst du dir nicht mal ein neues Handy zulegen?«

Das Display wurde hell. »Wozu? Es funktioniert ja.« Er tippte eine Nummer.

Der Andrang im Café wurde nicht geringer, sondern schlimmer. Francine flitzte umher, servierte, nahm Bestellungen auf, zapfte Bier.

Gegen halb sieben ging die Tür auf, und eine Person kam herein, die selbst in dem vollen Raum Aufmerksamkeit erregte. Sie war zierlich, sie hatte pechschwarzes, hüftlanges Haar, ihre Bewegungen muteten wie eine Performance an. Sie entdeckte Danny, der sich an einem der Tische dazugequetscht hatte. Er kämpfte sich bis zu ihr durch und küsste sie. Sie stellten sich an den Tresen.

»Einen Cosmopolitan«, bestellte die zierliche Person.

»Wir sind keine Bar«, gab Francine zurück. »Ich habe nicht die Zeit, Drinks zu mixen.«

»Dann möchte ich lieber gar nichts.«

»Vielleicht, wenn ich später Zeit habe …« Mit einer Hand stellte Francine ein frisches Glas unter den Zapfhahn, mit der anderen stülpte sie ein schmutziges über die Schrubbbürste. »Und du?«, fragte sie Danny.

Er hob seine Orangina-Flasche. »Ich habe noch. Das ist Roxane. Roxane – Francine.«

»Hallo, Francine.«

»Ich bin gleich wieder bei euch.«

Eine größere Runde wollte zahlen, sie sauste mit ihrem ec-Gerät los. Während die Gäste diskutierten, wer welchen Anteil übernehmen würde, warf Francine eine Blick zurück. Die Person, die lieber gar nichts trank, wenn sie keinen Cosmopolitan bekam, hätte Tänzerin sein können. Danny hatte schließlich mit dem Ballett zu tun. Sie war grazil, nein, das traf es nicht, sie war – Francine fiel nichts Besseres ein als *elfengleich*. Wenn es Elfen geben sollte, mussten sie so beschaffen sein wie Roxane. Sie war selbstbewusst, zugleich scheu, zugleich kokett. Sie gab Rätsel auf.

»Schlafen Sie?«, fragte ein Gast, der Francine seine Kreditkarte hinhielt.

»Pardon.« Sie tippte den Code ein. »Kann losgehen.«

Er nannte das Trinkgeld, das sie draufschlagen sollte. Das lärmende Stühlerücken, als die Runde aufbrach. Mit einem Mal wirkte das Petit Paris fast leer.

Francine kehrte hinter den Tresen zurück und suchte etwas in den Unterschränken. Mit einer Flasche Cranberrysirup kam sie wieder hoch. »Wenn du noch deinen Cosmopolitan willst, ich bin bereit.«

»Wunderbar«, antwortete Roxane eher nebenbei.

Während Francine Limetten auspresste, Wodka, Cointreau und Cranberrysaft in den Portionierer kippte, beobachtete sie die beiden. Im Gespräch mit Danny ergriff Roxane mehrmals seine Hand.

Die Liebe geht, die Liebe kommt, dachte Francine. Ich und Bobby, das gehört wohl der Vergangenheit an. Vor mir steht die Zukunft: Danny und seine Flamme. Madame Cortillon hatte sich seit Tagen nicht mehr blicken lassen. Wie es aussah, war auch das Vergangenheit. Überall ging das Leben weiter, mit anderen Worten: Irgendetwas endete wieder einmal. Francine kippte Alkohol und Limettensaft auf Crushed Ice und bedauerte, dass alles im Leben nur *vorläufig* war. Sie rührte um und servierte das Ergebnis in einem hohen Glas.

»Danke.« Roxane kostete. »Hm, er hat das richtige *mindset*.«

»Das was?«, fragte Francine.

»*The woman – the outfit – the drink*«, philosophierte Roxane. Weder Danny noch Francine verstanden, was sie meinte.

»Du wolltest mit mir reden«, sagte er. »Was kann ich für dich tun?«

»Ach nein, ihr beide unterhaltet euch gerade.«

»Das macht nichts.«

Roxane kapierte schneller als Danny, dass Francine ihn unter vier Augen sprechen wollte. »Wo sind bei euch …?« Sie entdeckte die Toilettentür. »Ah, ich sehe schon.« Sie küsste ihn auf die Wange.

»Hübsch«, sagte Francine.

»Roxane ist … Wir haben uns an der Oper kennengelernt. Ich weiß eigentlich gar nicht …« Er starrte vor sich hin. »Paris ist schrecklich. In eurer Stadt ist es so verdammt leicht, *nicht zu wissen, was man mit seinem Leben anfangen soll*. Als hätte ich nicht schon genug Probleme, treffe ich auf jemanden, der genauso im luftleeren Raum strampelt wie ich.« Er trank seine Orangina aus. »Schluss damit. Was ist los?«

Obwohl der Tresen nicht feucht war, wischte Francine mit dem Tuch darüber. »Wenn nicht schnell etwas geschieht, geht mir das Petit Paris durch die Lappen.«

»Aber wieso? Judith hat mir erzählt, ihr seid euch über den Preis einig. Und Bobby hat dir angeboten …«

Sie hob den feuchten Lappen wie ein Torero die Muleta. »Monsieur Tschombé ist kein Player mehr in diesem Spiel.«

»Kein *Player*? Heißt das …?« Ein Blick, ein Gegenblick. »Ach, komm«, rief Danny geschockt. »Das kann nicht sein! Ihr beide wart wie Romeo und Julia in Paris.«

»Und wie man weiß, geht Romeo und Julia nicht gut aus.«

»Seit wann?«

»Ganz frisch.« Sie straffte den Rücken. »Aber darum geht es nicht.«

»Wie viel Geld brauchst du?«

»Ich fürchte, so viel hast du nicht dabei.« Sie schüttelte den Kopf über ihren schwachen Scherz.

Impulsiv legte Danny seine Hand auf ihre. »Was kann ich tun?«

»Es geht um Judith. Mir wäre schon geholfen, wenn sie mir noch mehr Zeit gibt. Und deshalb dachte ich …« Sie zögerte. »Judith mag dich.«

»Ich mag Judith auch. Ich rede mit ihr, einverstanden?«

Roxane kam vom Klo zurück.

»Danke.« Francine beugte sich zu Danny. »Viel Glück mit deiner Elfe. Sie ist cool.«

•

Wahrscheinlich würde die Sitzung bis in die Morgenstunden dauern. Deshalb hatte Martine ein mitternächtliches Catering bestellt. Nichts Schweres, nur Obst und Sellerie zum Dippen. Am besten keinen Kaffee mehr. Die Leute am Konferenztisch hatten schon diesen Ausdruck, wenn man weder müde noch wach war, sondern von literweise Kaffee einfach benommen.

»Besorgen Sie uns einen Energy-Drink«, raunte sie ihrem Assistenten zu. »Unten ist ein Alimentari, der hat Unmengen von dem Zuckerzeug.«

Sie wandte sich zur Monitorwand, wo weitere Konferenzteilnehmer per Zoom zugeschaltet waren. »Hermann, jetzt sind Sie dran.«

Der Angesprochene senkte den Blick auf seine Unterlagen. »Ich habe zwei Anfragen aus Pakistan«, antwortete er mit deutschem Akzent.

»Wieso wollen die Paksitani bei uns bestellen und nicht in China?«

»Das prüfe ich gerade. Unser Hauptproblem ist die Durchflussgeschwindigkeit in Pakistan.«

»Wann sind die Adapter einsatzbereit?«, fragte Martine einen Techniker am Ende des Tisches.

»Nicht vor November.«

Sie wandte sich an den Deutschen. »Wann wollen die Pakistani unsere Lieferung?«

»Im Januar.«

»Gut, da hätten wir vielleicht ein Match. Prüfen Sie die politische Situation dort, Hermann. So etwas wie mit den Irakern darf uns nicht noch mal passieren.«

Danach gab Martine die Diskussion frei. Die meisten potenziellen Käufer verstanden nur zu gut, dass *Cortillon Industries* in einer angespannten Lage war, und versuchten, den Preis zu drücken. Martine ließ sich darauf nicht ein, formulierte ihre Absagen aber mit ausgesuchter Höflichkeit. Die Nieten von heute konnten die Kunden von morgen sein.

Sie blickte an dem langen Tisch entlang. Nur zwei Mitarbeiterinnen hatten ihre Handys offen hingelegt, junge Mütter, sie mussten erreichbar sein. Die übrigen hielten sich an das Handyverbot. Martines eigenes Smartphone lag verborgen unter den Afrika-Materialien. Sie ließ die Hand unter die blaue Mappe gleiten, zog das Handy unbemerkt zu sich und legte es auf den Oberschenkel. Das Ding fühlte sich warm an, wie ein magischer Stein.

Gezählte sieben Mal war Martine kurz davor gewesen, das Lied abzuschicken. Zweimal zu Hause, einmal auf dem Rücksitz ihres Wagens, doch im Moment, als sie *Send* drücken wollte, sah ihr Fahrer in den Rückspiegel. Sie fühlte sich ertappt und packte das Handy weg.

Vorhin hatte sie auf der Cheftoilette gesessen und das Display angestarrt, auf dem ihr Lied lief. Die Aufnahme war überraschend schön geworden; Marie-Louise hatte einen langsamen Schwenk um Martine und das Klavier gemacht. Sie staunte allerdings, wie sich das Lied bei jedem Anhören veränderte. War sie selbst voll Hoffnung, dass dies der Anfang von etwas Neuem sein könnte, klangen Musik und Text anders, als wenn ihr diese Zuversicht fehlte. Dann fand sie den Song aufdringlich, peinlich und fürchtete, von Danny ausgelacht zu werden.

»Sechzehn Punkt drei ist in jedem Fall zu wenig«, brachte die Leiterin der Logistikabteilung gerade in die Diskussion ein. »Sind wir da einer Meinung, Martine?«

Sie nickte. »Absolut. Wir gehen nicht unter achtzehn.«

Auf ihrem Schoß öffnete sie den Chat mit Danny. In den letzten Tagen hatten sie einander nicht geschrieben. Eigentlich hätte die Englischschülerin ihrem Lehrer mitteilen müssen, dass seine Dienste nicht mehr gebraucht würden. Das hatte Martine nicht getan. Vor Tagen, als das Irakgeschäft noch nicht geplatzt war, waren sie übereingekommen, sich auf Alfreds Premiere zu sehen. Danny wollte sich die Oper mit Kollegen vom Rang aus ansehen. Martine ließ unerwähnt, dass sie mit Clément dort sein würde.

Sie tippte auf die Büroklammer und hängte ihr Lied an die Nachricht für Danny an. Sollte sie einen originellen Text mitschicken? Lieber nicht. Wozu die Sache ins Lächerliche ziehen? Ironie war die hässliche Schwester der Lüge. Martine war diese Sache so ernst wie kaum etwas in ihrem Leben.

Sie tat einen tiefen Atemzug, schaute in die Runde ihrer Mitarbeiter, während ihr rechter Zeigefinger auf den grünen Kreis mit dem weißen Pfeil tippte.

Nun gab es kein Zurück mehr. Martine lächelte.

KAPITEL 27

PARIS MACHTE SICH bereit. Paris aß noch einen Happen, ein wenig Baguette, ein paar Trauben, dann gab sich Paris der Dämmerung hin, dem Plätschern des Springbrunnens auf dem Place de la Concorde, den Klängen von »Je ne regrette rien«. Danach strömte Paris aus allen Himmelsrichtungen heran. Man ließ den Louvre hinter sich, den Arc de Triomphe und den Elysée-Palast; Notre Dame, die Champs Elysées und der Tour Eiffel bildeten bestenfalls das Spalier für die herbeieilenden Pariser.

Der Abend legte sich über die Seine, über den Bücherstand Benoîts, der Abend ließ das Petit Paris erstrahlen. Der Abend sah Luc, den Chauffeur, der Madame und Monsieur Cortillon an ihr Ziel brachte. Martine trug ein mitternachtsblaues Abendkleid und die Brosche, die Clément ihr vor vielen Jahren geschenkt hatte.

Der Abend sah auch das Taxi, mit dem Benoît Marie-Louise abholte, um gemeinsam dorthin aufzubrechen, wohin ganz Paris strömte. Der Abend sah Professor Hochsinger sein Hotel in dem Bewusstsein verlassen, dass der kommende Kunstgenuss ihm allein zu verdanken sei. Deshalb war er ja so international anerkannt, weil er der Beste war. Der Abend begleitete eine Künstleragentin im roten Kleid, die sich sorgfältig zurechtgemacht hatte und nun dorthin aufbrach, wo ihr Herz, ihr Bangen, aber auch ihre Einnahmequelle waren.

In der Operngarderobe im zweiten Stock gurgelte ein verschreckter, nervöser junger Mann mit Salbeitee, prüfte vorsichtig den Sitz seiner Stimme und beauftragte den Garderobier, niemanden, aber auch wirklich niemanden vorzulassen, der ihn mit Toi-toi-toi-Wünschen aus der Konzentration reißen könnte. Alfred fürchtete, Dominique würde ihn im letzten Moment noch mit Hinweisen und Kritikpunkten durcheinanderbringen. Sehnlich erwartete Alfred dagegen Rosalie. Sie war die Mutter, die er jetzt brauchte, die Heilige, die ihm Segen spendete, sie war der Talisman, ohne den er unmöglich auf die Bühne gehen konnte. Alfred trug bereits das Kostüm, das den Stil der heutigen Inszenierung preisgab: schrill, farbig und frech. Stulpenstiefel mit blauem Schaft, weiße Hose, rote Schärpe, eine Uniformjacke mit goldenen Epauletten. In Dominiques Inszenierung spielte die Oper im Irgendwo, aber letzten Endes doch wieder in Paris.

Draußen erreichten die Pariser die Oper, die Herren im Smoking, einige Opernbegeisterte sogar im Frack. Die Damen trugen *Prêt-à-porter-deluxe-Mode*, weil sie es sich leisten konnten und weil kein Abend besser dafür geeignet wäre, Modelle zum Preis von zwanzigtausend Euro auszuführen.

Spiegel und Glas charakterisierten die Opera de la Bastille. Der Architekt hatte die Eitelkeit der Opernbesucher in sein Konzept integriert. Wer vor diesem Gebäude ankam und mit der Crème de la Crème parlierte, konnte sich gleichzeitig in der Fassade spiegeln. Dieses neue Opernhaus, das die prunkvolle, aber altersschwache Opéra Garnier entlastete, präsentierte sich weder verschnörkelt noch würdevoll präsidentiell; roten Samt und verschwenderischen Plüsch suchte man hier umsonst. Dieses Opernhaus war jung und behauptete damit, dass die Oper eine ewig junge Kunstgattung sei.

Die Bastille-Oper war eines der größten Häuser seiner Art; beim Stolz der Franzosen verstand sich das von selbst. Bühne, Hinterbühne, Zuschauerraum und Orchestergraben brachen Superlative. Akustisch gehörte das Haus zu den glanzvollsten. Der Ton war trocken, wenn nötig, und strahlend, wenn die Musik es verlangte. Dazu trug in besonderem Maß die gläserne Decke bei, die dem Klang eine einmalige Vibration verlieh. Über dem Orchestergraben hatte man den gläsernen Himmel zusätzlich gewölbt, was die Töne ungefiltert in den Zuschauerraum schleuderte.

Das visuelle Erlebnis stand dem Hörgenuss in nichts nach. Die Oper verfügte nicht nur über eine, sondern insgesamt neun Bühnen! Die Seiten- und Hinterbühnen hatten die volle Dimension der Hauptbühne, wodurch eine Dekoration in Sekundenschnelle ausgetauscht werden konnte. War die Vorstellung vorbei, versenkte man das Bühnenbild vierzig Meter in die Tiefe, wo es abgebaut und ins Depot transportiert wurde. Mit dreißig Metern Breite verlangte die Bühne von Sängern und vor allem Sängerinnen auf hohen Absätzen enorme Beinarbeit. Zweitausendachthundert Zuschauer fasste der Saal, bis zu einhundertachtzig Musiker der Orchestergraben. Wagner und die romantischen Komponisten hätten von solchen Dimensionen nicht zu träumen gewagt.

»Im zweiten Akt musst du den Fokus deutlicher auf dich ziehen.« Dominique las von ihrem Sketchbook ab. »Du bist der Mittelpunkt, vergiss das nicht, selbst dann, wenn gerade die anderen singen.« Um ihren Worten Nachdruck zu verleihen, beugte sie sich zu ihm.

Körperdistanz, dachte Alfred. Weshalb musste sie immer so knapp an einen herantreten, dass man keine Luft bekam? Er roch ihr Parfum, ihr Shampoo. Sie hatte sich für die Premiere nicht extra schick gemacht. Die jungen Regisseurinnen kamen salopp, in T-Shirt und Lederjacke zum Applaus.

»Du musst dein Publikum ansaugen, Alfie. Lass sie keinen Augenblick los! Sei der *Wüstling*, den ich oft genug an dir erlebt habe.« Sie küsste ihn kalt und professionell.

Alfred wandte den Kopf ab. »Ich verstehe.«

»Wie geht es deiner Stimme?«

»Vorhin ging es noch.«

Es klopfte.

»Ich habe doch gesagt, niemand …!«, rief er.

Rosalie steckte den Kopf herein. »Wirklich niemand?«

»Im Gegenteil, ich freue mich!«

Dominique stellte sich ihr in den Weg. »Es ist besser, wenn er jetzt seine Ruhe hat.«

Geschickt wie ein Boxer wich Rosalie aus. »So ist es. Ab heute ist es mit den Regieanweisungen vorbei.«

Alfred streckte die Hand nach ihr aus. »Lieb, dass du kommst. Hast du einen guten Platz?«

»Zehnte Reihe, Mitte.« Selbstbewusst pflanzte sie sich auf das kleine Sofa.

Alfred stand auf und hielt der Regisseurin seine linke Schulter hin. Ihr war klar, dass sie gerade hinauskomplimentiert wurde. Doch da es in diesen Minuten nicht um ihren Stolz, sondern um seine Höchstform ging, spuckte sie ihm dreimal über die Schulter.

»Toi toi toi.« Auf knallenden Absätzen rauschte sie hinaus.

●

»Weil ich davon lebe.« Vor der Tür des Petit Paris zündete sich Judith eine Zigarette an. »Meine Rente ist ein Witz, sie liegt noch unter der Grundsicherung. Das, was ich aus dem Verkauf des Cafés herausschlage, muss reichen. Ich kann mit dem Preis also nicht runtergehen.« Mit einem Blick durch die Scheibe kontrollierte sie, ob alle Gäste zufrieden waren, und blies den Rauch in die Abendluft.

»Hast du schon einen anderen Interessenten?«, fragte Danny.

»Nicht nur einen, sondern drei. Dabei habe ich das Café noch nicht mal online gestellt.«

»Was sind das für Leute?«

»Ein Konsortium. Die kaufen in der Gegend alles auf, was sie in die Finger kriegen.«

»An solche Haie willst du dein geliebtes …«

»Natürlich *will* ich an solche Leute nicht verkaufen. Aber wenn sie am meisten zahlen, springe ich über meinen moralischen Schatten.«

Von drinnen machte Mahmud ihr Zeichen, dass Judiths Typ verlangt werde.

Mit der Zigarette piekte sie in Dannys Richtung. »Francine hatte genügend Zeit. Seit Jahren weiß sie, dass ich verkaufen will. Sie hätte Initiative zeigen müssen, statt darauf zu warten, dass ihr dunkelhäutiger Bettgenosse ihr das Geld vorstreckt.«

»Das ist unfair.«

Judith trat die Zigarette auf dem Pflaster aus. »Es ist keine Hexerei, sich mal bei der Bank schlau zu machen. Francine kann ihre Erbschaft als Eigenkapital einsetzen, und das Petit Paris taugt allemal als Sicherheit.«

»Warum hast du ihr das nicht vorgeschlagen?«

Judith öffnete die Tür. »Weil ich nicht ihre Mutter bin.« Sie ließ die Tür wieder zufallen. »Wieso schickt sie dich überhaupt als Vermittler zu mir? Francine will das Café haben, und ich will das Café verkaufen. Simpler geht es wohl kaum. So ein Deal funktioniert aber nicht, wenn man nur auf ein Wunder wartet.«

»Das Wunder vom Café de Paris. Klingt wie ein Filmtitel.«

»Den Film würde ich mir nicht ansehen.« Ein Blick auf die Straßenuhr. »Ist es wirklich erst Viertel nach sieben? Die Zeit schleicht heute im Schneckentempo.«

»Was, gleich halb acht?!«, rief Danny. »Das kann nicht sein!«

»Was hast du?«

»Um halb fängt die Oper an!«

»Trittst du heute auf?«

»Nein! Ich habe Roxane versprochen, dass ich mit ihr in die Premiere …« Er rannte los. »Salut, Judith! Bis morgen!«

Kopfschüttelnd kehrte sie ins Petit Paris zurück.

KAPITEL 28

ZUERST HATTE MARTINE ihr Handy jede Viertelstunde gecheckt, später alle fünf Minuten, inzwischen machte sie es gar nicht mehr aus. Seit sich ihre Liebeserklärung auf den Weg gemacht hatte, waren achtzehn Stunden vergangen. Danny meldete sich nicht. Er hatte die Nachricht noch nicht einmal geöffnet. Nie zuvor hatte Martine so verzweifelt auf das Erscheinen der blauen Häkchen gewartet, die jedoch unerbittlich grau blieben.

Sie durchlief die Hölle dessen, was sie sich alles vorstellen konnte. Ahnte Danny etwa den Inhalt des Anhangs und öffnete ihn deshalb nicht? Sehr unwahrscheinlich. Eine verliebte Firmenchefin, die ein Liedchen trällerte, war so absurd, darauf konnte man nicht kommen. Martine begann sich in Grund und Boden zu schämen, den Wahnsinn überhaupt begangen zu haben. Im Morgengrauen im Haus einer blinden Frau auf einem Nazi-Flügel einen Song aufzunehmen erschien ihr im Rückblick geradezu schwachsinnig.

In ihrem Abendkleid brach Martine der Schweiß aus. Sie scrollte über ihr Display.

»Was Geschäftliches?«, fragte Clément.

»Wie meinst du?«

»Du hast gerade zum hundertsten Mal deine Whatsapps gecheckt. Ich würde gern wissen, ob es etwas Berufliches ist. Denn wenn die Nachricht, auf die du so dringend wartest, von *ihm* sein sollte, bitte ich dich aus Gründen der Höflichkeit mir gegenüber, es nicht so demonstrativ zu tun.«

Sie schaltete das Handy auf Flugmodus und packte es weg. »Du hast recht.«

Seit Martine ihm die Wahrheit gesagt hatte, wuchs ihr Respekt vor Clément. Kein böses Wort hatte sie von ihm gehört, er ließ keinen Gefühlsausbruch über sie ergehen, wollte lediglich eine Aussprache, um kommende Veränderungen zu klären. Sie waren kurz davor gewesen, die Premiere sausen zu lassen, andererseits waren es bis zur Rückkehr der Jungs noch ein paar Tage. Also verschoben sie das Gespräch.

Nebeneinander flanierten sie durch das untere Foyer. Cléments unerschütterliche Contenance rang Martine Bewunderung ab. Natürlich war er immer schon ein nüchterner Charakter gewesen; sie hatte ihn geheiratet, weil er akzeptierte, der Mann an der Seite einer Powerfrau zu sein. Das Privatleben mit Martine war kompliziert, da sie praktisch keins hatte. Sie tat alles, um für ihre Söhne da zu sein; Clément geriet da manchmal ins Hintertreffen.

Während sie auf den Zuschauerraum zustrebten, während Clément der Schließerin die Tickets präsentierte, während die uniformierte Frau auf die Reihe zeigte, in der sie sitzen würden, erlebte Martine eine Erleuchtung. Sie sah sich selbst als Pubertierende. Allerdings pubertierte sie nicht als Fünfzehnjährige, sondern mit ihren verdammten dreiundvierzig Jahren. Was war nur in sie gefahren? Ihren soliden Mann wollte sie verlassen? Wegen einer Schwärmerei, eines irrationalen Austickers, hervorgerufen durch Stress und die Tatsache, dass ihr seit längerer Zeit kein Mann mehr Bewunderung geschenkt hatte? Erfüllte Martine damit nicht das Klischee, das häufig Männern angedichtet wurde, das *Altes-Herz-wird-wieder-jung-Syndrom*? Durfte sie wegen einer plötzlichen Verliebtheit alles zu Klump hauen, was sie über Jahrzehnte aufgebaut hatte? Damit machte sie nicht nur sich selbst lächerlich, sondern auch Clément. Das Leben bestand nun mal nicht vorwiegend aus Lust, es ging nicht in erster Linie um Selbstverwirklichung. Wenn man die vierzig überschritten hatte, sollte man kein pubertierender Teenager mehr sein!

Cléments einzige Frage seit dem Urknall brannte Martine auf der Seele, weil sein Satz so klar, so traurig, so großartig war. »Willst du es den Jungs sagen?« War seine Haltung nicht sensationell? Er, der die Möglichkeit gehabt hätte, einen Keil zwischen die untreue Mutter und ihre Söhne zu treiben, gab ihr auch in diesem Punkt plein pouvoir. Martine liebte Clément nicht mehr, aber sie achtete ihn auf ganz neue Weise.

»Freust du dich auf die Oper?« Sie hakte ihn unter.

»Man hört Strawinsky nicht oft auf unseren Bühnen.« Er sah sie an. »Du nimmst das alles wohl nur Alfred zuliebe auf dich?«

»Ich hoffe, es wird ein schöner Abend. Für uns beide.« Instinktiv warf sie einen Blick zum Rang hoch. Sie konnte Danny nirgends entdecken. Im Saal ertönte das erste Klingelzeichen.

•

Wie kam es, dass in einem überfüllten Café ein Smartphone auf dem Boden lag? Judith wäre beinahe darüber gefallen.

»Welcher Idiot …?« Sie bückte sich. Als sie das Handy vom Ladestecker zog, leuchtete das Display auf. Das Motiv des Startbildschirms sagte Judith nichts. Eine Wüste, in der ein Kind ein Glas Wasser trinkt. Sie trat vor den Tresen und erhob die Stimme. »Hey! Hört mal! Wem von euch gehört das Handy hier?«

Die Gespräche verebbten. Die meisten fassten in ihre Taschen. Einige nahmen ihr Smartphone vom Tisch und zeigten es Judith. Schon ging das Geplauder weiter.

Judith öffnete die Schublade und legte es hinein. »Wenn jemand es vermisst, wird er sich schon melden.«

Während in der Oper die Lichter ausgingen, während die Dirigentin das Podium bestieg, sich verbeugte und das Orchester aufstehen ließ, während der Applaus verebbte, sie den Taktstock hob und Strawinsky erklang, ging das Leben in Paris seinen gewohnten Gang.

Es interessierte die wenigsten, dass die Bläser bei *Rake's progress* doppelt besetzt waren, weil Strawinskys Herz den Blasinstrumenten gehört hatte. Noch weniger interessierte es, dass der Chor der Bastille-Oper sich erst jetzt schminken ließ, weil die Damen und Herren im ersten Aufzug nichts zu tun hatten.

Als auf der Bühne das Terzett *The Woods Are Green* erklang, kümmerte das im Petit Paris nur ein paar Orchestermusiker, die heute frei hatten. »Jetzt beginnt es gerade«, sagte einer. Die Musiker waren froh, einen gemütlichen Abend zu verbringen, während ihre Kollegen arbeiten mussten.

Eine Cellistin rief: »Gott sei Dank haben wir die Proben mit Alfred hinter uns! Er ist eine schreckliche Diva.« Danach war die Premiere kein Thema mehr. Der Wein floss, der Regen fiel, und in der Schublade hinter dem Tresen lag ein Smartphone, dessen altersschwacher Akku sich bereits wieder entleerte.

*

Während in der Oper das Duett *Farewell for now* erklang, saß Marie-Louise mit geschlossenen Augen da. Sie brauchte nichts zu sehen. Sie lauschte dem Text, den ihr Lieblingsdichter verfasst hatte.

Farewell for now,
My heart is with you
Wherever, when apart
I shall know that you are with me

Für Marie-Louise endete heute etwas, was mit dem Erscheinen Benoîts in ihrem großen, einsamen Haus seinen Anfang genommen hatte. Der *Zufall*, der ihn nach Montmartre geführt hatte, war für Marie-Louise kein Zufall. Sie hatte ihr Leben genossen und es hingenommen, dass das Alter mit Verlusten einherging. Sie hatte ihren Lebensmenschen verloren, später ihr Augenlicht, noch später ihre Fähigkeit, selbst in schlimmen Ereignissen noch etwas Positives zu sehen.

Marie-Louise hatte das Mittel seit Wochen in ihrem Haus. Es lag im Kühlschrank, man konnte es für Augentropfen halten. Ihre Ärztin war eine pragmatische Frau. Nachdem Marie-Louise jenen besonderen Wunsch geäußert hatte, ließ die Ärztin drei Monate vergehen, in der Marie-Louise es sich noch einmal überlegen sollte. Danach übergab sie ihr das Präparat. Marie-Louise hatte es an jenem besonderen Tag einnehmen wollen, als ein junger Buchhändler sich in ihre Bibliothek verirrte, der W. H. Auden liebte, ihr daraus vorlas und sie darauf aufmerksam machte, dass Auden bald in der Oper zu hören sei. Benoît hatte sie so weit gebracht, dass sie das Fläschchen im Kühlschrank vergaß.

Nach dem heutigen Abend musste die Zukunft neu gedacht werden. Marie-Louise hatte keine Kinder, ihre Verwandten waren tot. Nicht mehr lange und die Bulldozer würden anrücken, eine Baugrube ausheben und unter infernalischem Lärm Pylone in die abschüssige Böschung rammen. Spätestens dann müsste sich Marie-Louise dem allerletzten Verlust stellen und Abschied von ihrem Frieden nehmen. Dann wäre es an der Zeit, ihr Vermögen einer wohltätigen Einrichtung zu vermachen und ihr Haus neuen, jungen, hoffnungsvollen Bewohnern zur Verfügung zu stellen.

Während sie sich in ihren Gedanken verlor, änderte sich plötzlich die Stimmung auf der Bühne. Der Damenchor war aufgetreten und stimmte *How sad a song* an, vielleicht das schönste Gedicht Audens überhaupt.

Marie-Louise flüsterte den Text mit. Sie hätte das Glück in diesen Augenblicken mit Händen greifen können. Ja, sie war glücklich und zugleich sicher, so ein Glück würde sie doch nie wieder erleben. *The sun is bright*, sangen die Frauenstimmen.

Marie-Louise spürte eine Hand, die sich in ihre schob. Es

war Benoît, der ihre Verzauberung, ihr Glück spürte. Hand in Hand saßen sie da.

This, my love, will last forever, sang der Chor.

•

Während Judith hinter dem Tresen Bier zapfte, war das Handy in der dunklen Schublade tot. Nicht der kleinste Funke glomm darin.

In einer langen Wolljacke kam Francine auf ihre Chefin zu. »Bonsoir, Judith. Wenn du willst, kann ich jetzt schon übernehmen.«

Die Besitzerin blickte auf. »Es ist noch nicht mal halb zehn.«

»Was soll ich zu Hause?« Francine hängte die Jacke auf, darunter trug sie ihr obligates Unterhemd.

»Die Sache mit dem Schwarzen macht dir schwer zu schaffen, oder?«

»Nenn ihn nicht den *Schwarzen*. Sein Name ist Bobby.« Francine zog das Tablet heran, auf dem die Bestellungen gespeichert waren.

Judith zeigte auf eine Nische. »Die Deutschen dort drüben haben sich über den Salat beschwert. Mahmud macht gerade noch ein paar Oliven dran. Am besten, du wartest zehn Minuten, dann bringst du ihnen den gleichen Salat noch mal.« Sie nahm die Schürze ab. »Bitte sehr, das Petit Paris gehört dir.«

»Schön wär's.« Francine übernahm die Schürze.

Judith kapierte erst jetzt, was sie gesagt hatte. Ein bedrückter Blickwechsel zwischen ihnen.

»Was machst du mit dem Rest des Abends?«, fragte Francine.

»Da hinten sitzen ein paar Freundinnen. Ich bleibe noch.« Judith wechselte auf die andere Seite des Tresens. »Jemand hat übrigens sein Handy hier vergessen. Bis jetzt hat es keiner vermisst. Ich habe es in die Schublade getan.«

»Dann weiß ich Bescheid.« Francine ließ das nächste Bierglas volllaufen.

KAPITEL 29

DER SAAL WURDE hell, die Vorstellung hatte Pause. Zusammen mit Clément verließ Martine den Zuschauerraum. Sie war nervös. Sollte Danny die Premiere besuchen, würde sie ihm jetzt begegnen. Das bedeutete, Danny und Clément würden einander ebenfalls begegnen. Bis jetzt hatte Clément die entscheidende Frage noch nicht gestellt: »Wer ist es?« Wollte er es nicht wissen? Fürchtete er den Schmerz, die Demütigung? Alles, was er erfahren wollte, war: »Kenne ich ihn?«

Martine hatte in dem Punkt gelogen. Die beiden Männer waren einander nur ein einziges Mal nach der Rheingold-Aufführung begegnet. »Nein.« Sie hatte sich nach der Antwort nicht als Lügnerin gefühlt. Doch wenn es an der Bar oder im Foyer gleich zu einer *Gegenüberstellung* kam, würde Clément gewiss spüren, was los war.

»Weißwein?«, fragte er, während sie die Treppe nach oben nahmen, wo die große Bar war.

»Ja, gerne. Und du?«

»Ich schließe mich dir an.«

Sie hätte nun fragen können, wie Clément die Aufführung

fand, ob ihm die Inszenierung und Alfred gefielen. Doch Martine war dazu nicht imstande. Sie vermochte nicht über eine Oper nachzudenken, die ihr nichts bedeutete, deren Handlung sie banal, deren Musik sie aufdringlich fand. Martine nahm sich fest vor, die Oper von nun an Leuten zu überlassen, die Freude daran hatten. Niemandem war damit gedient, wenn ein Opernmuffel wie sie im Zuschauerraum saß. Schweigend lief sie neben Clément her.

»Bonsoir, Madame.«

Hinter ihr erklang die Stimme des Menschen, auf dessen Antwort Martine dringender wartete, als er – als irgendjemand wissen konnte. Clément blieb stehen. Sie hielt den Atem an. Mit einem Lächeln, dass man für *überrascht* halten konnte, drehte Martine sich um.

Danny war nicht allein. Die junge Frau an seiner Seite hielt seine Hand. Sie war sehr fragil. Bei entsprechender Beleuchtung hätte man sie für einen Knaben halten können. Das schwarze Haar fiel ihr tief über den Rücken. Martine erinnerte sich, wo ihr diese Frau schon einmal aufgefallen war. Damals hatte sie eine rote Regenjacke mit Kapuze getragen. Heute gab ihr das weiße Kleid das Aussehen einer Vestalin.

»Bonsoir, Danny«, antwortete Martine. »Ich dachte schon, du kommst nicht.«

»Ich war verdammt spät dran. – Das ist Roxane. Madame Cortillon – Roxane.«

Martine schüttelte eine feine, kühle Hand. »Bonsoir, Mademoiselle. – Das ist mein Mann Clément.«

Viermal wurden Hände geschüttelt. Martine war es gewohnt, ein Lächeln so lange auszuhalten wie nötig, bei Fototerminen zum Beispiel oder auf Empfängen. Die Technik bestand darin, das untere Gebiss im oberen festzuhaken, dadurch blieben die Mundwinkel in die Breite gezogen.

Clément und Danny fachsimpelten über die Oper und hatten nicht die geringste Ahnung, wem sie in Wahrheit gegenüberstanden. Sie kritisierten die Inszenierung. Beide fanden Alfred in der Titelrolle farblos. Die Vorschusslorbeeren, die man ihm nach seinem Mime in Rheingold zugestanden hatte, konnte er heute nicht einlösen.

Wie fühlte sich das an, wenn die Welt zusammenbrach? Es fühlte sich an, als gebe der Boden unter einem nach. Der Teppich mit den Ornamenten neigte sich, Martine drohte in die Tiefe zu rutschen.

Aus.

Aus.

Das *Aus* kam so plötzlich, als wäre Martine soeben mit dem Wagen gegen eine Betonwand geknallt. Alles war nur ein Hirngespinst, ein Fehler gewesen, eine schreckliche Verwirrung. Die Erkenntnis kam so grausam und erhellend, dass Martine laut herauslachen musste.

»Habe ich etwas Komisches gesagt?«, fragte Clément.

»Ich lache nicht über dich.« Sie prustete noch einmal und erntete estaunte Blicke von den dreien. »Würdet ihr mich bitte kurz entschuldigen?«

Ehe die Antwort kam, wandte sie sich ab, folgte den Schildern, ahnte, dass bei einem ausverkauften Haus die Warteschlange vor dem Damenklo endlos sein würde, und atmete erleichtert auf, als es nicht so war. Sie drückte die Tür so heftig auf, dass eine Frau erschrocken zurückfuhr. Martine wählte die nächstbeste Kabine und sank auf den Toilettendeckel.

Danny war also mit jemand anderem zusammen. Mit

einer Frau seines Alters, jemand von den Künstlern wahrscheinlich, einer Frau, die zu ihm passte. Wieso hatte Martine diese eine naheliegende Möglichkeit nicht in Betracht gezogen? War es nicht das Natürlichste von der Welt? Nun bekam sie die Rechnung dafür präsentiert, dass sie sich zur Närrin gemacht hatte. Es war schrecklich und fühlte sich zugleich wie eine Erleichterung an, weil der Spuk endlich vorbei war.

Als Martine die Kabine verließ, hoffte sie, diese Erleichterung möge anhalten. Tief drinnen wusste sie zugleich, dass die Qualen, der Schmerz und die Trauer jetzt erst beginnen würden.

•

Francine zog die Schublade auf. Im Moment war nicht viel los, die Gäste saßen zufrieden vor ihren halb vollen Gläsern. Sie nahm das Smartphone heraus. Die meisten Handys ähnelten einander, wahrscheinlich kam es ihr deshalb so bekannt vor. Sie versuchte es zu aktivieren. Das Display blieb dunkel. Das Ladekabel lag daneben. Francine schloss das Handy an und spülte Gläser ab.

Nach zehn Minuten erwachte das Ding zum Leben. Francine beugte sich darüber. Es hatte keine PIN-Sperre. Der Startbildschirm zeigte ein Kind, das in der Wüste Wasser trank. Eine Menge Apps erschienen. Sie zögerte. Sie sah sich im Lokal um. Niemand kümmerte sich um die Kellnerin. Judith saß bei ihren Freundinnen.

Der Besitzer oder die Besitzerin des Smartphones hatte einige seiner Nachrichten noch nicht gelesen. Auf Whatsapp waren es immerhin sieben. Francines Finger schwebte über dem Display. Nein, so etwas machte man nicht! Sie selbst würde fuchsteufelswild werden, wenn das jemand mit ihrem Handy tun sollte. Andererseits ließ sich auf diese Weise am schnellsten klären, wem es gehörte.

Francine tippte auf das grüne Piktogramm. Namen und Gesichter im Miniaturformat tauchten auf, darunter ein fröhlicher Glatzkopf – *Dad*. Als sie gleich darauf *Roxane* las und das Bild der *Elfe* sah, wusste Francine zweifelsfrei, wer der Besitzer war. Der Bildschirm begann sich wieder einzudunkeln. Im letzten Moment, bevor es so weit war, las Francine – *Mme Cortillon*. Auf dem kleinen Bild trank ein Kind ein Glas Wasser in der Wüste. Warum verwendete Danny das Logo von *Cortillon Industries* auch als Bildschirmschoner?

Francine lachte oft, sie war nicht allzu schnell gekränkt, sie hielt die Schläge und Knüffe des Lebens aus und schlug und knuffte zurück. Sie mochte Sex und ging häufig mit Männern ins Bett. Die Trennung von Bobby schmerzte sie. Francine mochte Klatsch und Tratsch, ihren Freunden aber war sie treu und plauderte nichts aus, was ihnen schaden könnte. Francine hielt sich nicht für besonders sensitiv, doch in diesem speziellen Fall hatte sie so ein *Gefühl*. Sie glaubte zu spüren, dass sich auf diesem Handy ein Geheimnis verbarg. Vor Kurzem hätte sie noch schwören können, dass zwischen Madame Cortillon und Danny eine besondere Elektrizität vibrierte. Dann war mit einem Mal Roxane aufgetaucht, und die Englischstunden hatten ein Ende gefunden. Seither war Madame Cortillon nicht mehr hier gewesen.

Martine Cortillon hatte Danny gestern eine Nachricht geschickt, die er noch nicht kannte. Francines indiskreter Finger tippte die Nachricht an. Sie war leer. Wozu schickte Madame eine leere Nachricht? Da war ein Anhang. Francine sah sich um. An der Situation im Café hatte sich nichts geändert. Vorsichtig, damit sich das Gerät nicht vom Ladekabel löste, tippte sie den Befehl zum Download. Auf dem Thumbnail konnte man kaum etwas erkennen. Waren das die Finger einer Frau? Wieso schickte Madame Cortillon ihrem Englischlehrer ein Video mit Fingern? Schluss mit Zurückhaltung, Schluss mit Datenschutz. Francine wollte es jetzt einfach wissen. Sie tippte abermals.

Musik erklang. Ihr Blick zuckte ins Lokal. Niemand nahm von den leisen Klängen Notiz, die aus Dannys Handy drangen. Die Finger schwebten über einer Tastatur. Die Finger spielten Klavier. Schickte Madame Danny ein Klavierstück? Plötzlich sang jemand dazu – die Stimme gehörte niemand anderes als Madame Cortillon. Sie sang und spielte, sie sang ein Lied, das sie Danny geschickt hatte. Francine hielt, das Ohr über dem Lautsprecher, den Atem an.

Wo fängt er an, der nicht auf dich gewartet,
der dich nicht braucht und dich doch überfallen hat
wie Diebe in dunkler Gasse?
Du suchst nach Freundlichkeit an seinen Grenzen,
das herbe Land fängt schon bei seiner Schroffheit an.
Deute das Klopfen deines Herzens nicht als sein Verdienst.
Verwehre falscher Hoffnung Zutritt.
Nimm, was er gerne jedem gibt, sein Lächeln,
seine Wärme. Nimm ihn in deinem Herzen auf
und freue dich,
denn wo er anfängt,
ist ein Zipfel Glück.

Das Video endete. Langsam richtete sich Francine auf. Sie war seltsam ergriffen und bewegt. Es fiel ihr nicht im Traum ein, sich über das Gehörte lustig zu machen. Fahrig strich sie die Haarsträhne aus dem Gesicht. Sie hatte ein Geheimnis gelüftet, war in ein fremdes Leben eingedrungen. Francine wusste etwas, und was sie wusste, beunruhigte sie. Diese kühle, beherrschte Frau hatte Danny ihr Innerstes offenbart.

»Sie liebt ihn«, flüsterte Francine. »Sie liebt ihn, und er hat keine Ahnung davon.«

Sie führte die Hand vor den Mund. Das war nicht irgendeine pikante Verwicklung, wie man sie im Petit Paris häufig erlebte, das war schöner und schlimmer zugleich! Danny hatte ein Verhältnis mit einer anderen, von dem Madame Cortillon nichts wusste. Sie konnte es nicht wissen, denn in diesem Fall hätte sie das Lied nicht abgeschickt.

Francine war in Versuchung, die Nachricht zu löschen, und zwar so, dass Danny nie erfahren würde, dass es sie gegeben hatte. Doch es war nicht an Francine, diese Entscheidung zu treffen. Sollte, musste sie Madame Cortillon nicht warnen? Eine Kellnerin, die Schicksal spielte? Das wäre zu aufdringlich. Francine konnte nichts tun, als ihr Gefühl niederzuringen, ihre Traurigkeit, weil die wahre Liebe so oft scheiterte, selbst dann, wenn sie in einem Lied ihren wunderbaren Ausdruck fand.

Sie sah auf die Uhr: Es war zehn Uhr durch. »Heute sind sie alle beisammen«, sagte sie zu sich selbst. Natürlich, das große Ereignis! Deshalb sah man im Petit Paris an diesem Abend vorwiegend unbekannte Gesichter. Sie waren alle in der Oper! Alfred, Rosalie, Danny, Roxane und Madame Cortillon.

Francine wusste jetzt, was sie zu tun hatte. Sie legte die Schürze ab, griff zur Wolljacke und steckte Dannys Handy samt Kabel in die Tasche. »Judith!«, rief sie.

Die Besitzerin blickte auf.

»Mir ist etwas eingefallen. Ich muss noch mal weg.«

»Ach, komm – erst willst du früher anfangen und auf einmal … Ich sitze doch hier gerade so gemütlich«, nörgelte Judith.

»Es dauert höchstens eine Stunde. Ich bin so schnell wieder da, wie ich kann.« Ohne den Widerspruch der Chefin abzuwarten, verließ Francine das Café.

KAPITEL 30

ALFRED WUSSTE ES, er spürte es: Es war der Alptraum jedes Hauptdarstellers, wenn das Jubelschreien und die Bravorufe bei seinem Erscheinen nicht hochbrandeten, sondern höflich in der Mittellage blieben. Anna, die Sopranistin, hatte wesentlich mehr Applaus als er bekommen, auch Ben, der Bariton, sogar Serge, der Bassist.

Nach dem letzten Akt war der Vorhang gefallen. Zunächst hatte der Chor Aufstellung genommen, die Solisten positionierten sich davor. Vorhang auf! Gemeinsame Verbeugung des Ensembles. Das Publikum feierte die Aufführung. Es folgten die einzelnen Verbeugungen, erst die Kleindarsteller und dann alle der Reihe nach durch, bis nur noch Alfred und Anna auf der Seite warteten. Die Sopranistin lief hinaus, ging in einen tiefen Knicks und legte die Hand auf ihre Brust. Die Bravos überschlugen sich. Das Publikum liebte sie. Blumen wurden über den Orchestergraben geworfen. In der Kulisse nickte Alfred zuversichtlich: Wenn sie bei Anna schon so aus dem Häuschen waren, wie würde das erst bei ihm sein, der die Titelrolle gesungen hatte?

Die Assistentin gab das Zeichen, er sollte hinaustreten. Aber Alfred kannte den alten Trick: Wenn man seinen Auftritt zwei, drei, fünf Sekunden verzögerte, vergrößerte das den Applaus.

Er zählte drei, vier, fünf – und ging los. Nicht etwa eitel und siegesgewiss, das kam bei den Leuten nicht gut an. Bescheiden musste der Künstler sein und damit andeuten, dies alles sei doch nur Arbeit gewesen, ein Handwerk, und er sei nichts als ein Diener der Kunst. Mit schräg gesenktem Kopf betrat er die Bühnenmitte und erwartete den namenlosen Jubel, der ihm gelten würde. Darauf wollte er überrascht den Kopf heben und den Dank des tosenden Hauses entgegennehmen.

Alfred Dutroux, der kommende Mann, dem der Olymp der Tenöre offenstand, breitete die Arme aus, bereit, sich der Hysterie seines entflammten Publikums zu stellen. Was war denn los? Sie applaudierten nicht etwa lauter als bei Anna, sie applaudierten leiser. Nein, er täuschte sich nicht, das Geräusch ging zurück. Alfred vernahm vereinzelte Bravos, doch sie verhallten; die Bravoschreier fühlten sich offenbar vom Rest des Publikums in ihre Schranken gewiesen. Und jetzt – Alfreds Blick zuckte hoch – jetzt kamen vom Rang sogar Buhrufe. Irgendwelche Schnösel, Musikwissenschaftler wahrscheinlich, saßen auf den billigen Plätzen und hatten etwas ans Alfreds Meisterleistung auszusetzen.

Ein Rettungsgedanke durchzuckte ihn: Es musste an der Inszenierung liegen! Die Buh-Schreier lehnten Dominiques Inszenierung ab, und Alfred musste es stellvertretend ausbaden. Er zog sich in die Applausreihe zurück. Alle verließen die Bühne. Beim nächsten Solovorhang erging es Alfred nicht besser. Warum liebten sie ihn denn nicht und gaben ihm etwas von dem zurück, was er ihnen geschenkt hatte – seine Begabung, seine Stimme, seine Leidenschaft für die Rolle? Es musste an der Inszenierung liegen!

Sofern der Regisseur ein Mann war, wurde er von der weiblichen Hauptdarstellerin auf die Bühne geholt. Bei einer Regisseurin war es umgekehrt. Daher überquerte Alfred die Bühne, bat Dominique zum Applaus und führte sie in die Mitte.

Sie jubelten und schrien nicht nur, sie sprangen von ihren Sitzen auf! Erst nur ein paar Leute im Parkett, doch im nächsten Augenblick stand das ganze Auditorium. Zweitausendachthundert Menschen jubelten Dominique zu, die sich im Glücksrausch ihres Erfolgs verbeugte. Üblicherweise bedankte sich die Regie während des Applauses bei ihrem Hauptdarsteller. Dominique hätte Alfred zu sich an die Rampe holen und dem Publikum präsentieren müssen. Stattdessen bat sie die Dirigentin an ihre Seite. Die Frauen ließen sich ausgiebig feiern.

Strawinsky war nicht Mozart und auch nicht Wagner. *The Rake's Progress* bescherte der Bastille-Oper einen schönen Erfolg, doch irgendwann war der Applaus vorüber. Der Vorhang fiel zum letzten Mal, das Publikum eilte zu den Garderoben und in die Weinlokale. Sänger, Sängerinnen, Regie und Assistenten, auch die Theaterleitung umarmten einander auf der Bühne, man gratulierte und versicherte sich, besser hätte es nicht laufen können. Danach verschwanden alle in den Garderoben.

Alfred war geschlagen, am Ende. Er hatte das Pariser Publikum nicht überzeugt. Rosalie erwartete ihn.

Sie lief auf Alfred zu und umarmte ihn. »Du warst toll.«

Er sah ihr in die Augen. »Meinst du das ehrlich?«

Sie wartete mit ihrer Antwort den entscheidenden Augenblick zu lang. »Natürlich.« Ihr Lächeln wirkte aufgemalt.

Alfred nickte bitter. »Ich verstehe.« Er ließ sich auf den Stuhl vor dem Schminkspiegel fallen.

»Du warst gut, das meine ich ehrlich. Aber die anderen, Anna und Serge, haben heute auf eine Weise aufgedreht, die ich ihnen nicht zugetraut hätte. Sie haben die Premiere genutzt, um …«

»Um mich an die Wand zu spielen«, vollendete er ihren Satz. »Das meinst du doch?«

Jede andere Agentin hätte für ihren Schützling jetzt das Blaue vom Himmel gelogen. Rosalie war aufrichtig: Nur die Wahrheit konnte Alfie helfen. »Du wirst deine Höchstform in dieser Rolle erst noch finden. Mit jeder weiteren Vorstellung wirst du wachsen.«

»Ich scheiße auf jede weitere Vorstellung!«, fuhr er sie an. »Heute hat gezählt, nur heute! Heute saßen die Kritiker drin. Morgen werden sie schreiben und mich verreißen. Was nützt es mir, wenn ich zur fünften Vorstellung großartig bin?«

»Es tut mir leid, Alfie, aber … Das ist nun mal der Beruf.«

Er zeigte zur Tür. »Wieso kommt niemand und gratuliert mir? War ich so grauenhaft? Wo bleibt Dominique? Besitzt nicht einmal die Regisseurin so viel Höflichkeit, sich bei mir für die Scheißarbeit zu bedanken?«

»Sie kommt bestimmt noch.«

»Aber wann? Auf der Premierenfeier?« Alfred schleuderte seine Kostümjacke zu Boden. »Ich gehe dort nicht hin! Ich erscheine nicht auf meiner Premierenfeier. Ich fahre nach Hause und schlafe mich gründlich aus.«

»Das tust du nicht.« Sie umarmte ihn. »Du beruhigst dich, gehst mit mir auf die Feier, betrinkst dich, und danach fühlst du dich gleich besser.«

Er löste sich brüsk von ihr. »So beschissen war ich, dass ich meine Leistung im Alkohol ertränken muss?!«

»Du wirst schon wieder melodramatisch.«

Es klopfte.

»Das wird Dominique sein«, flüsterte Rosalie.

Es klopfte abermals.

»Vielleicht sind es viele Gratulanten«, flüsterte auch Alfred.

»Bestimmt sogar.«

Er nahm am Schminktisch Platz. »Herein!«

•

»Ich habe es Rosalie ausgerichtet«, sagte Danny wenige Minuten später.

»Was hat sie gesagt?«, fragte Benoît.

»Sie wird es sich überlegen.« Danny wollte weiter.

»Hat sie in dem roten Kleid nicht sensationell ausgesehen?«

»Ja, sehr hübsch. Ich muss zu Roxane.«

Benoît nickte. »Ich warte noch auf Marie-Louise.«

»Versuch sie umzustimmen, sie soll mitkommen. Es wird bestimmt lustig im Petit Paris.« Danny huschte die Treppe hoch.

Benoît fischte eine Zigarette aus der Packung. Langsam ging er ins Freie. Das gehobene Pariser Publikum versammelte sich gleich zur Premierenfeier im Hotel Ritz. Keiner aus Benoîts Kreisen war dort eingeladen. Die *Plebs* traf sich in ihrem Stammcafé.

Während der Vorstellung hatte Benoît gespürt, wie viel Marie-Louise der Abend bedeutete. Leider wollte sie nicht mehr mitkommen, sondern nach Hause. Er würde sie nach Montmartre bringen und dort noch über W. H. Auden und die Premiere plaudern müssen.

Aber heute war Rosalies letzter Abend in Paris! Auf Benoîts Bitte hatte Danny ihr ausgerichtet, sie solle später ins Café kommen, am besten ohne ihren Tenor. Benoît würde auf sie warten, wie lange es auch dauern mochte.

Wie eine leuchtend rote Fahne war Rosalie durch das Foyer geschwebt. Später hatte er ihr Kleid einige Reihen vor sich wiedergesehen. Ihr schlanker Hals, die hochgesteckte Frisur – die meiste Zeit hatte Benoît nicht die Bühne, sondern sie betrachtet. Sollte seine Sehnsucht zu nichts anderem führen als Kummer und Traurigkeit? Sollte er, nachdem Rosalie abgereist war, einfach darauf warten, dass sein Schmerz nachließ, sollte er sich *ins Leben werfen*, bis ihr Bild allmählich verblasste? Wie oft traf man schon einen Menschen, dem man sich vorbehaltlos öffen, dem man alles geben wollte, bei dem kein Weg zu weit, keine See zu tief war, um mit ihr zusammen zu sein?

Die Entscheidung lag nicht bei Benoît. Er war nur ein Verehrer. Rosalie schätzte ihn, sie hatte gewiss auch etwas für ihn übrig, aber er erinnerte sich noch deutlich an ihr *Nein*. Seit jenem *Nein* war er ihr nur noch einmal im Petit Paris begegnet. Sie und Alfred schienen inzwischen enger miteinander zu sein als zuvor. Alfred hatte Benoît nie spüren lassen, dass er von Rosalies Seitensprung wusste, er war der Sieger, er konnte es sich leisten, gönnerhaft über die Sache hinweg-zusehen.

Traurig rauchte Benoît seine Zigarette zu Ende. Er würde ein Taxi besorgen und Marie-Louise nach Montmartre bringen.

Dort kam Francine. Er winkte ihr zu und wandte sich zum Taxistand. Moment, wieso kam dort Francine? Was machte die Kellnerin vom Petit Paris vor der Opéra de la Bastille?

»Hallo«, begrüßte er sie. »Wieso …?«

»Ist Madame Cortillon noch da?«, rief sie ihm entgegen.

»Ich weiß nicht. – Nein. Ihr Fahrer hat sie abgeholt, sie und ihren Mann.«

»Wollten sie nach Hause?«

»Woher soll ich das wissen?«

»Und Danny?«

»Der ist schon gefahren, zusammen mit Roxane.«

»Verdammte Scheiße.«

»Was ist los?«

Sie stemmte die Hände in die Hüften. »Ich hätte auf mei-nen Wahlspruch hören sollen: Man soll sich nie in anderer Leute Angelegenheiten mischen.«

»Ein weises Wort.« Benoît deutete nach drinnen. »Ich muss mich jetzt um meine Bekannte kümmern.«

»Wo ist Danny hin?«

»Du verwechselst mich mit einer Wahrsagerin.« Er stutzte. »Moment mal: Madame Cortillon – Danny – was führst du im Schilde, Francine?«

Statt zu antworten, zeigte sie auf den Operneingang.

Auch Benoît entdeckte Marie-Louise in ihrem eleganten Kleid. »Entschuldige. Ich habe dich warten lassen.«

Die alte Frau spürte, dass noch jemand bei ihm war. »Du bist nicht allein?«

»Das ist Francine. Sie arbeitet in meinem Stammcafé.«

»Bonsoir, Madame.« Sie gaben einander die Hand.

»Und jetzt?«, fragte Benoît in der Hoffnung, Marie-Louise sei noch umzustimmen.

»Ich bin ziemlich müde.«

»Ich hole uns ein Taxi«, antwortete er enttäuscht. »Wir sehen uns später, Francine.« Er eilte los.

Die Kellnerin und die alte Frau standen in der nächtlichen Brise.

»Was ist das für ein Café, in dem Sie arbeiten?« Marie-Louise zog ihren Schal enger.

»Das Petit Paris in der Rue de Gaspard, im Sechsten.«

Marie-Louise schloss ihre Jacke. Die Straßenlaterne über ihr begann zu flackern. Francine blickte hoch: Es wirkte, als sende die Lampe Morsezeichen – kurz kurz lang kurz. Eine Melodie erklang. Wie kam es, dass außerhalb der Oper Musik spielte? Ein Straßenmusikant tauchte auf und stellte sich mit seiner Geige vor den Eingang. Er spielte nicht besonders gut, ihm ging es nicht um den perfekten Klang, er wollte nur ein paar Euros verdienen. Während er fiedelte, nickte er den letzten Leuten, die aus dem Gebäude traten, ermunternd zu: »Bitte, Madame, bitte, bitte, Monsieur.«

Die meisten wichen ihm aus. Einer warf ihm eine Münze hin, sie landete auf dem Pflaster. Geschäftstüchtig stellte er den Fuß darauf, ohne sein Spiel zu unterbrechen.

Er begann das nächste Stück, Offenbachs *Barcarole*. Langsam, versonnen, überrascht hob Marie-Louise den Kopf zu der blinkenden Laterne. Die Töne des Geigers waren schräg, doch sie erkannte die Melodie. Marie-Louise lauschte. Sie murmelte etwas.

»Was sagen Sie?«, fragte Francine.

Die alte Frau bewegte die Lippen. »*Schöne Nacht, ach, Liebesnacht, ach, stille mein Verlangen …*« Sie sang den Text zur Musik.

»Ihnen gefällt, was er spielt?«

»Er spielt grauenhaft. Aber die Barcarole hat für mich eine besondere Bedeutung. Wie heißt Ihr Café in der Rue de Gaspard noch mal?«

»Café de Paris. Dort treffen sich gleich einige, die in der Vorstellung waren. Warum begleiten Sie uns nicht?«

»Ich soll Sie … begleiten?« Marie-Louise fragte es auf eine Weise, als verberge sich dahinter etwas anderes.

Benoît kam zurück, ein Taxi folgte ihm. »Alles klar!« Er erreichte die Frauen. »Auf nach Montmartre.«

»Es gibt eine kleine Planänderung«, entgegnete Marie-Louise. »Wir fahren ins Café.«

Ein sonniger Glanz breitete sich auf Benoîts Gesicht aus. »Das finde ich eine wunderbare Idee.«

Marie-Louise wandte sich zu Francine. »Dürfen wir Sie mitnehmen?«

Während sie einstiegen, verklang die Barcarole. Der Geiger war verschwunden. Auch die Laterne flackerte nicht mehr.

KAPITEL 31

MARTINE CORTILLON, FIRMENGRÜNDERIN von *Cortillon Industries*, war ins Ritz eingeladen worden. Sie gehörte zum offiziellen Paris, man war stolz auf diese Frau. *Cortillon Industries* war wirtschaftlich weltweit erfolgreich und zugleich ein Aushängeschild für Umweltbewusstsein. Eine Firma, die Wasser in die Welt brachte, konnte nur etwas Gutes sein, und das war gut für Frankreich. Als die Bastille-Oper erfahren hatte, Martine Cortillon würde die Premiere besuchen, war kaum vierundzwanzig Stunden später die Einladung eingegangen.

… beehren wir uns, Sie und eine Begleitperson im Anschluss an die Aufführung auf der Premierenfeier …

Unter normalen Umständen hätte Martine sich kurz gezeigt und wäre bald wieder gegangen. Nun aber fand sie den *Salon Proust*, wo die Feier stattfand, als den richtigen Rahmen, um Clément eine Mitteilung zu machen. Sie manövrierte ihn in eine ruhige Ecke. Hinter ihnen erhob sich eine Wand aus ledergebundenen Büchern, durchweg Marcel Prousts Werke.

»Ich habe dir etwas zu sagen.«

»Hat das nicht Zeit, bis wir zu Hause sind?«, fragte er.

Martine wies auf das Ambiente. Die geladenen Gäste waren eingetroffen, nun wartete man auf die Künstler. Ein riesiger Teppich mit floralen Ornamenten dämpfte die Schritte der Besucher. Das Mobiliar war im Stil der Epoche Napoleons III. gehalten, aprikosenfarbener Samt, die getäfelten Wände zierten Porträts von berühmten Franzosen. »Zu Hause könnte ein Streit daraus werden, hier nicht«, entgegnete sie. »Lass es mich wenigstens versuchen, Clément.«

Er lehnte sich gegen das Bücherregal. »Wie du meinst.«

»Ich weiß nicht genau, was in mich gefahren ist, aber ich habe mich wie eine Idiotin benommen. Ich habe geglaubt, unsere Ehe wäre durch die Tatsache, dass ich mich verliebt habe, einfach so beiseitezuwischen. Es stimmt schon: Ich hatte tatsächlich dieses kurze, flammende Gefühl, dass sich in meinem Leben etwas ändern müsste. Daher habe ich wohl die Bekanntschaft mit einem neuen Menschen zum Anlass genommen, diese Änderung herbeizuführen. Dafür möchte ich mich heute bei dir entschuldigen, Clément. Es war unüberlegt, infantil, es war vor allem rücksichtslos.« Sie wartete, ob er etwas erwidern würde.

Clément betrachtete sein Champagnerglas.

»Du bist mir in all den Jahren ein guter Mann gewesen, und das heißt etwas, denn ich bin keine einfache Frau. Das Leben mit mir verlangt dir Kompromisse ab, die du stets gemacht hast.« Sie atmete tief durch. »Bitte verzeih mir, Clément. Der Spuk ist vorüber. Dass es nur ein Spuk war, weiß ich inzwischen.« Sie nahm seine Hand. »Kannst du mir verzeihen?«

Kaum merklich zog er die Hand zurück. »Hm«, machte Clément. Und noch einmal: »Hmmm …«

»Was heißt das?«

»Das kommt allerdings überraschend«, antwortete er nach einer Pause.

»Ist das eine …« Sie suchte seinen Blick. »Eine gute oder eine schlechte Überraschung?« Er schwieg. »Mir ist klar, dass du nicht sofort mit fliegenden Fahnen zu mir zurückkehren kannst. Ich habe dich tief verletzt. Aber wenn es dich beruhigt, meine Verliebtheit hat nicht dazu geführt, dass ich mit diesem anderen Mann …«

Clément winkte ab. »Nein, nein, das ist es nicht. Bitte bemüh dich nicht.«

»*Bemühen?* – Womit soll ich mich nicht bemühen?«

»Ich war …« Er seufzte. »Tja, es lässt sich wohl nicht anders ausdrücken: Ich war erleichtert, als du mir sagtest, dass du dich trennen willst.«

»Du … du …?«

Er unterbrach ihre Sprachlosigkeit. »Du hast ja recht. Wir beide hatten uns so traurig auseinandergelebt, wie man das von zwei Leuten erwarten kann, die von Anfang an wenig miteinander zu tun hatten. Du liebst deine Firma, deinen Beruf und deine Söhne. Ich kam mir in dieser Konstellation manchmal wie ein Dressman vor, der zum Leben einer erfolgreichen Frau eben dazugehört. Früher haben neunzigjährige Milliardäre zwanzigjähre Models geheiratet, aber die Zeiten haben sich geändert.«

»Ich verstehe überhaupt nicht …«

»Lass mich bitte ausreden. Ich war erleichtert, als du den ersten Schritt getan hast, Martine, denn sonst hätte ich ihn tun müssen. Ich habe seit drei Jahren ein Verhältnis. Es ist egal, mit wem, jedenfalls leben wir inzwischen praktisch wie Mann und Frau zusammen. Du bist so selten zu Hause, dass du es nicht einmal bemerkt hast.«

»Mit wem?«, flüsterte Martine.

»Es spielt wirklich keine Rolle. Diese Frau kann dir nicht das Wasser reichen. Niemand kann dir das Wasser reichen. Ihr einziger Vorteil ist, sie passt zu mir. Wir mögen uns. Kann sein, dass sie mich ein bisschen anhimmelt. Ich mag sie, darum hätte ich gern, dass wir beide das mit unserer Trennung jetzt durchziehen.«

Martine musste sich gegen die Bücherwand lehnen. »Ach so ist das. So ist das also …«

»Überrascht?«, fragte er sichtlich erleichtert, weil die Wahrheit endlich heraus war. »Du kannst nicht wirklich überrascht darüber sein. So funktioniert das Leben nun mal.«

»Hast du mir deshalb angeboten, dass ich mit den Jungs sprechen soll?«, war das Erste, was ihr einfiel.

»Schon möglich. Wir sind beide schuldig und zugleich unschuldig. Ich glaube, das kannst du unseren Söhnen besser verständlich machen als ich.«

»Schuldig …«, wiederholte sie. »Seit drei Jahre hast du schon …?«

Er überlegte. »Ja, das kommt ungefähr hin. Ende September sind es drei Jahre.«

»Wann hättest du es mir denn gesagt?« Ohne es zu merken, wurde sie lauter. »Wann wolltest du mir das sagen, Clément?«

Einige Gäste drehten sich um.

»Sch – sch«, machte er. »Wahrscheinlich hätte ich es dir

gar nicht gesagt. Das Arrangement funktioniert doch wunderbar. Aber es ist besser so, ich bin erleichtert. Endlich reinen Tisch zu machen und von vorn anzufangen, das ist ein gutes Gefühl.«

Sie starrte in die Augen des Mannes, den sie bis vor einer Minute zu kennen geglaubt hatte. Den sie für langweilig, bürgerlich gehalten, von dem sie keine Überraschungen mehr erwartet hatte. »Und wie stellst du dir vor … Was wirst du jetzt machen, Clément?«

»Ich ziehe natürlich zu ihr, das ist lange überfällig. Und du kannst dich voll und ganz zu Danny bekennen.«

Ein schrilles Lachen. »Das … wusstest du?!«

Wieder deutete er an, dass sie nicht allein waren. »Ich bin weder blind noch ein Idiot. Als Danny und du euch vorhin begegnet seid, hörte man ja förmlich im Hintergrund die Geigen spielen.«

»Danny war mit seiner Freundin da.«

»Freundin? Dieses Wesen von einem anderen Stern, das sich in einem fort selbst bespiegelt? Von der hast du keine Konkurrenz zu befürchten.«

Martine spürte, dass ihr Herz bis zum Hals schlug. »Clément, ich weiß gar nicht …«

»Ich weiß auch nichts, glaub mir. Ich weiß gar nichts«, antwortete er mit einem Lächeln. »Ich weiß nur, dass wir den richtigen Schritt tun. Jetzt bin ich froh, dass wir es im Ritz machen, denn der Champagner ist exzellent, und er kostet nichts. Ich schlage vor, dass wir noch ein bisschen bleiben und auf unsere große Veränderung anstoßen.«

Er winkte dem Kellner.

KAPITEL 32

BENOÎT VERSUCHTE, EIN interessiertes Gesicht aufzusetzen und dabei gleichmäßig zu atmen. Lange würde er Roxanes Geschwafel trotzdem nicht mehr ertragen. Wieso hatte sie ausgerechnet ihn als Gesprächspartner auserkoren? Weil Marie-Louise und Danny am Tresen standen und mit Francine plauderten. Ihr Thema schien Dannys Handy zu sein, das auf dem Boden lag und aufgeladen wurde. Marie-Louise und Francine *wussten* offenbar etwas, was dieses Smartphone betraf. Und während Danny mit ihnen redete, hatte er Roxane an Benoît abgetreten.

Worüber fabulierte das schmale Wesen mit dem großen Ego, fragte er sich, über Kunst oder Erfolg in der Kunst oder …? Benoît hatte noch nicht begriffen, was sie eigentlich im Leben machte. War sie Dramaturgieassistentin, YouTuberin, Lebenskünstlerin oder alles zusammen?

Benoîts Atmung wurde hektischer; der unsinnige Verbrauch von Worten, Lebenszeit und Sauerstoff rangierte für ihn unter den Todsünden.

»Pass auf«, dozierte Roxane. »Die Pyramide hat drei

Namen: *The woman – the outfit – the legend.* Das ist mein *mindset,* das ist mein *power move.*« Zur Bekräftigung ihrer Worte beugte sie sich zu ihm. »Ich sage dir: Geh dein Ding, Benoît! Du musst das Häkchen an der richtigen Stelle im Leben machen. Setz dein *mindset* auf die Überholspur.«

Wieso kam sie ihm bei diesen Worten so nahe, dass Benoît die vergrößerten Poren auf ihren Wangen sehen musste? Verzweifelt drehte er den Kopf in die eine, dann in die andere Richtung.

»Du bist ein *low performer*«, fuhr Roxane fort. »Was dir fehlt, ist eine Haifischmentalität. Wo sind deine Flügel? Wo hast du deine *wings* gelassen?«

»Hat ein Haifisch überhaupt Flügel?«

Seine Ironie war an Roxane vergeudet. »Der Haifisch ist der Adler unter den Fischen. Lass das mal einsinken, Benoît.«

Er lachte prustend heraus. Er konnte nicht anders.

»Was ist denn?«

»Danny!«, rief Benoît. »Danny, ich brauche Verstärkung.«

Doch ehe Danny reagieren konnte, wurde Benoît von all seinen Leiden erlöst. Nicht Danny erlöste ihn, stattdessen erschien eine leuchtend rote Fahne im Petit Paris. Rosalie war eingetreten und sah sich um.

»Entschuldige mich bitte«, warf Benoît der verblüfften Roxane zu und lief Rosalie entgegen. »Wie schön! Du bist nicht im Ritz?« Ein Kontrollblick, ob auch Alfred draußen auftauchte, aber niemand sonst zeigte sich in der Rue de Gaspard.

»Ich wollte ... Dort war es mir ...« Sie sah Benoît an. »Mein Flug geht morgen schon um sechs. Ich muss also bald ins Hotel, aber ...« Eine lange Sekunde verging, bevor sie sagte: »Aber ich wollte dich noch einmal sehen.«

Und im gleichen Moment begannen irgendwo Glocken zu läuten und süße Geigen zu spielen. Das ganze Brimborium der Liebe erfüllte Benoîts Kopf, sein Herz.

»Was trinkst du?«, fragte er über das Glockengeläut hinweg.

»Was du trinkst, ganz egal. Du sitzt dort drüben?« Sie steuerte auf Roxanes Tisch zu.

»Nein! Nicht dort!«, rief er panisch. »Dort sitze ich nicht. Dort sitze ich ganz bestimmt nicht!«

Er packte Rosalies Ellbogen und führte sie zu jener Nische, in der sie beim ersten Mal miteinander gesprochen hatten, als er noch am Zungenbrecher ihres Namens gescheitert war, als sie sich zu einem Credo für Musik aufschwang. Benoît und Rosalie zogen sich in die Nische ihres Anfangs zurück.

»Und Alfred?«, fragte er, um sicherzugehen, dass sie ungestört bleiben würden.

»Alfred hat seine Premierendepression überwunden und genießt die noble Society-Bande im Ritz. Wir haben uns vorhin schon verabschiedet. Ich spreche ihn dann morgen, nachdem ich mit der Oper telefoniert habe. Wir müssen klären, wie es mit Alfreds Vertrag weitergehen soll.«

»Das … Ja, das ist eine gute Idee.« Benoîts Satz war absolut sinnlos, aber er wusste keinen besseren. Weil er sich so freute, so unheimlich freute. Weil er spürte, dass sein Bauch, der seit Langem besorgniserregend gegrummelt und ihm mitgeteilt hatte, dass etwas in seinem Leben nicht in Ordnung war, sich plötzlich warm und zuversichtlich anfühlte. Eine freundliche Sonne ging in Benoîts Bauch auf, nun, da ihm die Frau im roten Kleid gegenübersaß und ihn ansah wie gerade jetzt.

Morgen schon flog sie nach Wien. Das Glück würde also von kurzer Dauer sein, und die Erfahrung sagte Benoît, dass Gefühle verblassen, sobald sich die Menschen räumlich auseinanderbewegen. Aber heute Nacht gab er nichts auf das Gelaber seiner Erfahrung. Er und Rosalie würden nicht zum letzten Mal beisammensitzen, das stand für Benoît im Buch des Schicksals festgeschrieben.

Er erinnerte sich an den Satz, den sein Vater ihm mit auf den Weg gegeben hatte. Sein verwirrter Vater, der in einer anderen Welt lebte, war in jenem besonderen Moment klar und luzid gewesen. »*Wenn sie dir nur eine Chance gibt, wirst du sie erobern, was auch kommen mag.*« Benoît konnte sich keinen schöneren, kraftvolleren Satz als diesen vorstellen.

Francine kam an ihren Tisch und stellte zwei Gläser Wein ab. »Sonst noch einen Wunsch?«

»Wir haben alles«, antwortete Rosalie.

»Ja, wir haben alles.«

Sie stießen an.

»Kennst du eigentlich Wien?«, fragte Rosalie plötzlich. »Das ist eine böse und zugleich atemberaubend schöne Stadt. Du solltest sie dir einmal ansehen.«

●

Behutsam hatten Marie-Louise und Francine Danny die Wahrheit beigebracht: Sie wollten ihn nicht verschrecken. Es war schließlich keine Kleinigkeit, wenn die Liebe einem Menschen ein Angebot machte. Obwohl er sofort wissen wollte, was sein Smartphone ihm vorenthielt, musste er sich noch gedulden. Der Akku war tot und schien auch nicht mehr zum Leben zu erwachen. Angeschlossen an das Ladekabel lag das Handy auf dem Boden.

So munter Marie-Louise bis eben gewesen war, fiel die Kraft allmählich von ihr ab. Sie wollte jetzt nach Hause. Durch den Schleier ihrer Augen erkannte sie, dass Benoît mit der Frau beisammensaß, die ihm so viel bedeutete. Marie-Louise wollte die beiden nicht stören und bat Francine, ihr ein Taxi zu rufen.

»Bleiben Sie doch noch ein bisschen«, gab die Kellnerin gut gelaunt zurück.

»Es ist bestimmt schon nach eins«, entgegnete Marie-Louise.

»Es ist Viertel vor zwei, um genau zu sein.«

»Ich weiß nicht, wann ich das letzte Mal bis Viertel vor zwei unterwegs gewesen bin.«

»Aber ich weiß es«, sagte jemand, der das Lokal in diesem Augenblick durch die Küche betrat.

Francine drehte sich um. »Judith? Du bist noch hier?«

»Ich war im Büro«, antwortete die Chefin. »Ich hatte den Impuls, ein bisschen Buchhaltung zu machen. Und jetzt weiß ich auch, warum.«

»Warum?« Francine fragte sich, weshalb Judiths Gesicht auf einmal so licht und offen war.

»Bonsoir, mon amour.« Judith trat an den Tresen. »Ich erinnere mich an diese besondere Nacht noch ganz genau. Es war in der Bretagne. Das kleine Hotel in Brest. Wir sind am Wasser langgelaufen, über uns die beleuchtete Festung. Es hat geregnet. Trotzdem sind wir erst zurückgegangen, als der Morgen graute.«

Das Glas, aus dem Marie-Louise gerade getrunken hatte,

entglitt ihr, fiel zu Boden und zerbrach. Der rote Wein sprang in Kaskaden in alle Richtungen, eine lachende Springflut. Dort, wo Marie-Louise stand, unweit der Bar, auf dem abgewetzten Steinboden des Cafés, brach sie zusammen.

Wenn ein Mensch ohne Besinnung hinfiel, hatte der Körper die Fähigkeit, den Sturz abzumildern. Marie-Louise sackte zur Seite und wäre wohl sanft gelandet, hätten die Glasscherben nicht eine Gefahr bedeutet. Danny fing die alte Frau auf. Benoît stürzte ebenfalls herbei und stellte zwei Stühle für die Bewusstlose bereit. Gemeinsam betteten sie Marie-Louise darauf. Francine, Rosalie, auch Roxane umringten sie besorgt.

»Was ist denn … Was hat sie?« So irrten die Stimmen umher.

Als Letzte trat Judith hinzu und kniete sich neben Marie-Louise. »Ich wollte dich nicht erschrecken, meine Liebste. Verzeih mir. Wie schön, dass du gekommen bist.« Sanft küsste sie die Liegende auf den Mund.

MARIE-LOUISE

KAPITEL 33

IM JAHR 1984 fuhr Marie-Louise mit ihrem Citroen CX über Land. Sie hatte gerade ihre Ehe hinter sich gebracht und damit einen Schlussstrich unter etwas gezogen, was sie vor langer Zeit einmal mit Hoffnung erfüllt hatte. In den vergangenen Wochen innerer und äußerer Kämpfe hatte sie kaum geschlafen. Doch seit ihr Mann mit dem Umzugswagen und seinen letzten Möbeln abgefahren war, machte sie nachts die Augen zu und öffnete sie am nächsten Morgen erfrischt und voll Tatendrang.

Sie gedachte ihre neue Freiheit mit einer Fahrt ans Meer zu feiern. Von Paris aus wäre die Gegend um Caen der nächste Weg zur See gewesen, doch Marie-Louise wollte nirgendwo *schnell* ankommen, im Gegenteil. Gemächlich glitt der Citroen Richtung Chartres und von Le Mans weiter nach Westen. Marie-Louise übernachtete in Rennes und machte sich am nächsten Morgen auf, den westlichsten Zipfel Frankreichs zu erkunden.

Sofern ihre Straßenkarte stimmte, musste das der *Pointe de Corsen* sein, der in einer Commune mit dem gallischen

Namen *Plouarzel* lag. Marie-Louise steuerte darauf zu. Dort angekommen, schaute sie eine Weile auf den Ozean, kletterte auf den Felsen umher und las die Hinweistafel, wonach der Leuchtturm von Trézien die Grenze zwischen dem Atlantik und dem Ärmelkanal markierte. Nachdem sie auf der kahlen Landzunge sonst nichts mehr tun konnte, stellte sich bei Marie-Louise die Einsamkeit ein. Sie war also wieder allein. Es gab niemanden mehr, zu dem sie mit ihren täglichen Sorgen kommen durfte, keinen, für den sie kochte, mit dem sie die Abendnachrichten sah, niemand, der sich nachts im Bett herumwälzte und ihr die Decke wegnahm. So, wie es gekommen war, war es schon richtig, nur ungewohnt eben noch. Mit Blick aufs Wasser weinte Marie-Louise ein bisschen, nicht um ihren Mann, sondern weil es nichts im Leben gab, das man festhalten konnte. Das *Vorübergehende* packte sie an diesem Ort mit Macht.

Fluchtartig fast kehrte sie zum Auto zurück und hatte nur ein Ziel: Paris. Ihre Freunde wollte sie sehen, ihre Stammlokale besuchen, sie wollte reden und plaudern, um die Stimmen in ihrem Kopf zu übertönen.

Doch mit einem CX konnte man nicht so einfach losfahren. Sobald der Motor aus war, sank der Wagen hydraulisch ab; das machte ihn diebstahlsicher. Ungeduldig wartete sie, bis sie endlich aufbrechen konnte. Beim Losfahren schrammte sie etwas vorn rechts, fand es aber nicht der Mühe wert, sich den Schaden anzusehen.

Von Plouarzel ging es über kurvenreiche Pisten Richtung Brest, wo sie die Hauptstraße erreichen würde. Von dort war Paris immer noch sieben Stunden entfernt. Marie-Louise raste und bretterte im wahrsten Sinn über die schlechten

Straßen. Was hatte sie nur geritten, sich so weit von der Hauptstadt zu entfernen?

Die Anhalterin am Wegesrand sah fröhlich aus, blutjung, Rucksack, Schlafsack, sie trug eine Mütze, oder war das Rote etwa ihr Haar? Marie-Louise überlegte, sie mitzunehmen, andererseits wollte sie niemand Fremdes im Auto haben. Sie wandte den Blick ab und trat aufs Gas.

In der nächsten Kurve leuchteten alle Warnanzeigen gleichzeitig auf. Es holperte, es polterte rechts vorn, Metall schliff auf Metall. Der CX stand still.

»Ach du Scheiße. Was ist jetzt wieder los?«, rief Marie-Louise, über das Lenkrad gebeugt. Ihr war nichts geschehen, wenn man davon absah, dass sie mit einem Wagen im Nirgendwo gestrandet war, der sich bei jeder Reparatur als hochkompliziert erwies. »Verdammt, verdammt, verdammt!«

Es klopfte an die Scheibe. Die Tramperin fragte, ob Marie-Louise etwas passiert sei.

»Alles in Ordnung.« Sie öffnete das Fenster.

»Kann ich helfen?« Die junge Frau war höchstens achtzehn Jahre alt. Ihre fröhlichen Augen gefielen Marie-Louise, grüne Augen zu rotem Haar, die Wirkung war erstaunlich.

»Ich habe vorhin etwas gerammt, rechts vorn. Wahrscheinlich kommt es daher.« Sie stieg aus und begutachtete den Schaden. Der Vorderreifen war platt, das Chassis hing über dem Rad. Dieses Auto fuhr nirgendwo mehr hin. Sie hob den Blick, Gestrüpp und Felsen, weit und breit kein Anzeichen von Zivilisation. »Ich weiß nicht genau, wo ich bin.«

»Wir sind circa zwanzig Kilometer vor Brest.«

»Zwanzig …? Du lieber Himmel! Die Strecke, die ich normalerweise zu laufen bereit bin, sind die zwei Blocks zu meinem Lieblingsrestaurant. Wo ist hier der nächste Ort?«

»Hier gibt es keinen nächsten Ort.«

»Wie sind Sie denn hergekommen?«

Die Tramperin zeigte auf ihr festes Schuhwerk und betrachtete zugleich Marie-Louises Pumps. »Wir werden leider laufen müssen.«

»Wir?« Sie musterte die mädchenhafte Frau von oben bis unten.

»Ich bin Judith.«

»Marie-Louise.«

»Nach Brest geht es in diese Richtung.«

*

Marie-Louise erreichte Paris nicht an diesem Tag, nicht am nächsten und während der ganzen kommenden Woche nicht. Der CX war ein kapriziöses Wesen. Die benötigten Teile würden frühestens in drei Tagen ankommen, sagte der Besitzer der Reparaturwerkstatt. Marie-Louise erwog, den Wagen nach Paris schleppen zu lassen und selbst den Zug zu nehmen. Doch schließlich gab sie dem Mechaniker den Auftrag und nahm sich ein Hotel in Brest mit Blick auf die Festung. Sie bedankte sich für Judiths Begleitung, lud sie zum Abendessen ein und erkundigte sich nach ihren Plänen. Marie-Louise erfuhr, dass die junge Frau genauso zwischen Ende und Anfang stand wie sie selbst.

Judith liebte die Bretagne und suchte hier ein Haus, einen kleinen Hof vielleicht, den sie mieten könnte. Auf die Frage, ob sie studiere oder eine Lehre mache und welchen Beruf sie ergreifen wolle, blieb Judiths Antwort eher schwammig. Da sie nicht wusste, wohin in Brest, ließ sie sich von Marie-Louise auf eine Übernachtung einladen. Beim Frühstück sahen sie einander wieder, später beim Déjeuner und beim Abendessen ebenfalls. Judith blieb in dem kleinen Zimmer im Erdgeschoss, während Marie-Louise das Dachzimmer mit Terrasse bewohnte.

Als der Mechaniker anrief und sagte, der Wagen sei fertig, holte Marie-Louise ihn ab, bezahlte, blieb aber weiterhin in Brest. Abends küsste Judith sie vor dem Schlafengehen auf den Mund. Nachts kam sie zu Marie-Louise nach oben. Sie saßen auf der Terrasse und rauchten miteinander. Judith blieb über Nacht.

Eine Woche später fuhren sie gemeinsam nach Paris. Judith konnte nicht glauben, dass ein Mensch allein in einem derart riesigen Haus wohnte.

»Bis vor Kurzem war ich nicht allein«, antwortete Marie-Louise.

»Wieso hast du keine Kinder?«

»Das haben wir uns oft gefragt, mein Mann und ich.«

Das Gästezimmer war Judith zu luxuriös, daher nahm sie sich ein kleineres in der Mansarde und brauchte eine Weile, um sich an die Köchin und den Gärtner zu gewöhnen.

»Ich habe nichts von alledem verdient«, erklärte Marie-Louise. »Was du hier siehst, stammt von meinen Eltern. Sie sind kurz nacheinander gestorben. Keiner wollte ohne den anderen sein.«

»Das gefällt mir.«

Judith blieb, und sie lebten vier Jahre miteinander. Marie-Louise verriet niemandem, nicht einmal Judith, dass dies die schönsten Jahre ihres Lebens waren. Sie wollte das Glück nicht verscheuchen, denn in einem alten Lied hieß es, dass das Glück ein Vogel sei, der sich niemals fangen ließ. Marie-Louise bemühte sich mit aller Kraft, dem Vogel seine Freiheit zu lassen.

Judith begann ein Studium und brach es wieder ab. Es genügte ihr, mit Marie-Louise in dem wunderbaren Haus zu leben und auf die Stadt zu schauen. Marie-Louise genügte es, dass Judith da war. Frei war der Vogel, Jahr um Jahr flog er um das Haus auf dem Hügel.

Ihr Mangel an roten Blutkörperchen sei nicht ungewöhnlich, erklärte Judith, als sie vom Arzt kam. Schon als Kind habe sie Eisentabletten nehmen müssen und beim Turnen oft nicht mitmachen können. Doch ihre Blutarmut sei harmlos.

Nachdem Marie-Louise sie das zweite Mal bewusstlos auf der Treppe gefunden hatte, schaltete sie einen Spezialisten ein. Der Arzt sprach erstmals den Namen der Krankheit aus. Beide sagten nie *Krebs* dazu, sie nannten es lieber *Hodgkin*, weil das lustiger klang. Der Spezialist begann mit der Behandlung. In Judiths Alter seien die Heilungschancen gut.

Zuerst war nur eine Lymphregion befallen, doch nach einer Weile befürchtete der Spezialist den Befall extralymphatischer Organe. Seit Judiths rotes Haar verschwunden war, trug sie eine rote Mütze. Nachts lagen sie umarmt im Bett. Judith schlief wenig, Marie-Louise gar nicht mehr. Sie gab sich alle Mühe, nicht der Spiegel zu sein, in dem Judith ihren täglichen Verfall ablesen konnte. Wie lange würde es Marie-Louise gelingen, zu lächeln und von einem Morgen zu sprechen? Wie lange durfte man verleugnen, dass der Vogel fortgeflogen war?

Marie-Louise wollte kämpfen, wollte Judith mitreißen, vielmehr hineinzerren in ein Dasein, das aus Medikamenten und dem Aufenthalt in aseptischen Räumen mit Schläuchen und Kathetern bestand.

Nach Wochen in der Klinik durfte Judith wieder nach Hause. Die behütete Umgebung würde ihnen guttun, versicherten sie einander und erlebten eine Zeit voll Angst. Auf dem Hügel gab es keinen Arzt, den man schnell herbeirufen konnte, keine Schwester mit ihren routinierten Handgriffen. Zweimal brachte die Rettung Judith in die Notaufnahme.

Bei der nächsten Heimkehr auf den Hügel bat sie überraschend darum, im Wintergarten schlafen zu dürfen: Die Pflanzen und der weite Blick würden ihr gefallen. Marie-Louise wollte das große Bett hinunterschaffen, aber Judith sagte, sie schliefe lieber allein. Marie-Louise war einverstanden, da sie selbst erkrankt war. Sie hatte seit Tagen kein Auge zugetan und vierzig Grad Fieber. An jenem Abend im April saßen die beiden Kranken im Wintergarten und tranken Tee.

»Du musst endlich schlafen«, sagte Judith.

Marie-Louise hustete.

»Nimm eine Schlaftablette.«

»Was ist, wenn du mich nachts brauchst?«

»Heute Nacht werde ich bestimmt nicht sterben.«

Marie-Louise sah sie streng an. »Niemand stirbt in diesem Haus.«

»Wir alle sterben. Mach schon, nimm die Tablette.«

Bald darauf nickte Judith ein. Marie-Louise ging hinauf und nahm das Medikament. Ihre Erschöpfung war so groß, dass sie bis zum frühen Morgen durchschlief. Ihr Fieber war gefallen. Sie eilte in den Wintergarten. Das Bett war leer. Sie fand ein Kuvert auf dem Kissen. Sie las Judiths nüchterne Schrift.

Für den Kampf gibt es eine Zeit
und eine Zeit, um Lieder zu singen.
Auch für den Abschied gibt es eine Zeit.
Wir haben die schönsten Lieder miteinander gesungen.
Jetzt werden wir Abschied nehmen.
Weil es die Zeit dafür ist.

Marie-Louise ließ den Brief fallen. Sie fragte die Köchin, den Gärtner, wo Judith sei, sie rannte durch das Haus. Sie rief in der Klinik an, der Spezialist wusste nichts über Judiths Verbleib.

Drei Monate später stellte die Polizei die Suche ein. Man nahm an, Judith habe einen Weg gefunden, ihrem Leben auf eine Art ein Ende zu setzen, bei der man die Leiche nicht finden würde.

Marie-Louise gab noch nicht auf und engagierte einen privaten Ermittler. Er fand heraus, dass Judith im Morgengrauen ihres Verschwindens ein Taxi bestellt und sich zum Gare Montparnasse hatte bringen lassen. Dort verlor sich ihre Spur. Es gelang ihm jedoch, eine Reisende ausfindig zu machen, die eine Person im Zug nach Brest gesehen hatte, die Judith ähnelte. Das war der letzte brauchbare Hinweis. Judith war fortgeflogen wie der Vogel, den Marie-Louise von nun an vermisste. All die Jahre. Bis zum heutigen Tag.

KAPITEL 34

»**WAS IST HIER** los?«

Bobby Tschombé stand in der Tür. Er passte nicht in die Gesellschaft, die um zwei Uhr morgens im Petit Paris beisammensaß und nicht aufhören konnte, die Geschichte von Judith und Marie-Louise wieder und wieder durchzukauen.

»Was soll das Blaulicht da draußen?«, fragte Bobby.

»Hallo, Bobby!«, rief Benoît.

»Ach, sieh mal an, Monsieur Tschombé«, sagte Danny.

»Je später der Abend, desto seltsamer die Gäste«, lachte Judith, die an Marie-Louises Seite saß.

Der Notarzt packte gerade seine Sachen zusammen. »Ins Krankenhaus müssen Sie nicht, Madame. Aber so schnell wie möglich ins Bett.«

»Ich kümmere mich darum, Doktor.« Judith hielt die Hand ihrer Liebsten.

»Also was war denn nun los?« Bobby versteckte etwas hinter seinem Rücken.

»Ein kleiner Schwächeanfall«, antwortete Judith. »Nicht wahr, mon amour?«

Marie-Louise konnte nicht sprechen. Sie wollte nicht sprechen. Es gab keine Worte für das, was gesagt werden musste.

»Morgen bist du wieder fit.« Judith unterschrieb ein Formular und brachte den Arzt zur Tür.

Die Einzige, die noch nichts zu Bobbys Erscheinen gesagt hatte, war Francine. Auch sie saß bei Marie-Louise.

»Schau an, schau an.« Francine rührte sich nicht vom Fleck.

Bobby trat auf sie zu. In der Pause, die entstand, verstummten alle im Petit Paris. Die Situation fühlte sich wie der Showdown zweier Revolverhelden an. Wer würde zuerst ziehen?

»Was erwartest du jetzt?«, fragte Francine. »Applaus?«

Bobby knurrte etwas, keiner verstand ihn.

»Was willst du?«, fuhr sie ihn an. »Willst du deine restlichen Sachen abholen? Es ist leider nichts mehr da. Es ist alles verbrannt, zu dumm. War ein Unfall.«

»Hm«, machte der Zweimetermann.

»Tu das nicht«, zischte sie. »Du kreuzt hier auf, stehst da wie eine Statue und willst mir die ganze Konversation allein überlassen?«

»Ich glaube …« Er starrte auf seine Schuhspitzen. »Ich glaube nämlich, ich liebe dich und …«

»Was?«, rief Francine, sprang auf und zerrte Bobby zur Gästetoilette. Mit einem entschuldigenden Blick zu den anderen schloss sie die Tür hinter ihnen beiden.

In dem winzigen Raum sah sie ihn an. »Ich habe dich gerade nicht richtig verstanden! Würdest du das noch mal wiederholen?«

Erst jetzt bemerkte sie, dass Bobby eine Rose hinter seinem Rücken hielt. Er wollte sie ihr geben. Francine packte die Rose und warf sie auf den Spülkasten. »Raus mit der Sprache.«

»Ich denke … mir ist klar geworden … Hm, tja … dass ich dich liebe.«

»Du liebst mich? So, aha. Und was ist mit Australien?«

»Was soll ich denn in Australien?«

Ohne Vorwarnung begann Francine zu lachen. Gegen die gefliese Wand gelehnt, lachte sie aus vollem Hals. Schließlich holte sie aus und verpasste ihm eine schallende Ohrfeige. Bobby verzog keine Miene.

»Du verfluchter Scheißkerl.« Sie küsste ihn.

Sie küsste ihn so wild, dass er zurücktaumelte, Halt suchte und, um sich tastend, die Klospülung bediente.

Die Klospülung im Petit Paris war übertrieben laut. Jeder im Lokal konnte hören, wenn gespült wurde.

Alle hoben die Köpfe, sogar Marie-Louise.

»Ich frage mich, was die dadrin machen«, sagte Benoît.

»Ich nicht«, bemerkte Judith.

Rosalie stand auf. »Ich muss ins Hotel.« Sie zog ihre Jacke an.

»Lohnt sich das überhaupt noch?« Benoît half ihr.

»Eigentlich nicht. In zwei Stunden muss ich wieder aufstehen.«

»Darf ich dich begleiten?«

Sie suchte in seinem Blick, wie er es meinte. »Ja, sehr gern, Benoît.«

»Das sollten wir auch machen«, sagte Judith, während Benoît und Rosalie das Café verließen.

»Was denn?«, fragte Marie-Louise mit rauer Stimme.

»Ich bringe dich nach Hause. Mein Wagen parkt auf dem Hof.«

»Dein Wagen? Du hast gar keinen Führerschein.«

»Vor vierzig Jahren hatte ich keinen Führerschein. Inzwischen habe ich das nachgeholt.« Sie half Marie-Louise auf die Beine und legte ihr den Schal um.

»Findest du den Weg zu mir überhaupt noch?«

»Mit geschlossenen Augen.« Sie traten in die Nacht hinaus.

Danny und Roxane waren die Letzten im Petit Paris.

»Warum haben es denn alle auf einmal so eilig?« In ihrem blütenweißen Kleid stand Roxane mitten im Raum.

»Es hat irgendwie mit der Liebe zu tun«, antwortete Danny. Von nebenan hörte man zum zweiten Mal die Klospülung. Er nickte. »Tja, wie gesagt: die Liebe.«

»Wenn man aufs Klo geht, das hat doch mit Liebe nichts zu tun«, antwortete Roxane humorlos.

»Ich fürchte, das wirst du nie verstehen. Ich rufe dir ein Taxi.« Danny kniete sich vor sein Handy. Vorsichtig berührte er das Display – und es wurde hell.

•

Martine wollte sich ein Hotelzimmer nehmen. Warum sollte sie in dem Fall nicht gleich im Ritz bleiben? Weil kein ehelicher Kollateralschaden es wert war, die Preise hier zu bezahlen. Sie schickte Clément mit dem Fahrer nach Hause.

»Alles in Ordnung?«, fragte er vor dem Einsteigen.

»Fahr schon, Clément. Es ist alles in Ordnung.« Sie winkte Luc zu. »Fahren Sie bitte.«

Ihr Mann fuhr in Martines Dienstwagen davon. Sie stand vor dem Ritz. Sollte sie fragen, ob es ein günstigeres Zimmer gab? Nein, im Ritz übernachtete man, wenn man etwas Atemberaubendes erleben wollte. Damit war heute Nacht nicht mehr zu rechnen. Martine entschied sich doch für ein Taxi und stieg vor dem eindrucksvollen Gebäude von *Cortillon Industries* wieder aus. Sie begrüßte den Nachtpförtner und den Securitymann, die sich Blicke zuwarfen, was die Chefin wohl um zwei Uhr morgens in der Firma wollte. Martine fuhr in die sechzehnte Etage, lief in ihr Büro, holte Kissen, Decke und einen türkisblauen Schlafanzug aus dem Schrank und zog sich aus. Sie duschte. Ein letzter Blick auf ihren Kalender: Morgen ging es um 8:30 Uhr los. Sie würde allerdings früher aufstehen müssen, bevor die Ersten in der Chefetage erschienen. Martine legte das Smartphone auf den Boden und löschte das Licht.

Sie war schon eingenickt, als das *Didldu* des Handys sie wieder weckte. Als sie den Absender sah, wurde Martine mit einem Mal heiß und kalt zugleich. Kostbar, heilig, ängstlich öffnete sie Dannys Nachricht.

KAPITEL 35

IN DIESEM JAHR zog der Herbst früh ins Land. Für Mitte September war es bereits ungewöhnlich kühl. Martine schnitt saure Gurken klein.

»Wir brauchen die Hundert-Gigabite-Grafikkarte dringend für den Laptop«, argumentierte ihr älterer Sohn.

»Unbedingt«, hängte sich der jüngere dran.

»Damit ihr noch öfter vor dem Ding hängt und euch die Augen ruiniert und euer Gehirn pulverisiert? Kommt nicht infrage. Von mir kriegt ihr das Geld nicht.« Martine schmeckte das Irish Stew ab. Es fehlte süßer Paprika.

»Wir fragen einfach Papa«, flüsterte der Jüngere beim Hinausgehen. »Der kauft sie uns bestimmt.«

Die Sache mit der Grafikkarte beschäftigte die Jungs mehr als der Zusammenbruch ihrer Familie. Martine hatte den beiden vorsichtig beigebracht, was in ihrer Abwesenheit passiert war, und gestaunt, wie cool sie es nahmen.

»Und wo wohnen wir von jetzt an?«, fragte der Ältere.

»Die meiste Zeit hier. Euer Vater besucht euch natürlich und fährt manchmal mit euch weg. Sobald er etwas

Eigenes gefunden hat, wohnt ihr wechselweise auch bei ihm.«

»Ist unser Haus nicht zu groß nur für uns drei?«, fragte der Jüngere.

»Wir drei und die Katze«, korrigierte Martine.

Heute Nachmittag hatte sie sich freigenommen und wollte den Abend mit den Jungs verbringen. Dazu hatte sie ein Gericht gekocht, das ihnen immer schmeckte.

»Wir sind schon mit Jonathan verabredet«, ließ der Ältere die Katze aus dem Sack.

»Zu Joni könnt ihr auch ein andermal fahren. Heute nur wir drei, wäre das nicht mal lustig?«

»Aber bei Joni ist heute …« Der Jüngere traute es sich nicht zu sagen.

»Heute ist großes *Dungeons & Dragons*-Turnier«, konfrontierte der Ältere seine Mutter mit der Wahrheit. »Das dürfen wir nicht verpassen.«

Martine war natürlich enttäuscht, doch sie ließ die beiden ziehen und überlegte, wen sie stattdessen zum Irish Stew einladen könnte. Sie scrollte durch ihre Kontakte. Bei einem erst vor Kurzem gespeicherten Namen hielt sie inne und rief dort an.

»Es ist ein bisschen kurzfristig«, sagte Martine nach der Begrüßung. »Ich wollte fragen: Hätten Sie vielleicht Lust auf Irish Stew?«

»Haben wir Lust auf Irish Stew?!«, rief Judith am anderen Ende laut.

»Ich habe mir die Haare gewaschen!«, kam es aus einiger Entfernung zurück.

»Ich wollte nicht stören«, beeilte sich Martine zu sagen.

»Im Gegenteil, wir überlegen gerade, was wir essen wollen. Irish Stew hört sich lecker an, bloß – könnten Sie vielleicht vorbeikommen?«

»Gern. Mir fällt hier sowieso die Decke auf den Kopf.«

»Na wunderbar. Wir steuern den Wein bei.«

Minuten später transportierte Martine den Römertopf vorsichtig zum Auto. Die Klöße hatte sie in Alu eingepackt.

»Wohin geht es, Madame?«, fragte Luc.

»Nach Montmartre. Die Adresse vergesse ich immer wieder, aber wir finden es schon.«

Luc zeigte auf den Topf. »Soll ich das auf den Beifahrersitz stellen?«

»Ich behalte es lieber auf dem Schoß.«

Diesmal ließ sich das Märchenschloss schnell finden. Luc hielt vor dem herrschaftlichen Haus.

»Fahren Sie jetzt heim, Luc. Ich brauche Sie nicht mehr.«

»Ich warte gern.«

»Niemand wartet gern.« Den Topf vorsichtig balancierend, stieg Martine aus. »Fahren Sie nach Hause. Grüßen Sie Ihren Freund, und machen Sie sich einen flotten Abend. Ich habe nämlich definitiv vor, mir einen flotten Abend zu machen.« Sie blickte die verwitterte Fassade hoch. Mit der freien Hand drückte sie auf den Klingelknopf.

Schlurfende Schritte waren zu hören.

»Ich warne Sie, ich bin im Bademantel«, rief Judith von drinnen. »Sie müssen verzeihen.«

Der Bademantel war riesig, die schmale Frau versank förmlich darin. Ihr roter Haarschopf leuchtete daraus hervor.

»Ich wünschte, ich hätte auch einen Bademantel dabei«, antwortete Martine beim Eintreten.

Mit frisch geföhntem Haar erwartete Marie-Louise sie in der Küche.

Martine stellte den Topf auf den Herd. »Wir sollten es besser noch mal aufwärmen.«

Eine Stunde später war das Stew gegessen, Judith öffnete die zweite Flasche Rotwein. Marie-Louise saß mit halb geschlossenen Lidern da.

»Sie sind müde. Ich sollte besser aufbrechen«, sagte Martine.

»Wegen der Augen? Sie täuschen sich. Ich bin nicht müde. Es macht nur wenig Unterschied, ob sie offen oder geschlossen sind. Bitte bleiben Sie noch ein bisschen.«

Inzwischen hatte auch Martine die Geschichte jener großen Liebe erfahren, die durch eine Krankheit auseinandergerissen worden war. Der Abend fühlte sich samtig an, die Stimmung war weich, der Wein tat seine Wirkung. Martine getraute sich, Judith danach zu fragen, was vor Jahrzehnten geschehen war.

»Wir kennen uns noch kaum, Madame«, antwortete Judith.

»Natürlich. Bitte verzeihen Sie meine Neugier.«

»Nein, so habe ich es nicht gemeint. Ich will sagen, Sie kennen mein Wesen nicht.« Judith betrachtete ihr Glas, in dem sich das Licht der Kerze brach. »Wenn es den Menschen schlecht geht, wollen die meisten von ihren Liebsten umgeben sein, der Familie, den Partnern. Aber so bin ich nicht.«

»Das kannst du laut sagen«, murmelte Marie-Louise.

»Wenn ich am Ende bin, ziehe ich mich, so wie manche Tiere, lieber zurück. Ich hatte Marie-Louise damals schon genug zugemutet. Die Ärzte, das Krankenhaus, die ständige

Angst und zugleich ihr Bemühen, Zuversicht zu verströmen. Denn gerade ihre ewige Zuversicht hat mich fertiggemacht. Natürlich fand ich es ungerecht, zu sterben. Im Frühling zu sterben ist eine besondere Gemeinheit. Aber so war es nun mal. Eines Morgens habe ich in den Spiegel geschaut und erkannt, was aus mir geworden war, eine lebende Leiche. Marie-Louise sollte das nicht länger mit ansehen müssen. Ich habe meine Vorbereitungen getroffen und bin abgehauen.«

»Ich könnte dich deswegen heute noch umbringen«, sagte Marie-Louise.

»Pech gehabt.« Judith küsste ihre Freundin. »Ich hab's überlebt.«

»Ja, aber wie?«, fragte Martine.

»Ich hatte die Kraft, bis nach Zürich zu fahren. Dort kannte ich eine Frau, die ein Hospiz leitete. Bei ihr wollte ich den kurzen Rest meines Lebens verbringen. Diese Frau hat mir tatsächlich geholfen, aber anders, als ich erwartet hatte. Sie fragte, ob ich eine letzte Möglichkeit ausprobieren wollte.«

Es wurde still in der Küche. Der Kühlschrank sprang an.

»Die Therapie war grauenhaft«, fuhr Judith fort. »Nie wieder würde ich das machen, lieber sterben. Diese verdammte, wunderbare Frau hat mich gezwungen, dem Tod von der Schippe zu springen.«

»Sind Sie operiert worden?«

»Das auch, mehrmals. Davor hat man mir allerdings mitgeteilt, dass die befallenen Lymphknoten so nahe bei der Wirbelsäule liegen, dass ich nach der OP querschnittgelähmt sein könnte.« Judith nahm Marie-Louises Hand. »Findest du es blöd, dass ich das alles erzähle?«

»Wieso? Das ist doch eine Geschichte, die nach einem Irish Stew die Verdauung anregt«, konterte Marie-Louise trocken.

»Die Tortur hat ein halbes Jahr gedauert. Danach sagte meine Freundin: *Wir haben ein bisschen Zeit gewonnen.*« Judith lachte. »Ein halbes Jahr Schmerz und Golgatha und Sterbenwollen, und danach hatte ich gerade mal ein bisschen Zeit gewonnen! Ich wollte Wien sehen.«

»Wie bitte?« Martine glaubte sich verhört zu haben. »Was wollten Sie sehen?«

»Wien, die Stadt. Alle sagten, Wien soll so morbide sein. Dort passe ich hin, dachte ich und bin in den Zug gestiegen. Ich weiß nicht, wie es heute dort ist, aber in den achtziger Jahren war Wien sehr morbide. Düster und dreckig und sozialistisch regiert. Ich habe mich wohlgefühlt. Ich habe eine Frau kennengelernt, sie leitete eine Berufsberatung. Emmy war ihr Name. Sie hat mich eingestellt. Wir hatten es gut miteinander. Ihre Agentur hat vielen Arbeitslosen geholfen. Manchmal habe ich auf meine innere Uhr geschaut, weil ich wissen wollte, wann meine *gewonnene* Zeit abgelaufen sein würde. Aber der Krebs ist nicht wiedergekommen.«

Die entscheidende Frage war offengeblieben. Martine stellte sie. »Warum haben Sie Marie-Louise später nicht aufgesucht?«

Judith trank ihr Glas leer, stand auf, trat an das kleine Küchenfenster. »Ich hatte ein vollkommen neues Leben begonnen. Wenn ich die Frage heute beantworten soll: Ich hatte einfach Angst.« Sie kam an den Tisch zurück. »In Wien habe ich ein Lied gehört. Ich weiß nur noch den Refrain, der geht so: *So ist das Leben. Der eine kommt nach Paris. Der andere kommt nicht nach Paris, weil das Leben halt so ist.* Solche

Lieder singen die Wiener. Ich dachte, wenn der Krebs wiederkommt, möchte ich nicht in Wien begraben sein, lieber in Paris. Und so bin ich zurückgefahren und habe in einem kleinen Café zu arbeiten begonnen. – Das Leben hat mich weit von Marie-Louise weggeführt, so weit, dass ich den Weg zurück nicht mehr gefunden habe.« Sie öffnete den Kühlschrank. »Möchte jemand Käse? Wir haben einen wunderbaren *Comté* da.«

»Mir bitte ein kleines Stück«, antwortete Marie-Louise.

KAPITEL 36

ES WAR EINE hohe Zeit, weil sie Hochzeit feierten. Es war eine vorsichtige Zeit, weil sie sich scheiden ließen. Es war die beste Zeit, um das Leben in eine neue Form zu gießen. Eine schlechte Zeit war es, wenn man glaubte, das Leben festhalten zu können. Hoffnung stellte sich bei manchen von ihnen ein wie sonst im Frühling. Bei anderen war es ein Gefühl der Erstarrung wie im Winter. Sie glaubten ein bisschen weiser geworden zu sein. Die Weisen unter ihnen verstanden, wie närrisch sie sich aufgeführt hatten. Sie glaubten an das Licht, weil sie es gesehen hatten, sie fürchteten die Dunkelheit. Sie hatten vieles noch vor sich, sie hatten verdammt viel schon hinter sich. Sie kümmerten sich nicht um die Hölle, denn heute hatten sie den Himmel vor Augen.

Jeder kannte Bobby Tschombé in Anzug und Krawatte. Aber noch nie hatte man ihn mit einem Anstecksträußchen und Reiskörnern im Haar gesehen. Als er seine Braut über die Schwelle trug, war das ein staunenswerter Anblick.

Die Braut hatte sich an ihrem hohen Tag für einen violetten Fummel entschieden, kein Kleid, tatsächlich einen Fummel aus violettem Samt, Kunstsamt natürlich, und darunter, wen wunderte es, trug sie ein Herrenunterhemd, als lohne es nicht, es an ihrem Hochzeitstag auszuziehen.

Bobby musste seine Braut minutenlang auf den Armen halten, weil der Applaus, mit dem die beiden vor dem Petit Paris empfangen wurden, so herzerwärmend und lang anhaltend war. Kein Ort auf der Welt wäre besser, keiner selbstverständlicher gewesen als das Café, in dem man sich über die Existenz von Wundern nicht mehr wunderte. Schließlich trug Bobby Francine hinein. Judith begrüßte die frisch Vermählten.

»Haltet mal die Klappe!«, rief sie in die Runde.

Es dauerte eine Weile, bis die geladenen Gäste und einige ungeladene ein Plätzchen gefunden hatten und Judith weitersprechen konnte.

»Ihr habt es also wirklich gewagt«, begann sie. »Schwer zu sagen, wem von euch beiden ich es weniger zugetraut hätte.«

Die Leute lachten, weil bei solchen Ansprachen gern gelacht wurde. Hochzeitsreden waren dazu da, die Rührung von einigen, die Traurigkeit von anderen, die Hoffnungslosigkeit einer dritten Gruppe beiseitezuwischen. Wer lachte, gab der Überzeugung Ausdruck, das Leben sei eigentlich halb so schlimm. Das Leben war schließlich nur eine Idee, die verwirklicht werden wollte, die mit jedem Einzelnen neu anfing und mit jedem Einzelnen zu Ende ging.

Gedanken dieser Art griff Judith in ihrer Rede auf, bis sie merkte, dass die Leute mit den Füßen zu scharren begannen, weil sie etwas trinken wollten. Aber noch hatte Judith ihre große Überraschung nicht platzen lassen. Die Leute sollten scharren, soviel sie wollten, die *bombe surprise* gab es erst am Schluss.

Martine Cortillon war allein gekommen. Allein zu sein stellte ihren momentanen Status dar, und sie bekannte sich dazu. Clément war zu seiner neuen, gar nicht mehr so neuen Liebe gezogen und forcierte einen möglichst baldigen Scheidungstermin, da er seine Flamme heiraten wollte. Was alles andere betraf, hatte Cléments Verhalten Martine wieder einmal beeindruckt: Unkomplizierter hätte man die Vermögensfrage nicht klären können. Mit einem geschickten Anwalt wäre es Clément möglich gewesen, Unsummen aus seiner langjährigen Ehe herauszuschlagen. Doch er wollte nichts, gar nichts, nicht einmal das Paket Cortillon-Aktien, das Martine ihm anbot.

Er erklärte es ihr mit schlichten Worten. »Ich verdiene so viel Geld, dass ich mich schämen müsste, das anzunehmen. Man bezahlt mir sechs Prozent vom Preis einer Immobilie dafür, dass ich ein paar Telefonate führe und Leute zusammenbringe, die sich ein Eigenheim kaufen wollen. Sechs Prozent, das ist pervers! Ich möchte das Schicksal nicht unnötig herausfordern, indem ich bei unserer Scheidung noch mehr abzocke.«

»Wenn alle Makler so denken würden wie du, sollte es eine ganze Menge davon geben.« Martine hatte Tränen in den Augen. Sie hatten sich in den Armen gelegen, innig, wie seit Jahren nicht. Martine sah Clément inzwischen kaum noch. Er war glücklich, er war unverschämt glücklich, weil er mit seiner Holden in den Sonnenaufgang reiten durfte.

Wohin reite ich?, dachte sie. Gewiss nicht in den Sonnenaufgang. Ihr Blick suchte und fand Danny. Er und Roxane waren auf einen Tisch gestiegen, um besser sehen zu können. Die Elfe und der Engländer passten so verdammt gut zueinander, dass es wehtat. Beide waren schmal und jung, ihre Körper erzählten etwas vom Tanz, vom Schweben durch das Leben.

In diesem Moment fühlte sich Martine trostlos in der Umgebung dieser glücklichen, gut gelaunten Menschen. Sie suchte einen Vertrauten, einen Verbündeten in der Menge. Erst jetzt bemerkte sie, dass Benoît fehlte. Auch auf dem Standesamt hatte sie ihn nicht gesehen. Seltsam, Francine und er waren befreundet, Benoît gehörte praktisch zum Inventar des Cafés: Was hatte ihn aufgehalten? Martine beschloss, noch ein Glas auf das Wohl des jungen Paares zu trinken, und sich dann zu verabschieden.

»Du hast dem Petit Paris all die Jahre treu gedient, Francine«, sagte Judith gerade. »Fast genauso lange wünschst du dir schon, dass dieses Café eines Tages dir gehört. Dieser Tag ist nun nicht mehr fern.«

»Stimmt!«, rief Francine, die schon einiges getrunken hatte. »Bobby …« Sie kicherte. »Mein Mann streckt mir das Geld vor. Wir können zum Notar gehen, wann immer du willst.«

Judith nahm eine Papierrolle in die Hand, an der ein goldener Schlüssel hing. »Monsieur Tschombé soll sein Geld besser in die Renovierung der Gästetoilette stecken«, widersprach sie. »Mein Hochzeitsgeschenk an dich, an euch ist das Café Petit Paris, meine Liebe. Ich hoffe, ihr werdet glücklich damit. Hier ist die Schenkungsurkunde.«

Manchmal, wenn es in gewissen Situationen ungewohnt still wurde, behaupteten die Menschen, ein Engel gehe durch den Raum. Meistens stimmte das nicht. Engel waren wählerisch, sie gingen nicht zu jedem Anlass durch einen Raum. Doch im Petit Paris war es eine ganze Engelschar, die in diesem Augenblick hier paradierte, Erzengel waren dabei, Cherubime und Seraphime.

Es wurde so still, dass alle hören konnten, wie Francine einen leisen Schluchzer tat. »Aber das geht doch nicht«, sagte sie gerührt. »Von dem Geld wolltest du dein Alter finanzieren, Judith.«

»Alter? Papperlapapp«, lachte Judith. »Ich fühle mich wie ein junger Hüpfer.« Sie warf einen Blick in die Nische, wo eine weißhaarige Frau mit halb geschlossenen Augen saß. »Wenn man seine große Liebe wiedergeschenkt bekommt, ist man ewig zwanzig.« Sie drängte Francine die Urkunde förmlich auf. »Wie lange soll ich das noch halten? Der Schlüssel hat ein ziemliches Gewicht.«

Die Engel hatten ihre Pflicht getan und zogen wieder ab. Die Gäste begannen zu applaudieren, lange, ausdauernd, glücklich und überzeugt, dass es im Leben so und nicht anders zugehen müsse. Denn *der eine kommt nach Paris, aber der andere kommt auch nach Paris, weil das Leben eben so ist!*

Judith und Francine, Judith und Bobby umarmten einander. Die scheidende Besitzerin des Petit Paris gab Mahmud ein Zeichen: Er ließ die Korken knallen. Schampus floss für jedermann.

Im allgemeinen Trubel kämpfte sich Judith zu Marie-Louise durch und nahm Platz. »Wie fühlst du dich?«

»Geht schon.«

»Du siehst blass aus.«

»Die letzten Tage … Es ist alles ein bisschen viel.«

»Soll ich dich nach Hause bringen?«

»Bei dir piept's wohl.« Marie-Louise lächelte. »Heute ist der große Tag, an dem du als Glücksbotin dein Füllhorn ausschüttest.«

Judith küsste ihre Liebe zärtlich. »Trotzdem solltest du bald ins Bett.«

»Behandle mich nicht wie eine Geriatriepatientin. Dieser Tag kommt noch früh genug.«

»Nicht bei dir.«

»Bist du sicher, dass wir das Richtige tun?«, fragte die alte Frau.

»Ich war im Leben noch nie von einer Sache so überzeugt.«

»Wir beide sind eingefleischte Einzelgängerinnen. Wir sind es nicht mehr gewohnt, mit einem anderen Menschen zusammenzuleben.«

»Wir werden es wieder lernen.«

»Dein Haus in der Bretagne ist schön, aber ziemlich klein. Werden wir uns nicht rasch auf die Nerven gehen?«

»Mein Haus ist perfekt für dich«, entgegnete Judith. »Du brauchst nur aus der Tür zu treten und hast das Meer vor dir. Dagegen ist dein alter Kasten in Montmartre voller Treppen und Rampen. Falls irgendwann wirklich das Alter an deine Tür klopft, kannst du in diesem Haus nicht länger leben.«

»Ich kann schon jetzt dort nicht mehr leben. Du kennst den Grund.«

»Deshalb verkaufst du das Geisterschloss ja auch, und wir leben glücklich und zufrieden in der Bretagne. Wenn wir einander tatsächlich mal auf die Nerven gehen, fahren wir kurzerhand in unser Hotel nach Brest.«

»Das wäre schön.«

»Das wird schön! Zögere nicht länger. Verkauf den ganzen Krempel und lass den Staub der Jahrzehnte hinter dir.«

»Ich verkaufe aber nicht alles.«

»Wie meinst du das?«

»Ich werde Benoît meine Bibliothek schenken.«

»Benoît? Damit rettest du seinen Laden vor dem Ruin«, rief Judith überrascht.

»Deshalb mache ich es aber nicht, sondern weil er der Einzige ist, der W. H. Auden zu schätzen weiß.«

»Für deine Großmut wirst du sicher heiliggesprochen«, kicherte Judith.

»Und du für deine.« Marie-Louise zeigte auf die glücklichen Cafébesitzer.

»Dann sind wir also schon zwei Heilige.« Sie lachten, stießen an und tranken. »Auf den Verkauf deines Hauses!«, prostete Judith ihr zu.

Martine trat zu ihnen in die Nische. »Falls ihr einen guten Makler braucht, könnte ich meinen Ex-Mann empfehlen.«

»Diesen unsympathischen Menschen mit seinen geschmacklosen Krawatten?«, ereiferte sich Marie-Louise.

»Die Krawatten habe ich ihm geschenkt. Außerdem ist er ein glänzender Makler. Ich weiß, Clément hat Ihnen viele Sorgen bereitet. Dafür soll er sich jetzt anstrengen, damit Sie einen guten Preis bekommen.« Martine stellte ihr Glas ab. »Ich möchte mich verabschieden.«

»Die Party beginnt gerade erst.«

»Es gibt gute Tage, um Party zu machen, und es gibt … die anderen Tage.«

Reflexartig ging Judiths Blick zu Danny und Roxane. »Alles klar.«

Martine lächelte. »Bedauerlicherweise ist nicht alles klar.«

»Das letzte Wort in der Sache ist noch nicht gesprochen.« Marie-Louise drückte ihr die Hand.

Martine umarmte beide und drängte sich zum Ausgang durch. Sie trat ins Freie. Die frische Oktoberluft tat gut. Sie zog den Schal enger.

»Wieso wollen Sie schon gehen?« Danny stand hinter ihr.

»Ich muss … Die Firma … Termine …« Sie log so schlecht, dass sie rot wurde.

»Ich hätte gern noch mit Ihnen gesprochen.«

»Ein andermal, Danny.«

»Sind Sie sicher?«

»Leider bin ich ziemlich sicher.« Sie gab ihm die Hand und lief auf die Ecke zu, wo Luc mit dem Wagen wartete.

KAPITEL 37

BENOÎT WAR SEIT Ewigkeiten nicht mehr geflogen. Einerseits weil er es sich nicht leisten konnte und außerdem weil er es hasste. Schon die Anreise nach *Charles-de-Gaulle* kostete Nerven, das Schlangestehen, das Gedrängel, die Demütigung, bei der Sicherheitskontrolle seine Schuhe auszuziehen zu müssen. Die Hose rutschte, weil der Gürtel fehlte, die Beamtin sah Benoîts Unterwäsche.

Das Abfluggate wurde zweimal gewechselt, zweimal hastete er durch Hallen, über kaputte Laufbänder, bis er durchgeschwitzt am neuen Gate ankam. Und dann die Panik, weil Benoîts altmodisch ausgedruckter Boardingpass die Türautomatik nicht in Gang setzte. Die Demütigung, dass eine weitere Beamtin ihm helfen musste, als wäre er aus einem Altersheim entflohen und der Lebensrealität nicht gewachsen.

Genau betrachtet, bin ich das auch nicht, überlegte er im Flieger. Für wen waren diese winzigen Sitze eigentlich konstruiert, für Kinder? Der wohlgenährte Sitznachbar quetschte Benoît seinen Ellbogen in die Rippen.

Das Ankunftsgate lag geschätzte zehn Kilometer vom Ausgang entfernt. Ein Taxi erschien Benoît zu teuer, also trottete er den grünen Schildern hinterher, die behaupteten, dass CAT kein Musical sei, sondern der *City Airport Train*. Bei dem Preis hätte ich mir auch ein Taxi nehmen können, dachte er und taumelte beim Aussteigen durch den nächsten Irrsinn eines Bahnhofs.

Er befolgte die Anweisungen, die er bekommen hatte, und stand schließlich am Übergang einer dreispurigen Straße. Sie mutete anders an als übliche Betonmonster. Überhaupt wirkte hier alles anders. Woran lag das? Das Wetter war es nicht, der Herbst regierte mit trüber Macht. Vielleicht lag es daran, dass die Straße *Schubertring* hieß? War hier tatsächlich Franz Schubert langgeschlendert zu Zeiten, als man noch keine drei Spuren für den Verkehr gebraucht hatte?

Benoît war mit einem früheren Flieger gekommen, ihm blieb also Zeit, bevor er sein endgültiges Ziel erreichen musste. Er überquerte den Schubertring nicht, schulterte stattdessen seine Tasche und trat in einen Park, der ihm trotz des Grau in Grau einladend erschien.

Da stand es ja, das Schubert-Denkmal. Aus marmornen Augen blickte der Meister vor sich hin. Benoît war in einen Park mit vielen berühmten Leuten geraten. Dort hatte man Franz Lehár mit einer Büste verewigt, nicht weit davon Anton Bruckner in Bronze. In einer Eibennische entdeckte Benoît das Ganzkörperdenkmal von Hans Makart, dem Schöpfer jener Möbel, die er zusammen mit Madame Cortillon bewundert hatte. Er glaubte, damit alles gesehen zu haben, doch der Star des Parks lag noch vor ihm. Seine

Statue hatte man vergoldet. Marmorne Genien und Musen umschwebten ihn.

»Langsam verstehe ich, warum Rosalie so von Musik schwärmt«, murmelte Benoît. »Ich scheine wirklich in der Stadt der Musik gelandet zu sein.« Eine derartige Ansammlung vergötterter Musiker wäre ihm in Paris nicht eingefallen. Ein Blick aufs Handy. »Ich muss weiter«, sagte er zu Johann Strauss und schämte sich nicht, ein Foto von dem Vergoldeten zu machen. Im Weitergehen summte er etwas, was er für einen Walzer hielt.

Selbst bei grüner Ampel war es gewagt, den umtosten Schubertring zu überqueren. Benoît betrat den Bezirk, in dem er erwartet wurde. Er tauchte in Gassen ein, die es eigentlich nicht geben dürfte, so schön waren sie. Als Tourist wusste Benoît natürlich, dass die Stadt ihre Gassen absichtlich *schön* machte, damit es den Touristen gefiel. Trotzdem hatten die schmalen Gänge, die Torbogen, die überraschenden Durchgänge nichts Künstliches. Wer aus Paris kam, war mit historischer Schönheit vertraut, doch mit einer solchen Atmosphäre hatte Benoît nicht gerechnet. Die Straßen hießen *Himmelpfortgasse* und *Stoß im Himmel*. Der Buchhändler aus Paris begriff nun endlich, was es mit dem Namen *Hirzelsberger* auf sich hatte. Wenn man in dieser Stadt lebte, konnte man eigentlich nur Hirzelsberger heißen.

Er beschleunigte seine Schritte, wollte endlich ans Ziel gelangen und gönnte dem Stephansdom, der über einem Dachfirst auftauchte, kaum einen Blick.

Aus einer Gasse, in die wegen ihrer Enge kaum Licht fiel, trat er durch ein Tor auf jenen Platz, den Rosalie als den schönsten der Welt bezeichnet hatte. Hier fand er einen

Brunnen, über dem ein bronzener Moses wachte, dazu eine katholische Kirche, ein kleines Café und ein Restaurant. Alles zusammengenommen, ergab den Franziskanerplatz.

An jenem Brunnen, die Hand ins Wasser getaucht, saß Rosalie in einer rot karierten Jacke, mit blauem Schal und versonnenem Blick.

»Bonjour«, begrüßte Benoît die Frau am Brunnen.

»Servus. Hast du es gut gefunden?« Rosalie kam auf ihn zu. »Hast du Hunger?«

●

Wohin war das Wasser verschwunden? Der Pont Neuf stand fast auf dem Trockenen. Im Sommer hatte der Regen nicht enden wollen, nun glitt der Herbst in den Winter über, und Frankreich hatte ein Energieproblem. Die Flüsse führten Niedrigwasser, die Hälfte der Kraftwerke stand still.

Martine lehnte sich über die Brüstung. Die Brücke kam ihr ungewohnt einsam vor, ein steinernes Band im Nebel. Heute versuchte kein Angler hier sein Glück, selbst die Touristen schienen zu anderen Destinationen aufgebrochen zu sein. Martine wandte sich zum Nordufer. Wieder einmal war sie gekommen, um im Kaufhaus *La Samaritaine* ein Geschenk für Clément zu besorgen. Ihr Ex-Mann verdiente es, beschenkt zu werden; seine Vermittlung für den Verkauf von Marie-Louises Haus suchte ihresgleichen. Die Immobilie ging in den Besitz einer Anwaltskanzlei über, die sich vom Lärm der Bauarbeiten nicht abschrecken ließ.

Die Dinge, die Martine ihrem Mann früher geschenkt hatte – Krawatte, Schal, Zigarren – waren Präsente, wie

Eheleute sie einander machten. Diesmal musste es etwas für einen Freund sein, der bald wieder heiraten würde.

Bei dem Gedanken kam nun doch die Bitterkeit hoch, die Martine sonst mit Sätzen wie – *Die Nacht ist am dunkelsten, bevor der Morgen graut* – beiseitedrängte. In Wahrheit lag ein langer, grauer Winter vor ihr, missmutige Gesichter in der Firma, missmutige Gesichter ihrer Söhne, weil sie bei Martine nicht so viel am Computer zocken durften wie bei ihrem Vater. Oft war Martine mit der Katze allein in dem riesigen Haus. Sie ging praktisch nie aus, weil ihre Scheidung und ihr Single-Status Gesprächsthema waren. Noch weniger Lust hatte sie, sich eine oberflächliche Affäre zu suchen. Sie wollte gar nichts suchen, finden wollte sie. Und wusste nicht, was.

Ohne zündende Idee, was sie Clément schenken sollte, ging sie auch heute nicht ins *La Samaritaine*. Ein Brief, vielleicht ein selbst geschriebenes Lied kamen ihr persönlicher vor. Sie hatte lange nicht mehr am Klavier gesessen. Wenn die Seele schwer war, gab es nichts zu singen. Martine hatte nicht einmal Lust, in die Seine zu spucken. Das war ein Spaß für glücklichere Tage.

Sie schlenderte am Ufer entlang. Nahe dem Pont des Arts begann das Spalier der Bouquinisten. Manche hatten ihre Stände schon winterlich eingepackt oder abgebaut. Benoît gehörte ebenfalls dazu; mit der schönen Jahreszeit war auch er verschwunden. Was sich zugetragen hatte, war eben nur ein bunter, verrückter Sommer gewesen, ein Sommer des Erwachens, des Staunens, der Hoffnung und der Liebe. Jeder wusste, welche Jahreszeit nun folgte, aber keiner wollte es wahrhaben, auch Martine nicht.

Sie scheute sich, in das Gewirr von Saint-Germain einzutauchen, denn ihr gefühlsmäßiger Autopilot würde sie unvermeidlich zum Petit Paris führen. Das war ein gefährlicher Ort für jemanden, den die Einsamkeit im Griff hielt. Als sie den Gemüsemarkt erreichte, zogen dunkle Wolken auf. Der eisige Wind presste Martines Mantel gegen ihre Beine. Tropfen fielen klatschend auf ihre Schultern. Sie lief gegen den Sturm, der in der schmalen Gasse heulte. Innerhalb weniger Sekunden verwandelte sich der Regen in … war das Schnee oder Hagel oder eine neue Verrücktheit des immer verrückter werdenden Wetters? Vor den hagelnden Schneeflocken schloss sie die Augen.

Martine prallte mit jemandem zusammen, der so blind wie sie durch den Sturm lief. Der Stoß gegen ihre Brust tat weh, sie schrie auf. Der Mann taumelte nach hinten und fiel, hilflos mit den Armen rudernd, auf den Rücken. Sein Kopf schlug gegen das Pflaster.

Martine lief hin. »Haben Sie sich wehgetan?« Sie beugte sich über ihn. Er wirkte gebrechlich. Unter seiner karierten Schiebermütze quollen lange weiße Strähnen hervor.

»Da haben wir ja die Übeltäterin«, sagte der Mann im Liegen.

Martine fuhr hoch. »Übeltäterin? Sie haben genauso viel Schuld wie ich.«

»Du Herzensbrecherin«, sagte der alte Mann auf der Straße.

»Richard?«, rief sie beinahe erschrocken. »Richard, was machst du in Paris?« Sie schrie gegen das Wetter an.

»Ich bin die Feuerwehr.« Der Alte setzte sich auf. »Die Feuerwehr ist immer am Katastrophenort.«

»Keine Ahnung, wovon du redest.« Sie streckte ihm die Hand hin. »Komm, wir müssen ins Warme.«

»Ich weiß genau, wohin du mich locken willst.« Er ließ sich aufhelfen.

»Du redest ein bisschen wirr, Rich, weißt du das?«

Er klopfte den Schnee von seinem Dufflecoat. »Hier in der Gegend ist doch dieses ominöse Café – oder nicht?«

»Gute Idee. Lass uns dorthin gehen. In der Kälte sollten wir unser Wiedersehen nicht feiern.«

»Es gibt nichts zu feiern.«

»Dann eben nicht«, sagte sie zu ihrem Professor und Geliebten von vor hundert Jahren. »Aber komm ins Trockene mit mir.« Da er nach dem Sturz hinkte, hakte sie ihn unter. »Jetzt mal im Ernst, Rich, was machst du in Paris?«

»Ich suche meinen Sohn.«

»Danny?« Sie verlangsamte ihre Schritte. »Wieso suchst du ihn, statt dich mit ihm zu verabreden? Weißt du immer noch nicht, wie man ein Handy bedient?«

»Wann hast du Danny zuletzt gesehen?«

»Auf einer Hochzeitsfeier, das ist einige Zeit her. Er war mit seiner Freundin dort.«

Der Professor blieb stehen und sah sie mit jenem Blick an, den sie bei Prüfungen immer gefürchtet hatte. »Solltest du tatsächlich so blind sein?«, fragte er.

»Ich bin nicht blind, nur durchgefroren. Wollen wir etwas essen, Rich? Hast du Hunger?« Sie dirigierte den Mann mit der Schiebermütze in die Rue de Gaspard.

KAPITEL 38

BEIDE MOCHTEN COUSCOUS eigentlich nicht, aber es war heute das einzige warme Gericht auf der Karte.

»Dabei heißt es, wir in England hätten so eine miserable Küche.« Richard schob den Teller beiseite.

Martine aß weiter, um Mahmud nicht zu beleidigen. »Ist Francine nicht da?«, rief sie ihm zu.

»Seit sie die Besitzerin ist, lässt sie sich im Café seltener blicken.« Er verschwand in die Küche.

Martine legte ihr Besteck zusammen. »Wie kommt es, dass du Danny suchst?«

»Weil der Junge beunruhigende Dinge anstellt.«

»Zum Beispiel?«

»Er hat betrunken auf dem Eiffelturm getanzt.«

»Das ist wohl eher jugendlicher Leichtsinn.«

»Die Polizei hat mir gegenüber behauptet, er wollte springen.«

»Danny?«, rief Martine erschrocken und starrte ihn an.

Richard nickte. »Was glaubst du denn, warum ich in den nächsten Flieger gestiegen bin?«

»Aber wieso wollte er …?«

»Weißt du immer noch nicht, was für ein Mensch mein Sohn ist? Was für eine zarte Seele, wie zerbrechlich, wie unerfahren? Trotz seiner vierundzwanzig Jahre weiß er nicht, was er mit der Liebe anfangen soll.«

»Aber Danny hat eine Freundin«, entgegnete sie. »Völlig unerfahren scheint er also nicht zu sein.«

Richard schüttelte traurig den Kopf. »So abgebrüht, wie du dich gibst, bist du gar nicht. Hast du denn nicht begriffen, Martine, was dein wunderbares Lied bei meinem Jungen ausgelöst hat?«

»Ach, das weißt du also auch schon?«, rief sie und winkte gleichzeitig der neuen Kellnerin. »Bringen Sie mir bitte einen Roten.«

»Einen Roten – was?«

»Was denken Sie? Glauben Sie, ich bestelle Rote Bete?«

»Rote Bete haben wir nicht.«

Richard lachte über den grotesken Dialog. »Am besten, Sie bringen uns gleich eine Flasche Rotwein.«

Martine wartete, bis die Kellnerin gegangen war. »Du bist wütend auf mich, Richard, und das kann ich verstehen. Du hast mir deinen Sohn als Englischlehrer empfohlen. Er war ein guter Lehrer. Und ich altes Huhn habe begonnen, ihn anzuhimmeln. Ich habe mir weiß Gott was eingebildet, was zwischen uns möglich sein könnte. Weißt du, ich habe wirklich geglaubt, ich liebe Danny. Deshalb ließ ich mich hinreißen, ihm ein kitschiges Lied zu schicken.«

Sie hielt inne, da die Kellnerin den Wein brachte und einschenkte.

Richard sah Martine nur an. »Und was war weiter?«

»Zuerst hat sich Danny auf meine Whatsapp tagelang nicht gemeldet. Danach haben wir nur ein einziges Mal über die Angelegenheit gesprochen.«

»Und dabei hast du dich wie eine Firmenchefin benommen, hat mir Danny erzählt. Cool, sachlich, von oben herab hast du die Entscheidung getroffen, dass ihr euch besser eine Zeit lang nicht sehen solltet.«

»Nach dem aufgeheizten Brimborium der letzten Zeit fand ich meine Reaktion einfach *erwachsen*.«

»Es war aber nicht erwachsen, sondern ängstlich, meine Liebe. Du hast Schiss gekriegt, dich vor einem Vierundzwanzigjährigen zu blamieren, vor allem aber Angst, dich zur Liebe zu bekennen.«

Sie wollte ihm eine Antwort geben, die der lebenserfahrenen Martine Cortillon entsprach, doch Martine brachte kein Wort über die Lippen. »Ich bin fast zwanzig Jahre älter als dein Sohn«, sagte sie schließlich.

»Du warst auch schon zwanzig Jahre älter, als du dein Lied geschrieben hast.«

Martine senkte den Blick. »Es kann schon sein, dass ich Schiss hatte, Rich«, erwiderte sie leise. »Aber zwischen Danny und mir kann es einfach nicht gut gehen. Es ist unmöglich.«

Mit dem Weinglas in der Hand lehnte er sich zurück. »Damals, als ich mich in dich verliebt habe, war ich fast dreißig Jahre älter. Wir wussten beide, es ist nicht für immer. Aber heute kann ich sagen, es war eine der schönsten Zeiten meines Lebens. Ich wäre ärmer, wenn ich es nicht gewagt hätte.«

Sie räusperte sich. »Was du da sagst …«

»Aber ich *sage* doch gar nichts.« Er schmunzelte. »Ich erinnere mich nur an eine blutjunge, mutige, hinreißende Frau, für die der Kampf ums Dasein den wahren Prickel im Leben darstellte.«

»Ja, so war ich«, flüsterte Martine. »Und ein älterer Engländer hat damals zu mir gesagt: *Das Ich altert nicht.*«

Ein füchsischer Ausdruck breitete sich auf seinem Gesicht aus. »Eigentlich wollte ich, wenn ich schon mal in Paris bin, in die Oper gehen.« Er warf einen Blick zur Wanduhr. »Aber ich fürchte, das schaffe ich nicht mehr.«

»Was spielen sie denn heute?«

»*Rheingold.* Die Nachmittagsvorstellung beginnt in einer Dreiviertelstunde.«

»In fünfundvierzig Minuten? – Ich verstehe.« Martine nickte mehrmals hintereinander. »Würdest du mich bitte entschuldigen, alter Freund?«

•

Sie hätte die Métro nehmen können, ein Taxi oder ihren Fahrer verständigen. Doch Martine Cortillon rannte den Boulevard Saint-Germain hinunter. Sie war froh, die bequemen Schuhe anzuhaben. Es wurde rasch dunkel; dort glitzerte das Odéon in der Abendbeleuchtung. Sie überquerte den Boulevard Saint-Michel, passierte die Station Cluny – la Sorbonne und beglückwünschte sich am Pont de la Tournelle zu ihrer guten Kondition. Auf dem Pont de Sully ließ ihre Kondition sie im Stich, sie musste verschnaufen und starrte auf die erleuchtete Sorbonne.

Als sie den Boulevard Henri IV entlanglief, tauchte im

Hintergrund die Place de la Bastille auf. Martine mobilisierte ihre letzten Reserven und erreichte den gläsernen Bau. Vor der Oper stand kaum noch Publikum, man drängte sich in den Foyers. Martine schickte ein Dankgebet zum Opernhimmel, weil sie sich in dem Gebäude so gut auskannte.

»Kann ich Ihre Karte sehen, Madame?«, fragte ein junger Mann in Uniform.

Martine duldete jetzt kein Störfeuer. »Im Augenblick nicht.«

»Wenn Sie kein Ticket haben, darf ich Sie nicht durchlassen. Madame … Madame!«, rief er ihr nach.

Martine schlug einen Haken, brachte eine Gruppe gut gelaunter Wagner-Fans zwischen sich und den Uniformierten, erreichte die Feuerschutztür, durch die sie vor Monaten mit Clément gegangen war, und schlüpfte hinein. Es war die Etage mit den nackten Männern, wo sich Danny in das Unterwasserwesen verwandelte, das durch den Rhein schwimmen sollte. Die Garderobe war leer.

»Das darf nicht wahr sein!« Mit fliegendem Atem sank Martine vor einen der Schminktische. Sie sah ihr rotes Gesicht, die aufgelöste Frisur im Spiegel. Doch sie war nicht hier, um attraktiv zu sein, sondern wollte sich in den Kampf stürzen. Sie war zwanzig und verliebt! Das Ich alterte nicht, verdammt noch mal! Martine sprang auf, rannte den Flur hinunter und eine Treppe tiefer, wo sich graue Türen befanden.

»*Wir beginnen in fünf Minuten*«, kam es aus dem Lautsprecher. »*Bitte alle Beteiligten zum Vorspiel, die Rheintöchter und die Bewegungsstatisterie auf die Bühne. Noch fünf Minuten.*«

Zielstrebig lief Martine auf die mittlere Tür zu.

»Darf ich fragen, wo Sie hinwollen?«

Eine Frau mit Dutt hielt ein Buch von der Größe eines Reisekoffers auf dem Arm. Assistentin, Dramaturgin, Dirigentin?, überlegte Martine. Von ihrer nächsten Antwort hing alles ab.

»Ich muss zu Alfred«, sagte sie ins Blitzblaue. »Er hat seinen Halsspray in der Garderobe vergessen. Er dreht durch, wenn er den Spray nicht bei sich hat.«

»Ich weiß, Alfie ist immer besorgt wegen der Stimme«, bestätigte die Frau mit dem Riesenbuch. »Gehen Sie nur.«

Martine schlüpfte auf die Seitenbühne.

»Moment mal«, hörte sie hinter sich. »Alfred tritt aber erst im dritten Akt auf. Wieso will er jetzt schon …?«

Martine ließ solch kleinmütige Einwände hinter sich. Schemenhafte Gestalten bewegten sich an den Seiten der dunklen Bühne, manche in schwarzen Overalls, andere in wallenden Kostümen, alle konzentriert und desinteressiert an der Frau, die sich zwischen ihnen hindurchlavierte.

Auf der Seitenbühne entdeckte sie immer noch keine nackten Männer und arbeitete sich daher zur Hinterbühne durch. Da waren sie ja endlich, die grün geschminkten Wesen. Vor ihrem Auftritt machten sie Dehn- und Streckübungen.

»Kann ich dich einen Augenblick sprechen?« Mutig trat Martine hinter Danny.

Er zuckte zusammen. »Was?« Jetzt erst erkannte er sie. »Madame Cortillon, was machen Sie denn …?«

»Schluss mit *Madame* und *Sie*.« Sie nahm Danny bei der Hand und zog ihn auf die hinterste Hinterbühne.

»Madame … Martine«, korrigierte er sich. »Die Vorstellung beginnt gleich.«

»Ich weiß.« Vor einer Säule blieb sie stehen, lehnte Danny dagegen und küsste ihn. So leidenschaftlich, wie man küsste, wenn man zwanzig war, verliebt, durchgeschwitzt, aufgelöst und erregt.

»Ich würde dich gern sehen«, flüsterte sie.

»Wir können uns nach der Vorstellung …«

Sie umarmte ihn. »Nein, ich möchte dich nicht nur nach der Vorstellung sehen, sondern öfter.«

»Warum denn auf einmal, Martine?«

»Weil jetzt die Zeit dafür ist.« Sie küsste ihn.

Im Orchester ertönte das Vorspiel zu *Rheingold.*

Klara Seewald
Das Licht dieses Sommers
Roman
298 Seiten. Gebunden
ISBN 978-3-352-00990-7
Auch als E-Book lieferbar

Dunkle Tannen und ein altes Geheimnis

Auf den Hügeln des Schwarzwalds thront das in die Jahre gekommene Jagdschloss Sonnbach. Vergebens hofft Familie Cehringer, das Wirtschaftswunder möge endlich auch ihre Geschäfte beflügeln, denn die Ländereien werfen längst nicht mehr genug ab. Als der erfolgreiche Geschäftsmann Bernhard, der von der jungen Schlossherrin Alexandra einst einen Korb bekam, seinen Besuch ankündigt, wittert ihre Mutter Juliane die Chance, alles noch zum Guten zu wenden …

Ein Jagdschloss in den 1950er Jahren, eine herrschaftliche Familie und ihre Intrigen, vor der atemberaubenden Kulisse des Schwarzwalds

**Regelmäßige Informationen erhalten Sie über unseren Newsletter.
Jetzt anmelden unter: www.aufbau-verlage.de/newsletter**

RL rütten & loening

Anne Stern
Drei Tage im August
Roman
352 Seiten. Klappenbroschur
ISBN 978-3-7466-3998-7
Auch als E-Book lieferbar

Eine Chocolaterie als Zuflucht in dunklen Zeiten

Berlin, 5. August 1936: Die Schwermut ist Elfies steter Begleiter, Zuversicht findet sie in ihrer Arbeit in der Chocolaterie Sawade, einem Hort zarter Zaubereien aus Nougat und Schokolade, feinstem Marzipan und edlen Aromen. Hier gelingt es Elfie und ihren Nachbarn, sich ihre Menschlichkeit in unmenschlichen Zeiten zu erhalten. Dann kommt Elfie dem Geheimnis einer besonderen Praline und der Geschichte einer verbotenen Liebe auf die Spur. Doch wird sie es wagen, auch ihrer eigenen Sehnsucht zu folgen?

Bestsellerautorin Anne Stern erzählt die berührende Geschichte einer besonderen Frau, die nicht wie andere ist – ein ausnehmend schöner Roman, voll zarter Sinnlichkeit und außergewöhnlicher Figuren.

Regelmäßige Informationen erhalten Sie über unseren Newsletter.
Jetzt anmelden unter: www.aufbau-verlag.de/newsletter

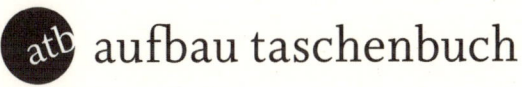

aufbau taschenbuch

Bettina Storks
Ingeborg Bachmann und Max Frisch – Die Poesie der Liebe
Roman
430 Seiten. Klappenbroschur
ISBN 978-3-7466-3798-3
Auch als E-Book lieferbar

Eine Liebe zwischen Poesie und Wirklichkeit

Paris, 1958: Als der Schweizer Dramatiker Max Frisch dem glamourösen Literaturstar Ingeborg Bachmann begegnet, ist es für ihn Liebe auf den ersten Blick. Auch sie verliebt sich, doch anders als Max, der bodenständige Genussmensch, ringt die sensible Ingeborg im Schreiben – wie im Leben – um jedes Wort. Und sie hat die Trennung von ihrem Geliebten Paul Celan noch nicht überwunden, was die Beziehung schon bald auf die Probe stellt. Doch Ingeborg kann nur eine Liebe leben, in der sie ihre Freiheit nicht preisgeben muss …

Ein so bewegender wie hervorragend recherchierter Roman über die Liebe zweier Ikonen der Literatur

»So nah an den Figuren, so dicht erzählt. Ein großartiger Roman!«
Caroline Bernard, Autorin von »Frida Kahlo und die Farben des Lebens«

Regelmäßige Informationen erhalten Sie über unseren Newsletter.
Jetzt anmelden unter: www.aufbau-verlage.de/newsletter

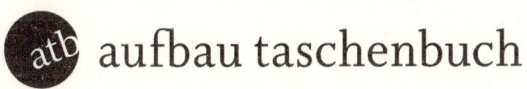